我自爱
我的野草

鲁迅人生哲学今读

刘国胜————

著

学林出版社

谨以此书

纪念鲁迅先生诞辰 140 周年（1881—2021）

目 录 Contents

读懂《野草》:"小感触"引发人生"大思考"

1924 年 9 月至 1926 年 4 月,鲁迅先生陆续写了二十三篇散文诗,先后在《语丝》杂志(按:鲁迅的学生、《京报副刊》编辑孙伏园①在鲁迅等支持下,1924年在北京创办的文学周刊)上发表。从第一篇起就题为

---

① 本书出现的人物,需要介绍其身份的,在第一次出现时介绍。

《野草一》，可见先生从一开始就考虑以"野草"为题写系列散文诗。纵观《野草》全集，其基本思想应在动笔时已深思熟虑，即借诗言志的"志"是什么，先生心里有了一个总谱。这一"基本思想"的源头，可追溯到1907年先生留日期间，在《文化偏至论》（《坟》）①中提出的"立人"思想："是故将生存两间，角逐列国是务，其首在立人，人立而后凡事举"。②从1907年到1926年，"立人"思想在中国社会的剧烈变革中不断丰富和发展，《野草》要把丰富和发展的成果，以散文诗的形式集中体现出来。难能可贵的是，先生在创作过程中时时不忘联系当时的社会现实，围绕"立人"针砭时弊，讴歌真善美，鞭挞假丑恶。

二十世纪二十年代中期曾与先生有密切来往的荆有麟，在1942年写的回忆录中，谈了先生创作《野草》时的情况："鲁迅先生可忙得一塌糊涂。每天要讲课，要上衙门，要作战斗的杂文，要看各种各样的小说，散文，诗歌，论文，还要校阅期刊的稿子，还要接待日夜不断的青年访客"。"《野草》里面的大部分作品，就是这样环境之下完成的。而写作的时间，又完全是在静夜之后，所以《野草》里边，充满了严森之气，不为无因的。"③

1927年7月，散文诗集《野草》由北京北新书局结集出版，列为先生所编"乌合丛书"之一。出版前，先生创作了《题辞》。

---

① 在鲁迅作品名后括号中注明的，是该作品所入鲁迅作品集名称，每一篇文章在绪言和每一章第一次出现时注明，下同。
② 鲁迅著：《鲁迅全集》，人民文学出版社2005年版。本书引用《鲁迅全集》的内容，后面不再注释。
③ 荆有麟著：《鲁迅回忆》，中国文史出版社2020年版，第107页。

一、"《野草》可说是鲁迅的哲学"

《野草》一问世即引起读者关注，影响日益扩大，鲁迅生前，《野草》共印行十二版次，平均每年超过一版。最早见诸文字的反响是发表在 1925 年 3 月 31 日《京报副刊》上，作家、《语丝》撰稿人之一章衣萍的《古庙杂谈（五）》。彼时，先生已发表了《野草》从《秋夜》到《过客》的十一篇散文诗。章衣萍说："我也不敢真说懂得，对于鲁迅先生的《野草》。鲁迅先生自己却明白地告诉过我，他的哲学都包括在他的《野草》里面。"①中国社会科学院研究员张梦阳认为："章衣萍与鲁迅过从甚密，文章又是在当时发表的，应该说是可靠的。……因而探讨和挖掘《野草》内蕴的哲学、产生的根源及其艺术表现方式的独特性也就必然成为《野草》研究的核心目标。"②先生在日本东京弘文学院的同学、终身挚友、教育家许寿裳，在 1936 年写的《怀旧》中指出："鲁迅是诗人"，"他的散文诗《野草》，内含哲理，用意深邃，幽默和讽刺随处可寻。"许在 1946 年写的《鲁迅的精神》中更明确表示："至于《野草》，可说是鲁迅的哲学。"③先生 1926 年 6 月 17 日，在给交往密切的学生李秉中的信中，这样谈自己的创作状况："这些哲学式的事情，我现在不很想它了，近来想做的事，非常之小，仍然是发点议论，印点关于文学的书。"先生写此信时，距《野草》最后一篇《一觉》的创作

---

① 参阅孙郁、黄乔生主编：《永在的温情——文化名人忆鲁迅》，河北教育出版社 2000 年版，第 2 页。

② 参阅张梦阳著：《中国鲁迅学通史（下卷一）》，广东教育出版社 2005 年版，第 5—6 页。

③ 许寿裳著：《鲁迅传》，九洲出版社 2017 年版，第 163、202 页。

4　　时间（1926 年 4 月 10 日），过了两个多月。把"这些哲学式的事情"理解为主要是《野草》的创作，应该没有疑义。当然不只是《野草》，同期创作的《忽然想到》十一篇（收入《华盖集》），都是富有哲理的杂文。《野草》完成了，《野草》式集中性的哲学思考也就告一段落了。

　　值得探究的是，《野草》中的哲学，究竟是什么样的哲学？2019 年 8 月，我向鲁迅文化基金会会长、鲁迅长孙周令飞先生当面请教了这个问题。令飞先生稍作思索后答："《野草》中的哲学，与一般哲学家构成某种体系的哲学不同，应该是鲁迅的人生哲学吧。"对此，我深以为然。"人生哲学"亦可谓"心灵哲学""生命哲学"。华中科技大学教授王乾坤专门著有《鲁迅的生命哲学》，他认为："鲁迅在中国思想史上独有的和最深刻的部分，首先不在于他的文明批判、社会批判，更不在济世策划、经国方略，而在于他对人的存在状况的知解及由此而来的人生选择。无此根基，一切都没有精神的依托。这种哲学式的内容在其他各书中当然都有所体现，然数《野草》最集中、最凝练。所以要研究鲁迅就不能不研究这本书。"①"对人的存在状况的知解"和"由此而来的人生选择"，是人生哲学的两个基本命题，前者是人生的认识论，后者是人生的实践论，"人生选择"来自"对人的存在状况的知解"。日本鲁迅研究学者丸尾常喜从文体角度分析说：《野草》是"追求在一个特定时期非以'散文诗'不能表现、不能实现的东西的连续的尝试"；"鲁迅在散文诗这种文体中追寻的东西，一言以蔽之，即是诗与哲学的融合"。②

　　与令飞先生见面时，作为"鲁迅'立人'思想今读"系列丛书之

① 王乾坤著：《鲁迅的生命哲学（增订版）》，人民文学出版社 1999 年版，第 301 页。
② ［日］丸尾常喜著，秦弓、孙丽华编译：《耻辱与恢复——〈呐喊〉与〈野草〉》，北京大学出版社 2009 年版，第 111 页。

四，拙作《为了女性“真的解放”——鲁迅妇女观今读》的写作已近尾声。原计划接着写系列之五《鲁迅精神今读》，但那时已感到只写“精神”太窄，还有更多话要说。就突发奇想，何不从解读《野草》入手，写《鲁迅人生哲学今读》呢。

可一旦准备动手，问题却来了。我虽几次通读《鲁迅全集》，更多次研读《野草》，也读过北京大学资深教授钱理群等学者关于《野草》的研究专著，还读过一些哲学家关于人生哲学的著作，但要联系当下实际解读《野草》的人生哲学，却颇感茫然。手捧《野草》翻来覆去读，有时夜晚也辗转反侧思量，想较快形成思路却不得。此时，友人劝我“不急，先放下吧”，先平心静气地阅读和思考，艺海拾贝，或许慢慢就能串成珍珠项链？

对，就该这么做。于是，我从书橱里取下《鲁迅全集》第二卷（收《彷徨》《野草》《朝花夕拾》和《故事新编》）放在书桌右边，便于随时读《野草》。又把书橱里所有《野草》研究专著抽出来，再陆陆续续到当当网上书店搜购了一批绝版的《野草》研究专著旧书，加在一起共三十余册，放在离书桌最近的身后的书架上，便于随手翻阅，哪怕在国内外出差也要带上一两本。经过两个多月的集中阅读、思考和反复琢磨，渐渐有了头绪。这以后的较长一段时间，我仍读《野草》及其研究专著不止，直至书稿脱稿。

二、 在现实人生中提炼人生哲理，反哺人生

解读《野草》蕴含的人生哲学，了解其创作背景很有必要。《野草》的二十三篇散文诗都写于北洋军阀统治下的北京，当时的景况如何呢？

对此，先生本人曾作过几次说明，一次是1932年底在《〈自选集〉自序》（《南腔北调集》）中所述："后来《新青年》（按：1915年创刊于上海的综合性月刊，陈独秀主编，新文化运动的标志性刊物）的团体散掉了，有的高升，有的退隐，有的前进，我又经验了一回同一战阵中的伙伴还是会这么变化，并且落得一个'作家'的头衔，依然在沙漠中走来走去，不过已经逃不出在散漫的刊物上做文字，叫作随便谈谈。有了小感触，就写些短文，夸大点说，就是散文诗，以后印成一本，谓之《野草》。"这里需要特别留意的，是"小感触"三字。先生在《〈野草〉英文译本序》中，也作了类似说明："这二十多篇小品""大抵仅仅是随时的小感想"。"随时的小感想"，是厚积薄发，阐发的人生哲理不小。

还有一次是1934年10月，先生在给青年作家萧军的信中所述："我的那一本《野草》，技术并不算坏，但心情太颓唐了，因为那是我碰了许多钉子之后写出来的。我希望你脱离这种颓唐心情的影响。"可见，《野草》是在"碰了许多钉子之后"产生的"小感触"，具有强烈的现实针对性。《野草》不是抽象地讲道理，而是有感而发，是先生立足自身实践的人生哲学。至于怎么理解"颓唐"，后面将作专门分析。

让我们先对相关历史情况作一个简略回顾。1923年至1926年的中国，第一次国共合作建立，以广州为中心，革命力量从全国四面八方汇集起来，逐渐形成反对帝国主义和封建军阀的革命新局面。1925年孙中山逝世后，国民党内部产生新的分化，除了老"右派"外，又出现了新"右派"，他们背离孙中山晚年思想的革命精神，打击"左派"，排斥共产党。北方则仍处在北洋军阀的黑暗统治下。这期间，鲁迅自身也经历了一系列重大事件。主要有：社会的——五四新文化运动的退潮、队伍分化，支持北京女子师范大学学生反对校长杨荫榆专制统治的斗争；个人的——与周作人失和，确定与北京女子师范大学学生许广平的爱情关系。显然,解读《野草》应联系当时的社会现实,以及先生个人的悲喜遭遇。

当然,只从社会角度解读《野草》远远不够,《野草》更广更深的内涵在文化,在批判黑暗的专制统治和国民性弊端基础上产生的具有现代性的中国先进文化。不仅如此,《野草》还是先生拷问自身灵魂的作品,这从《野草》连《题辞》共二十四篇,大都用第一人称就可以看出(即便用第三人称,也能明显感到作者鲜明的个性特征)。拷问自身灵魂,就难免暴露灵魂深处的灰暗,给人以"颓唐"的感觉。殊不知,自曝"颓唐"是为摆脱"颓唐",积极面对人生,我们可以从"颓唐"中看到先生的真诚、勇气和深刻。钱理群说得好:"如果你仅仅看见承担黑暗的鲁迅,而看不到这承担背后的'坦然'、'欣然'、'大笑'和'歌唱',你就不能真正理解《野草》。"①先生自身的灵魂拷问固然没有离开社会现实,且又提升到了形而上层面,使《野草》具有"小感触、大思考"的特征,成为完整意义上的鲁迅人生哲学。

先生 1927 年 10 月 25 日在上海劳动大学作的题为《关于知识阶级》(《集外集拾遗补编》)的演讲中坦言:"有人说我只会讲自己,这是真的。我先前独自住在厦门大学的一所静寂的大洋房里;到了晚上,我总是孤思默想,想到一切,想到世界怎样,人类怎样,我静静地思想时,自己以为很了不得的样子;但是给蚊子一咬,跳了一跳,把世界人类的大问题全然忘了,离不开的还是我本身。"先生的人生哲学,既高远,又现实。凡哲学,因其形而上而总是高远,但不该脱离现实,玄得让人看不懂。特别是人生哲学,理应立足现实人生,提炼人生哲理,反哺人生实践。而这正是鲁迅人生哲学的鲜明特点。《野草》难懂,但联系它

---

① 钱理群著:《和钱理群一起阅读鲁迅》,中华书局 2015 年版,第 41 页。

的写作背景和读者自身的人生实践，在一定程度上却又易解。

鲁迅作品的核心内容是"立人"思想，《野草》所体现的人生哲学，则是"立人"思想之精髓。先生很少夸自己的作品，对《野草》却称"技术并不算坏"，在《野草·题辞》中更明确表示"我自爱我的野草"，这绝非偶然。近现代学者王国维提出了人生境界论："古之成大事业、大学问者，必经过三种之境界：'昨夜西风凋碧树，独上高楼，望尽天涯路'此第一境也。'衣带渐宽终不悔，为伊消得人憔悴'此第二境也。'众里寻他千百度，蓦然回首，那人却在，灯火阑珊处'，此第三境也。"① "昨夜西风凋碧树，独上高楼，望尽天涯路"，是北宋词人晏殊《蝶恋花》里的句子。上升到境界，是说一个人应当超越遮蔽双眼、导致人异化的各种诱惑，树立高远的理想。"衣带渐宽终不悔，为伊消得人憔悴"，是北宋词人柳永《凤栖梧》里的句子。上升到境界，是说一个人为了追求理想信念，要有不怕千辛万苦、孜孜以求的执着。"众里寻他千百度，蓦然回首，那人却在，灯火阑珊处"，是南宋词人辛弃疾《青玉案》里的句子。上升到境界，是说功夫不负有心人，人生目标终究得以实现。鲁迅《野草》的创作，乃至他一生的追求，正可印证王国维的境界说。

这里，有必要对《野草》研究的历史作简略回顾。鲁迅逝世后不久，二十世纪四十年代的《野草》研究成果，有的就已达到相当深度。作家、"左联"（按：中国左翼作家联盟的简称）成员聂绀弩在1940年，就令人瞩目地从"人的觉醒"角度分析了《野草》，他认为："鲁迅先生以前的改革思想中的人的觉醒的要素，有的只是不自觉的潜伏着的多少萌芽，有的又只闪着一鳞片爪的光辉；只有在鲁迅

---

① 王国维著，徐调孚校注：《人间词话》，中华书局2009年版，第16页。

先生的思想中，'人'，才显著，自觉，贯串组成而为有机的整体。无论某一时期某一种类的改革思想，我们几乎都可以从鲁迅先生的思想里找出若干的影子，而鲁迅先生的思想，比任何人的都更丰富，更完整。而且别的改革者的思想，往往局限于一定的时期，一定的境界，时过境迁，就褪色，退婴，乃至消失，所以终不能有彻底的人的觉醒；只有鲁迅先生正像他推崇别人的时候所说：'作时世之前驱，与童冠而俱迈'（《河南卢氏曹先生教泽碑文》），自始至终，为'人'而呐喊，战斗。"①文艺理论家、"左联"成员邵荃麟在1945年提出，《野草》是深刻体现作者"心灵""心境"的作品，他认为："这集子里所收的每一篇，都可以说是最真实的诗篇，是作者从当时个人生活所遭受的惨痛和激动中所直接抒发的思想情感的结晶。"这是一个大思想家、大艺术家与大苦闷、大痛苦的"搏斗中间"，才开放出的各样的"更灿烂的思想之花"。②即使以现在的眼光看，七八十年前的上述评论也是相当准确和深刻的。

进入二十世纪五十年代后，《野草》研究有重要进展，令人遗憾的是却也有明显倒退——从聂绀弩和邵荃麟已经达到的高度和深度向后倒退。其他不说，就以那些年《野草》研究的标志性成果为例，与鲁迅有过密切交往的作家、诗人、文艺理论家冯雪峰1956年写的《论〈野草〉》，文学史家王瑶1961年写的《论鲁迅的〈野草〉》，文艺评论家、鲁迅博物馆原馆长兼鲁迅研究室主任李何林1973年写的《鲁迅〈野草〉注解》，思想性和文学性都达到了那个年代可能达到的最高水平，在联系鲁迅所在时期政治和社会现实解读《野草》方面，

---

① 聂绀弩著，王存诚编注：《聂绀弩集（上）》，花城出版社2016年版，第32页。
② 参阅张梦阳著：《中国鲁迅学通史（下卷一）》，广东教育出版社2005年版，第30—31页。

10 超越了过去积累的成果，有的达到的高度至今无人超越。但存在的共性问题是，无意或有意间，在不同程度上遮蔽了《野草》更广更深的内涵——"人"的内涵，甚至把许多出色的"人论"贴上"资产阶级人道主义思想"的标签，认定其不是马克思主义思想。这种遮蔽，与改革开放前我国马克思主义研究中存在的对"人"的遮蔽关联甚密。马克思主义本是人的解放和发展的学说，阶级斗争和暴力革命是无产阶级为了自身解放而采取的迫不得已的手段。但在相当长一段时期内，许多马克思主义研究者却简单地把阶级斗争学说等同于马克思主义，把手段当成了目的。用这样的尺子去"套裁"鲁迅，就在很大程度上误读了鲁迅。

打开这种遮蔽，是改革开放以来鲁迅研究最重要的成果（几乎同时，我国马克思主义研究突破僵化，打开了对"人"的遮蔽）。1981年，鲁迅博物馆鲁迅研究室研究员王得后在《鲁迅研究》杂志第五辑上发表《致力于改造中国人及其社会的伟大思想家》，把鲁迅独特的思想概括为："以'立人'为目的和中心；以实践为基础；以批判'根深蒂固的所谓旧文明'为手段的关于现代中国人的哲学，或者说是关于现代中国人及其社会如何改造的思想体系。"①上述观点，表明鲁迅研究在解放思想方面取得历史性突破，具有里程碑意义，很快成为鲁迅研究界乃至整个思想文化界的共识。在这种背景下，《野草》研究开创了一个崭新局面，从"立人"角度深入研究《野草》，逐渐成为大多数研究者的自觉追求。如果说，二十世纪八十年代前期，研究者在偏重从政治和社会角度研究的同时，开始注意从"立人"角度研究《野草》的话，那么，之后的研究重心就逐渐转向"立人"了。这是十分可喜的现象。不

---

① 王得后著：《鲁迅教我》，福建教育出版社 2006 年版，第 21 页。

过,其间又出现了另一种偏向,即否认《野草》的现实针对性,说《野草》与政治和社会没有什么关系,仅是鲁迅的内心独白,个别研究者甚至认定《野草》是作者的"爱情散文诗集"。从一个极端走向另一个极端,显然不可取。我们务必记住鲁迅在《"题未定"草(七)》(《且介亭杂文二集》)中,关于"论文"的精辟论述:"我总以为倘要论文,最好是顾及全篇,并且顾及作者的全人,以及他所处的社会状态,这才较为确凿。要不然,是很容易近乎说梦的。"

三、 让我们都来读《野草》

我怎么写《鲁迅人生哲学今读》? 思虑再三,受钱理群"创造性地阅读《野草》"[①]观点的影响,我想把握两点:一是忠实于《野草》文本的原意。凡先生本人作过诠释的篇章,以这些诠释为基本依据进行解读;先生未作过诠释的篇章,尽可能结合先生同时期创作的其他相关作品进行解读。许多学者提出,从散文诗的艺术特征出发,对《野草》的解读不应局限于坐实(当时的政治和社会背景),而要用发散性思维方式,这是创造性阅读《野草》的要求。我以为,创造性阅读固然给人以极大的想象空间,但不该是牵强附会的任意发挥,而应符合先生"立人"思想的基本观点。

还要看到,即使主观上忠实于文本原意,但由于对"本意"的理解不同,对《野草》的解读也就不尽一致,有的甚至存在较大分歧。我借鉴了其中我认为合理的见解,尤其是至今仍给我们以深刻启示的内容,

---

① 钱理群著:《和钱理群一起阅读鲁迅》,中华书局 2015 年版,第 15 页。

12 　为此适当地作了较多引用，与读者分享。同时提出了我的看法，至于这些看法是否合理，自有读者评说。

　　二是联系当下中国人的人生实际。任何经典的今读，不是为读而读，读者最好能够从中得到或多或少的启发，帮助自己找到破解现实困惑的钥匙。创造性地读《野草》同样如此。鲁迅作品的显著特点，就是直面转型期——向现代化转型时期的中国人的人生实际，尤其是他的《野草》。日本鲁迅研究学者竹内好指出："整体地把握鲁迅，只有在行动的场里才是可能的。"①联系当代中国人的人生实际读《野草》，我们"50后"或许有点优势。我们几乎经历了整个二十世纪下半叶和二十一世纪前二十年，这七十余年中国社会剧烈转型，波谲云诡，身在其中，人生经历难得丰富。至于我本人，在国有企业，从当学徒开始，到任团委书记，当车间党总支书记；以后在中型、大型、特大型企业任党委书记、副厂长和副董事长。在党政机关，先后在上海两个区担任过区委书记，在上海市委组织部担任过副部长，担任过市委副秘书长。有了此番人生经历，读《野草》往往别有一番感受。

　　《野草》作为先生"立人"思想精髓所体现的人生哲学，对于疗救中国人受伤的、麻木的灵魂，具有独到的深刻性和前瞻性，是每一个处于现代化进程中的中国人在实现自身现代化的过程中，不可或缺的精神食粮。然而，由于受当时社会限制而运用的"曲笔"，也由于先生有意采用了象征和隐喻的手法，不下一番功夫，有些篇章（主要指先生没有对写作背景和寓意作过说明的篇章）确实不太容易理解，进而要联系个人的现实人生来读，似乎更加困难。王瑶侧重从文体角度分析了《野

---

① ［日］竹内好著，靳丛林译：《从"绝望"开始》，生活·读书·新知三联书店2013年版，第96页。

草》难读的原因："第一,《野草》是诗;诗的语言总是要求更其集中、隽永、意致深远的;一般说来,诗总比普通散文要难懂一些。""第二,《野草》主要是抒情诗";"作者当时又正处于'路漫漫其修远兮,吾将上下而求索'的对新的道路的探索过程,因之这种'言志'就往往采取了比较隐晦的寓意的表现方式。我们如果缺乏对当时具体环境与作者思想感受的实际了解,读来自然就难免感到有点难懂了。"①

但是,"难"是相对的。蕴含鲁迅人生哲学的《野草》,内涵深广,层次丰富。但凡对先生及其所处时代背景有一定了解的读者,就不难发现,《野草》中多数篇章仅作一般理解,即可获得一定启示,若再层层深入,理解难度增加,但相应的获得感也会增强。这取决于读者的思考深度,思考越深理解越多,直至叩击灵魂深处,与先生同频共振时,"难"在相当程度上就迎刃而解了。

看上去"曲高和寡"的《野草》,就其基本内涵而言,并不是为少数人写的作品,与先生的其他作品一样,《野草》面向所有中国人,乃至全人类。读懂《野草》,它可能直达每个人的心灵,任尔"阳春白雪"或"下里巴人",雅俗共赏,老少皆宜。我想在解难方面尽绵薄之力,以自己尽可能读懂为前提,帮助有兴趣的人们读懂《野草》——这部以"小感触"体现人生"大思考"的散文诗集。

关于本书的结构。本书采取对《野草》体现的鲁迅人生哲学整体解读与对《野草》各篇逐一解读相结合的方法。绪言"读懂《野草》:'小感触'引发人生'大思考'",主要对《野草》在鲁迅作品中的地位及其特点作介绍,对我为什么要写这本书作说明。第一章"鲁迅人生哲学的审美格调:赞美生命和充实的人生",主要解读《野草·题辞》。第二

---

① 王瑶著:《王瑶文论选》,人民文学出版社 2009 年版,第 129—130 页。

章"鲁迅人生哲学的目标追求：活出人生过程的精彩"，主要解读《过客》《希望》《死火》《失掉的好地狱》和《求乞者》。第三章"鲁迅人生哲学的精神底色：勇敢、坚韧与自信"，主要解读《秋夜》《这样的战士》《颓败线的颤动》《淡淡的血痕中》和《一觉》。第四章"鲁迅人生哲学的批判精神（上）：对庸众'哀其不幸，怒其不争'"，主要解读《复仇》《复仇（其二）》《立论》《聪明人和傻子和奴才》《死后》《狗的驳诘》和《我的失恋》。第五章"鲁迅人生哲学的批判精神（下）：'解剖自己并不比解剖别人留情面'"，主要解读《影的告别》《墓碣文》《风筝》《腊叶》和《雪》。尾声"鲁迅人生哲学的'固有血脉'：中国文化源头的优良基因"，主要解读《好的故事》。每一章节的前面部分，是我对《野草》相关篇章的解读；后面部分，是我认为联系现实人生可以从中得到的启示。以上章节划分只具有相对意义，《野草》各篇内容各不相同，每篇都有其独立的完整性，但表现的大主题是相通的，因而篇章之间相互交叉亦显而易见。后记"试着'自主集成创新'"，对本书的写作方法和其他有关事宜作一个说明。

钱理群认为："鲁迅的特点是，他没有把自己所面临的知识分子的生存困境简单归结于外部生态环境的恶化。相反地，他把所有外界的问题都转化为自我生命的问题，他把启蒙的外部危机转化为自身的内部危机。""整部《野草》就是一次鲁迅自我生命的追问过程，这里有希望与绝望的纠缠，光明与黑暗之间的徘徊，生和死的抉择，直抵死亡的追问，向死而后生。""我们可以看到，鲁迅的《野草》就是以文学的形式，表达堪称现代中国最深刻的生命体验，承担着中国社会在转型时期的全部艰难与痛苦"。同时，鲁迅的《野草》"把中国现代汉语的表现力提到空前未有的高度"。钱理群总结道："可以说鲁迅的《野草》是在生命体验和语言试验这两个层面上，占据了中国现代文学，也是世界文学的高地。""鲁迅的才华最光辉、最辉煌的表现是在《野草》，但非常可惜，《野草》只有一部，我曾说过这是'千古文章未尽才'。"①女作家残雪写有《不朽的〈野草〉》一文，她认为《野草》是"中国文学的里程碑"："它是千年黑暗中射出的第一线曙光，是这个国度里第一次诞生的'人学'意义上的文学。同时也就诞生了文学艺术的自觉性。这本小小的集子是一个奇迹（很多读者都隐隐约约感到了这一点），要是没有这个奇迹，整个中国现代文学是要下降一个档次的；而有了它，中国现代文学便在世界一流纯文学行列之中有了自己的代表。"②确实，《野草》了不起！遗憾的是，当今中国，从人口比例看，养成读书习惯的人不多，读鲁迅作品的更少，读《野草》的少之又少，读懂《野草》的寥寥。但愿渐渐地，读且懂《野草》的人多起来。社会在不断进步，相信这种趋势具有必然性。

中国社会科学院学部委员、中国鲁迅研究会会长杨义对《野草》和中国古人赋野草的诗作了比较："鲁迅的野草，不排除对刘禹锡、白居易的意象内涵的延续，但更本质的是以现代性意识，在各种生命形态的特异展示中注入了对生命本质的严峻的叩问，叩问出其真与伪、美与丑、善与恶，以及生与死的价值内核。""只有读懂《野草》，才能深度地读懂鲁迅，读懂他的生命与他的哲学。"③读懂《野草》，你会发现，它集中体现了鲁迅勇于批判黑暗、追求光明和反躬自省的生命质地。一方面，它凭一己之力，敢于对历史和现实的不合理现象提出质疑，并在此基础上进行文化创新；另一方面，它的现实针对性不仅指向别人——

---

① 钱理群著：《和钱理群一起阅读鲁迅》，中华书局 2015 年版，第 5、6、66 页。
② 残雪著：《沙漏与青铜——残雪评论汇集》，作家出版社 2019 年版，第 148 页。
③ 鲁迅著，杨义选评：《鲁迅作品精华：选评本》第二卷（散文诗·散文·旧体诗·书信集），生活·读书·新知三联书店 2014 年版，第 4—5 页。

16　国民性弊端，而且指向自己，通过深刻反思，使自己的内心更加强大、人生境界进一步提升。中国社会科学院研究员孙歌指出："鲁迅的《野草》处理的是我们这个民族每一个生命体都面对的那些最基本的问题，这些问题在鲁迅那个时代和我们今天的时代，表面形式固然完全不同，但是就其核心的内涵来看，却有着高度相通甚至一致的特征。"①当前，我们正面对"百年未有之大变局"，一切都取决于把自己的事情做得更好。深化改革重要而紧迫，前提是进一步解放思想，突破僵化思想的束缚。这既需要主动应对扩大开放带来的外来压力的倒逼，更需要自觉传承和借助以鲁迅为代表的"五四"以来的新文化，增强内生动力。让我们都来读《野草》吧！

① 孙歌著：《绝望与希望之外：鲁迅〈野草〉细读》，生活·读书·新知三联书店2020年版，第14页。

鲁迅人生哲学的审美格调：赞美生命和充实的人生——《野草·题辞》今读

鲁迅的《野草·题辞》，1927 年 4 月 26 日"记于广州之白云楼上"，距写完《野草》最后一篇《一觉》，已有一年多时间。《题辞》的语言风格与《野草》大多数篇章一脉相承，它本身就是一首优美深邃的散文诗。一般的《题辞》带有自序性质，《野草·题辞》成稿于先生写完《野草》二十三篇后，积累思考了较长时间，加上运用了象征和隐喻等艺术手法，就远比一般的自序内涵丰富而凝练。它集中而扼要地凸显了整部《野草》蕴含的鲁迅人生哲学思想，对《野草》具有导读引航的重要作用。可以说，读懂《题辞》，就能在很大程度上读懂《野草》，读懂鲁迅人生哲学。

曾访问过鲁迅的青年学生何春才，晚年回忆起 1927 年 5 月初，先生应中山大学学生廖立峨和他的请求，对《野草·题辞》的写作背景和主要含义所作的说明："写《野草·题辞》是在深夜，这是我写作的老习惯了。从窗口望出去，楼下有荷枪实弹的警察站岗放哨，天地在黑暗统治下，我想得很深，很远；想想过去，看看现在，展望将来，把自己千头万绪的想法总结了一下，就是那么一回事。"①思考得"很深，很远"——包括对自己、民族和人类，涵盖过去、现在和将来。"把自己千头万绪的想法总结了一下"，总结出什么来了呢？作家、文学理论家许杰认为，《野草·题辞》是"歌颂生命和充实的生活的"。②在我读过的多本《野草》研究专著中，似乎没有比这提炼得更好的了。取其意，略改，以"鲁迅人生哲学的审美格调：赞美生命和充实的人生"，作为本章标题。"审美格调"，意指先生心目中的美好人生。赞美生命，是对生命的基本态度，体现对生命的尊重、敬畏与热爱；赞美充实的人生，是对生命的基本要求，体现对生命质地的追求。两者相互渗透，相得益彰。

一、"充实"来自思有所得，"空虚"源于不确定

《野草·题辞》开头，是一段在读者中广为流传的格言式诗句，先

① 鲁迅研究室编：《鲁迅研究资料》第三辑，文物出版社 1972 年版，第 247 页。
② 许杰著：《〈野草〉诠释》，百花文艺出版社 1981 年版，第 88 页。

生用第一人称写道：

> 当我沉默着的时候，我觉得充实；我将开口，同时感到空虚。

开头两句是文眼，对读懂《野草》颇为重要。不难看出，这两句诗，既借鉴了中国传统文化精华，又具有自己的独创性。《老子》云："道可道，非常道；名可名，非常名。"①《周易》曰："书不尽言，言不尽意。"②与《老子》和《周易》有所不同的是，《野草·题辞》突出了作者本人，虽为短句，却三次强调"我"，体现了强烈的主体意识，而主体意识是人的现代性的突出表现。

（一）在"不能写""无从写"之际写出《野草》

作《题辞》近五个月后，先生在《怎么写——夜记之一》（《三闲集》）一文中，剖白自己写《题辞》时的心情："我靠了石栏远眺，听得自己的心音，四处还仿佛有无量悲哀，苦恼，零落，死灭，都杂入这寂静中，使它变成药酒，加色，加味，加香。这时，我曾经想要写，但是不能写，无从写。这也就是我所谓'当我沉默着的时候，我觉得充实，我将开口，同时感到空虚'。"据《鲁迅日记》，先生于 1927 年 3 月 29 日由中山大学大钟楼移居广州东堤白云路上的白云楼 26 号二楼。移居后不久的一天，他在阳台上凭栏远眺沉思，周遭的寂静使他联想到其时的社会环境似乎也很"寂静"——太太平平，但这是被白色恐怖笼罩下的死寂。死寂下面，冠冕堂皇的高墙深宅之外，是民不聊生的悲痛哀号，是改革难以冲破重重阻力导致改革者苦闷烦恼、改革者队伍四散零落，是改革舆论被专制统治打压扑灭。多不胜数的悲哀、苦恼、零落和

---

① 陈鼓应注释：《老子今注今译》，商务印书馆 2003 年版，第 73、77 页。
② 周振甫译注：《周易译注》，中华书局 1991 年版，第 249 页。

死灭，却被那些现代御用文人用"色、味、香"加以粉饰，为传承了两千多年的封建专制文化披上时髦的新装，成为继续毒害和麻醉人们的"药酒"——企图告诉人们：悲哀、苦恼、零落和死灭理所当然。先生本人对黑暗现象和国民性弊端的批判，或被禁止，使他陷入"不能写"的困境；或不知怎么做才更有助于同胞觉醒和社会进步，令他跌入"无从写"的彷徨。

先生的过人之处在于，他并没有囿于困境、迷于彷徨，而是在"不能写""无从写"之际写出了《野草》。在他打破沉默开口后，我们再来理解"当我沉默着的时候，我觉得充实；我将开口，同时感到空虚"，顿觉其含义广深得多了。

让我们试着追随先生的心路历程，体会他的心境变化。先生创作《野草》时，已过不惑之年，回首流逝的年华，该何其感叹。青年时代他作《自题小像》（《集外集拾遗》），以诗明志："灵台无计逃神矢，风雨如磐暗故园。寄意寒星荃不察，我以我血荐轩辕。"先生发愿以文艺创作和译作来批判国民性弊端，救国救民救自己。结果却是呼应者寥寥，影响甚小。先生在《呐喊·自序》中写自己："如置身毫无边际的荒原，无可措手的了，这是怎样的悲哀呵。"他由此进入"十年沉默期"。在老朋友金心异（按：即语言文字学家、北京大学和北京师范大学教授钱玄同）劝说下，先生在五四新文化运动的前一年，1918 年 4 月，打破"沉默"开始"呐喊"，为《新青年》杂志写下了中国现代文学史上的第一篇白话小说《狂人日记》，引起强烈反响；同年 9 月，开始在《新青年》"随感录"栏目发表杂感。"从此以后，便一发而不可收"。1918 年至 1922 年，先生创作小说十五篇（其中的十四篇冠名《呐喊》结集出版，一篇收入《故事新编》）；创作杂文四十三篇（其中四十一篇冠名《热风》结集出版，两篇收入《坟》）。但是 1923 年，先生却进入了第二个"沉默期"，很少创作。这是为什么？除了他在《〈自选集〉自序》（《南腔北调集》）中说到的"《新青年》的团体散掉了"，自己"依然在沙漠中走来走去"外，1923 年还发生了对先生产生重大影响的兄弟失和事件。内外交困的先生在沉默中深思，而《野草》正是他苦苦求索的结晶。他不仅直面政治的腐败和文化的腐朽，深刻认识和揭露社会的黑暗，看透并批判封建专制文化贻害国人的心灵；而且直面惨淡人生，深入剖析自己的灵魂，举一反三，形成了转型期的中国人如何实现自身现代化的基本思想——鲁迅人生哲学。当酝酿成熟，却尚未动笔的"沉默"之际，先生"觉得充实"，他有了以反抗绝望的姿态摆脱苦闷、悲观和消极的自信。

既然如此，为何又说"我将开口，同时感到空虚"呢？那是因为先生深感黑暗势力强大、专制文化顽固。1925 年 3 月 31 日，他在《两地书八》中，提出了著名的"改革国民性"命题："此后最要紧的是改革国民性，否则，无论是专制，是共和，是什么什么，招牌虽换，货色照旧，全不行的。"写了《野草》，开了口，对"改革国民性"，对政治和社会进步，究竟能起多大作用，他并不抱乐观态度，自信中又有不确信，所以在"觉得充实"的同时又"感到空虚"。先生在《写在〈坟〉后面》中说："在寻求中，我就怕我未熟的果实偏偏毒死了偏爱我的果实的人，而憎恨我的东西如所谓正人君子也者偏偏都矍铄，所以我说话常不免含胡，中止，心里想：对于偏爱我的读者的赠献，或者最好倒不如是一个'无所有'。""有人以为我信笔写来，直抒胸臆，其实是不尽然的，我的顾忌并不少。"称自己的作品为"未熟的果实"，就是自谦中又有点不自信；"无所有"就是"空虚"。当然，相对而言，"充实"和"空虚"，占主导地位的是"充实"，否则，先生为什么要写《野草》呢？

（二）养成勤于和善于思考的习惯

今读《野草·题辞》第一段，我们可以得到的启示之一是，学会思考，是人自由而全面发展的基本条件之一。"当我沉默着的时候，我觉得充实；我将开口，同时感到空虚。"这是一个深入思考着并颇有收获的人才说得出的格言！并非只要沉默就会觉得充实，事实上许多沉默着的人，不是觉得充实而是感到无奈，甚至无聊。鲁迅在《记念刘和珍君》（《华盖集续编》）中，留下这样的警句："沉默呵，沉默呵！不在沉默中爆发，就在沉默中灭亡。"能够在沉默中爆发而非灭亡，源于在沉默中进行有效的深入思考。这样的沉默过程，是储备知识和修炼内功的过程，是生命能量集聚和人生境界提升的过程。读《野草·题辞》第一段，我们仿佛看见先生在寓所阳台上凭栏远眺，思绪万千，或夹着香烟坐在书桌旁，陷入沉思的生动形象。有没有思想，区别了人和动物。法国思想家笛卡尔留下了传世名言："我思，故我在。""思"包括怀疑、想象、意志、理解，只要你使用到思想，都属于这个范围。①另一位法国思想家帕斯卡尔，从人的本质角度谈"思想"："人只不过是一根苇草，是自然界最脆弱的东西；但他是一根能思想的苇草。""思想——人的全部的尊严就在于思想。"②人生而平等，生命质量却有高下之分，生命质量包括物质和精神两方面。物质重要，人的身体健康水平在很大程度上影响生命质量；但起决定作用的是精神，生命质量从根本上来说取决于精神境界之高低。先生一百多年前写的《文化偏至论》（《坟》），在充分肯定物质重要性的前提下强调："精神现象实人类生活之极颠，

① 转引自傅佩荣著：《西方哲学与人生》第一卷，东方出版社2013年版，第57页。

② ［法］帕斯卡尔著，何兆武译：《帕斯卡尔思想录》，陕西师范大学出版社2002年版，第166—167页。

非发挥其辉光，于人生为无当"。他清醒而尖锐地指出，中国人在进入

现代社会的当口，面临"二患交伐"："往者为本体自发之偏枯，今则获

以交通传来之新疫"。这"二患"，都是精神方面的大患，"本体之偏枯"

突出表现为与封建专制相伴相生的"主奴文化"；而"传来之新疫"则

突出表现为"人为物所役"的"物奴文化"。"主奴文化"和"物奴文

化"交织在一起。

陈云的至理名言"不唯上、不唯书、只唯实"①，在一些人那里，

不仅不唯实，连唯书也不想，只是唯上；唯上也不是真的努力贯彻上级

指示，往往只是恭恭敬敬、唯唯诺诺地做表面文章。如果不动脑筋，随

波逐流，得过且过，就只能维持粗粝甚至庸俗的生活状态。只有在思考

中自觉地不断调整，达到物质和精神的合理平衡，返璞归真，才可能获

得真正的幸福。

有思想才可能有独立人格，在为社会发展和人民幸福作出贡献的过

程中，活出人生的真正意义。当时，先生能够在写出《野草》那样的散

文诗集之前和同时，又写出《坟》《热风》《华盖集》《华盖集续编》和

《而已集》（部分作品）那样的论文和杂文集，《呐喊》和《彷徨》那样

的小说集，《朝花夕拾》那样的回忆散文集，《故事新编》中的《补天》

和《奔月》那样的历史小说，就在于他不仅是文学家，而且是思想家，

深邃的思想成就了富含人生哲理的文学作品。在中国，与先生同时期的

作家以及他以后的作家，鲜有人达到他那样的广度和深度，主要差距在

思想，在境界。正如哲学家、美学家李泽厚在与人文学者刘再复的对话

中所述："鲁迅的多方面成就，他的巨大思想深度，他也把这深度融化

为情感力量和文体创造等等，形成一种其他现代作家难以比拟的境界。"

---

① 《陈云文选》第三卷，人民出版社 1995 年版，第 371 页。

24　　"鲁迅的启蒙，不是泛泛的启蒙，不是一般性的启蒙，他的启蒙是超越
　　　启蒙理性之后再进入启蒙，这是一种极具深度的启蒙。"①

　　是否具备强烈的思考意识，不断思考，并且运用正确方法思考，直接影响一个人的生命质量。以职业生涯为例，我在不同的领导岗位上担任过职务，跨度很大，但我反复强调同一个观点：一个人无论从事什么职业，必须练就三项基本功：一是阅读，二是调查，三是思考，缺一不可，而关键是思考。书不可不读，调查不可不搞，但阅读和调查的效果，则直接取决于思考的广度、深度和准确度。人们不难发现，不同的人读同一本书或参加同一次调查，所得差异极大。凡工作卓有成效者，无一例外都是勤于和善于思考的人。反之，工作维持现状甚至退步，往往是懒得动脑筋，就事论事或陷入事务堆的结果。懒得动脑筋，还会产生消极的连锁反应，抱怨"没意思"，更谈不上富有激情、创造性地开展工作。我多次去日本考察企业管理，对日企员工的自主管理印象深刻。日本有百年或数百年历史的企业占全球一多半，全球创新企业前一百日企占四成，这与多数员工积极思考，自觉投入"无止境的现场改善"密切相关。

　　思考需要理性。鲁迅在《杂忆》(《坟》)中指导青年如何做群众工作："对于群众，在引起他们的公愤之余，还须设法注入深沉的勇气，当鼓舞他们的感情的时候，还须竭力启发明白的理性；而且还得偏重于勇气和理性，从此继续地训练许多年。"先生强调理性，且不是一般的理性，而是明白的理性，深沉的勇气靠明白的理性支撑。时至今日，许多人仍然习惯于非此即彼的非理性思维方式，导致事倍功半。理性不是

———————————

① 刘再复著：《鲁迅论——兼与李泽厚、林岗共悟鲁迅》，中信出版社 2011 年版，代序。

天生的，不仅需要有人启发，还要靠每个人立足于自我的"许多年"训 25
练才能养成。训练的重要方法是静心思考。在这个信息爆炸、竞争激
烈、繁华喧嚣的时代，人们难免浮躁、焦虑，大多数人都静不下来。为
了具有并保持明白的理性，不丢失人之所以为人的精神，我们务必给心
灵留一点时间和空间，让自己进入沉静状态。每过一段时间，就在这种
状态中作一次总结——经过理性思考的总结。总结的过程就是厘清思路
的过程，总结过去，可以更好地面对现在和面向未来。

（三）讲真话需要勇气，还要有智慧

今读《野草·题辞》第一段，我们可以得到的启示之二是，讲真话
不仅要坚持正确的是非观，还需巧用正确方法。在沉默中的"充实"将
开口时，面对不确定性而产生"空虚"，不妨以迂回的方法去突破。沉
默中的"充实"，是指思考有所得，但能否把这种"所得"比较顺利地
说出来，存在不确定性，因而让人感到"空虚"。这可能有两种情况，
就是先生之谓"不能写"和"无从写"。"不能写"是指在特定社会环境
中，自己想要写的东西不能见诸读者。如他 1927 年 9 月在给作家、好
友台静农的信中所言："我眼前所见的依然黑暗，有些疲倦，有些颓唐，
此后能否创作，尚在不可知之数。"面对这种情况，先生的办法是用
"曲笔"或者"抽去几根骨头"。他在《〈野草〉英文译本序》（《二心
集》）中指出："因为那时难于直说，所以有时措辞就很含糊了"。即使
私人之间通信，也存在类似问题，先生在《两地书·序言》中坦露：

常听得有人说，书信是最不掩饰，最显真面的文章，但我也并不，
我无论给谁写信，最初，总是敷敷衍衍，口是心非的，即在这一本中，
遇有较为紧要的地方，到后来也还是故意写得含胡些，因为我们所处，
是在"当地长官"，邮局，校长……，都可以随意检查信件的国度里。

但自然，明白的话，是也不少的。

"曲笔"不能让人一目了然，但基本内涵保留着。先生在《花边文学·序言》中坦言，"向一种日报上的副刊去投稿"，"我是自己先抽去了几根骨头的"。"抽去几根骨头"是指自己先删去一些可能被编辑和检查官视为敏感的内容，但基本要旨大部分还在；编辑和检查官再删去一些他们认为"不合时宜"的内容，但作品还是面世了。在先生看来，这两种方法都比不开口——不能发表好。

从实际效果看，"曲笔"问题不大，有能力看出"曲笔"中藏有深意的编辑和检查官不多，无非是读者要更用心。"抽去几根骨头"有时效果不好，如先生所说："副刊编辑先抽去几根骨头，总编辑又抽去几根骨头，检查官又抽去几根骨头，剩下来还有什么呢？"即便如此，先生仍肯定"抽去了几根骨头"的做法，"否则，连'剩下来'的也不剩"。"抽去几根骨头"有时效果不错，如先生所说："我的投稿，目的是在发表的，当然不给它见得有骨气，所以被'花边'所装饰者，大约也确比青年作家的作品多，而且奇怪，被删掉的地方倒很少。"可见先生对分寸的把握水平之高。

先生不仅自己采用"曲笔"或者"抽去几根骨头"的迂回方法，而且劝别人也这样做，1933 年他在《致榴花社》（按：榴花社是山西太原的一个文学团体）中，给进步刊物支招："新文艺之在太原，还在开垦时代，作品似以浅显为宜，也不要激烈，这是必须察看环境和时候的。别处不明情形，或者要评为灰色也难说，但可以置之不理，万勿贪一种虚名，而反致不能出版。"采用"曲笔"尤其是"抽去几根骨头"的方法，是"环境和时候"所迫，它固然使作者多少有些"空虚"感，却在相当程度上保留了"充实"。先生在《〈铁流〉编校后记》（《集外集拾遗》）中，谈到出版翻译家、未名社（按：鲁迅发起，1925 年夏成立于北京的文学团体）成员曹靖华翻译苏联作家绥拉菲摩维支的《铁流》的过程，颇有心得地表示，即使在相对恶劣的社会环境中从事创作，只要方法得当，也能够在一定程度上达到较好效果。他说："在这样的岩石似的重压之下，我们就只得宛委曲折，但还是使她在读者眼前开出了鲜艳而铁一般的新花。"运用"宛委曲折"的方法，"经历了一段小小的艰难的历史"，《铁流》终于"和读者相见"了。

关于方法，先生有着深层次思考，他在《坟·题记》中明确表示："君子之徒曰：你何以不骂杀人不眨眼的军阀呢？斯亦卑怯也已！但我是不想上这些诱杀手段的当的。""君子之徒"指当时的现代评论派文人，他们在《现代评论》杂志上不仅指责鲁迅"你何以不骂杀人不眨眼的军阀"，而且鼓动说"斗斗法宝，就是到天桥（按：当时北京的刑场在天桥附近）走走，似乎也还值得些"。先生视之为"诱杀手段"，没上他们的当。先生的清醒与智慧使他得以保全自己，持续地与黑暗势力作斗争。

"无从写"，前提是思考有所得，但能否把"所得"比较准确地写出来，往往是不小的挑战。人们常会遇到这样的情况：对某件事或某个问题，自己似乎已经想清楚了，呼之欲出，但落笔时却又不知从何写起。这是"想"和"写"的矛盾，"语言"的困惑。写的过程，是深入思考、系统梳理和不断完善思路的过程。1919 年，先生写了《自言自语》（《集外集拾遗补编》）一组短文，其中包括《火的冰》和《兄弟》，分别是《野草》中《死火》和《风筝》的雏形。与前者相比，后者不仅内容大大扩展，而且意境也提升了。"无从写"更多是指，自己的作品问世后究竟会产生何种社会影响，心里不大有底。这就使自己在自信中又有不确信，也就是在"充实"中感到某种"空虚"。对此，先生作过分析。他在《〈自选集〉自序》中，谈到对"失望"的看法时解释道："不过我却又怀疑于自己的失望，因为我所见过的人们，事件，是有限得很的。"他在《两地书四》中，谈到"偏激"时说："其实这或者是年龄和经历的关系，也许未必一定的确的。"此类说明不排除谦虚因素，但先生自省的态度是真诚和客观的。

先生观察和分析中国社会，认识国民性弊端的眼光独到而深刻，这和他"所见过的人们、事件"有着割不断的联系。先生在《英译本〈短篇小说选集〉自序》中，谈及自己："生长于都市的大家庭里，从小就受着古书和师傅的教训"，"看得劳苦大众和花鸟一样"。"有时感到所谓上流社会的虚伪和腐败时，我还羡慕他们的安乐。但我母亲的母家是农村，使我能够间或和许多农民相亲近，逐渐知道他们是毕生受着压迫，很多苦痛，和花鸟并不一样了。""偶然得到一个可写文章的机会，我便将所谓上流社会的堕落和下层社会的不幸，陆续用短篇小说的形式发表出来了。"除了农民，先生与知识分子接触也比较多。在新文化运动中产生重大影响的《呐喊》和《彷徨》，小说中的主人公多是农民和知识分子，是相当自然的。

当先生作品的视角面向全体中国人时，情况就不完全一样了。他意识到自己所见所闻有限，就扪心自问，是否过于悲观了？是否有点偏激了？心中不十分踏实，就可能产生一点"空虚"感。这是一个大文学家、大思想家难得的清醒。正是这种清醒，使先生不断追求完美，使他的"立人"思想和人生哲学日臻成熟。先生的这种清醒，对我们每个人如何做好工作，好好活在当下，具有重要启示。有言道"人生有限潜力无限"，此话在人的潜能普遍未得到充分开发的情况下，自有励志作用，却经不起推敲。无限的潜力开发，受有限的生命制约，生命受时空和社会条件制约。一个人应以积极态度对待人生，历史的人总要做历史的事。同时又得承认，历史的人只能做历史的事。不管你如何了得，你"所见过的人们，事件，是有限得很的"。先生在《随感录六十二》（《热

风》）中提出："必须先改造了自己，再改造社会，改造世界。"他在
《写在〈坟〉后面》中坦言："我的确时时解剖别人，然而更多的是更无
情面地解剖我自己。"当我们理解了先生关于"充实"和"空虚"的辩
证论述后，对自我解剖的认识就与原来不一样了吧。

先生在"想要写，但是不能写，无从写"的情况下写了《野草》，
而且写得那样高深而壮美，是态度和智慧使然。他在《无声的中国》
（《三闲集》）中谈到说真话难时指出："真，自然是不容易的"，"但总
可以说些较真的话，发些较真的声音"。这里，首先涉及对"真话"的
理解。如果把它界定为"自己心里想说的话"，那只要有勇气就够了。
如果把它界定为"对事物的客观反映"，那在勇气之外还要有分析判断
能力，就很不容易。如何做到？先生为我们作出了榜样。

关于突破"不能写"。法律或官方对舆论的限制，世界各国在任何
时期都存在，只是程度不同而已，宽松程度与国情有关，与社会文明程
度成正比。和先生所处的时代相比，当今中国社会取得了巨大进步，
《中华人民共和国宪法》第三十五条规定："中华人民共和国公民有言
论、出版、集会、结社、游行、示威的自由。"毋庸置疑，自由是法律和
制度规定范围内的自由。你可以提出完善法律和制度的建议，也可以批
评法律和制度落实得不够好，但总要面对现实。出于公务需要或自己的
选择，我至今仍经常"开口"——写文章、写书，讲课、发言。我认为
无论是"沉默"中的思考，还是思考后的"开口"，都应以"真"为前提。

关于突破"无从写"。首先要重视写，邓小平指出："拿笔杆是实行
领导的主要方法。领导同志要学会拿笔杆"，"经过写，思想就提炼了，
比较周密"。[1]在中国共产党历史上，老一辈党和国家领导人几乎都是文

---

① 《邓小平文选》第一卷，人民出版社1994年版，第145页。

字高手，毛泽东是其中的杰出代表，一般情况下他都亲自动手起草文稿。那个年代的领导干部，从上到下，相当一部分人都有动笔习惯。这种情况大致延续到二十世纪八十年代。我记得，当时我所在的上海铁合金厂，党委书记贺关祥虽然只有初中文化程度，但文字功底很深。还是二十世纪七十年代初，我做厂团委书记，起草的团代会报告被他改得面目全非，这种手把手的教导使我终身受益。现在，重视写的领导干部还有，但已不多。许多领导干部的大部分讲话稿、发言稿由秘书代拟。惰于写，难免惰于思考；思考力退化，难免领导力退化。要求领导干部勤于思，动手写，是当下反对形式主义、官僚主义最有效的办法之一。当然，这需要有配套措施，文山会海不除，要领导干部自己思考、自己动手写大部分讲话稿或讲话提纲，是不现实的。但领导干部本身，也不应把什么问题都推向客观，任何情况下，一定程度上的勤于思，动手写，总是可以做到的。其实，不仅领导干部，所有人都应认识到写的重要性。在很多情况下，只有写才会促使你更好地思考，才能不断积累和精进。

突破"无从写"，还有一个要点是写自己熟悉的东西，前提是在自己相对熟悉的领域，从事自己相对喜爱的工作。鲁迅强调一个人要"专"，他在《两地书九五》中，针对许广平受广东省妇女运动人员训练所邀请她讲"妇女与经济政治之关系"，为时三周，但"自己实无所长，而时机迫得我硬干，真是苦恼"，坦诚相告：

政治经济，我晓得你是没有研究的，幸而只有三星期。我也有这类苦恼，常不免被逼去做"非所长"，"非所好"的事。这样地玩"杂耍"一两年，就只剩下些油滑学问，失了专长，而也逐渐被社会所弃，变了"药渣"了，虽然也曾煎熬了请人喝过汁。

勉强去做自己"没有研究"的工作，只能算"杂耍"，不仅工作做不好，连自己原有的专长也可能失去——因为分散了有限的精力。回顾 自己四十多年职业生涯，如果说没有完全虚度，还写了一些对所在企业和机关，乃至有限社会范围内有益的文字，做了些有意义的事情，与我原则上不跳出自己熟悉的领域，只写自己熟悉的人和事有关。我很少作宏观叙事，政治方面偏重于写基层党建，经济方面偏重于写企业改革发展，管理方面偏重于写领导力、公司治理和企业经营管理，文化方面偏重于写鲁迅，这是由我的人生经历和多年的阅读习惯决定的。

二、 过去的生命因创造价值而值得歌颂

《野草·题辞》第一段，写了"沉默"与"充实"、"开口"与"空虚"的关系。虽然鲁迅提出"当我沉默着的时候觉得充实"，"将开口同时感到空虚"，但他还是打破沉默开口了。先生开口，首先说了什么呢？请看《题辞》第二段：

> 过去的生命已经死亡。我对于这死亡有大欢喜，因为我借此知道它曾经存活。死亡的生命已经朽腐。我对于这朽腐有大欢喜，因为我借此知道它还非空虚。

北京大学教授孙玉石认为，这段话一方面"包含了鲁迅对于过去自己生命存在价值的思考与确认"，"是对于自我生命的一个总结"；另一方面，"也是对于人的生与死的价值论的哲学思考"。①"总结"针对"自我生命"，"哲学思考"则面向包括自己在内的所有人的"生与死"。

---

① 孙玉石著：《现实的与哲学的——鲁迅〈野草〉重释》，北京大学出版社 2010 年版，第6—7页。

这一解读，可谓本章开头所引许杰观点的展开和深入。

（一）回顾生命历程，思考生死意义

读《题辞》第二段，重点是理解"我"的两个"大欢喜"——"我对于这死亡有大欢喜"和"我对于这朽腐有大欢喜"。

先来解读"我对于这死亡有大欢喜"。让我们看先生作品中相关的三段文字，它们都写于《野草·题辞》前。第一段见先生 1925 年 12 月 31 日夜写的《华盖集·题记》。他这样披露自己即时的心绪：

> 现在是一年的尽头的深夜，深得这夜将尽了，我的生命，至少是一部分的生命，已经耗费在写这些无聊的东西中，而我所获得的，乃是我自己的灵魂的荒凉和粗糙。但是我并不惧惮这些，也不想遮盖这些，而且实在有些爱他们了，因为这是我辗转而生活于风沙中的瘢痕。凡有自己也觉得在风沙中辗转而生活着的，会知道这意思。

《华盖集》收先生 1925 年所作杂文三十一篇，比前四年所写的杂文总数还多。回顾这一年的杂文创作，自己的一部分生命，"在写这些无聊的东西中耗费"。这里的"无聊"并非虚空，而是对"有人劝我不要做这样的短评"的自嘲。"短评"即先生独创的现代杂文，许多人不理解他为什么不集中精力写小说，而去写这种"不登大雅之堂"的文字。原因之一，是因为他们没有或者不敢直面黑暗的社会现实。先生进一步分析道：

> 我幼时虽曾梦想飞空，但至今还在地上，救小创伤尚且来不及，那有余暇使心开意豁，立论都公允妥洽，平正通达，像"正人君子"一般；正如沾水小蜂，只在泥土上爬来爬去，万不敢比附洋楼中的通人，但也自有悲苦愤激，决非洋楼中的通人所能领会。

"我幼时虽曾梦想飞空，但至今还在地上"，看似自我调侃，实则告诫

人们不可好高骛远、脱离现实，而要脚踏实地，比如"救小创伤"——为治疗国民受伤的灵魂，尽己所能。先生执着于写批判国民性弊端的杂文就为"救小创伤"，并确信其存在价值。针砭时弊难免受到时弊维护者的攻击，以致"碰钉子"，交上"华盖运"，犹如在搏击风沙中留下瘢痕。对此，"我"不仅不怕，不想遮盖，而且"实在有些爱他们了"。因为"我"有所获。"我"所获得的是"灵魂的荒凉和粗糙"，是"悲苦激愤"。"灵魂的荒凉和粗糙"，是相对旧文化的"繁华"和"精致"的，这种获得虽然令人"悲苦激愤"，却让"我"看清了旧文化的本质，所以"我"爱。这是在反抗社会黑暗的同时进行深刻的自我解剖，才能获得的人生感悟，那些住在"洋楼中的通人"——用漂亮外衣装饰旧文化或者迷恋这装饰的"现代文人"，当然无法体会。

第二段相关文字，见先生 1926 年 10 月 30 日作《坟·题记》。文中谈到《坟》的出版对于自己的价值：

在我自己，还有一点小意义，就是这总算是生活的一部分的痕迹。所以虽然明知道过去已经过去，神魂是无法追蹑的，但总不能那么决绝，还想将糟粕收敛起来，造成一座小小的新坟，一面是埋藏，一面也是留恋。

评价自己过去的生活"还有一点小意义"，显出自信，所谓"糟粕"是"朽腐"的另一种说法。"造成一座小小的新坟"，是对书名的解释，"新坟"是对逝去的生命的总结，"埋藏"不是"埋葬"，"留恋"是因为自信，"新"是对自我价值的再认识。

第三段相关文字，见先生写了《坟·题记》后十多天（1926 年 11 月 11 日）作《写在〈坟〉后面》。他写道："这不过是我的生活中的一点陈迹"，"我的生命的一部分，就这样地用去了，也就是做了这样的工作"。对于自己这本"古文和白话合成的杂集"，"还不能毅然决然将他毁灭，还想借此暂时看看逝去的生活的余痕。惟愿偏爱我的作品的读者也不过将这当作一种纪念，知道这小小的丘陇中，无非埋着曾经活过的躯壳。"这里，再次对书名"坟"作了说明。"陈迹"是"我的生命的一部分"，是"我"的"过去"。"过去"已经埋进坟——"这小小的丘陇"中，但它证明自己"曾经活过"。

以上三段文字，基本上体现了《野草·题辞》的内涵："过去的生命已经死亡"，死亡的生命说明"它曾经存活"，不是苟活，而是活着"做了这样的工作"。《野草·题辞》所言"我对于这死亡有大欢喜"，是《华盖集·题记》《坟·题记》和《写在〈坟〉后面》所没有的，但仔细推敲，意思已在，过去的生命用于创作"我的作品"——"我""实在有些爱他们了"。不仅如此，而且这些作品还有读者"偏爱"，所以"还有一点小意义"。然而，"我"的"大欢喜"评价显然更积极。先生的所谓"过去"，主要当指他自 1907 年开始发表作品，到写作《野草·题辞》时的 1927 年。他沉静下来，对逝去的二十年作总结，对自己的生命存在价值进行思考，总体上给以肯定，因此才"有大欢喜"。"大欢喜"是佛家语，指达到目的而感到极度满足的境界。先生对自己的过去当然不会"极度满足"，但至少自信对国民做了有价值的事，光阴没有虚度。

再解读"我对于这朽腐有大欢喜"。先生在 1929 年写的《〈近代世界短篇小说集〉小引》（《三闲集》）中，谈及当时文学作品翻译情况，分析"中国于世界所有的大部杰作很少译本，翻译短篇小说的却特别的多"，"很大原因之一"是"在现在的环境中，人们忙于生活，无暇来看长篇"。先生认为，读短篇小说的好处是：

只顷刻间，而仍可借一斑略知全豹，以一目尽传精神，用数顷刻，遂知种种作风，种种作者，种种所写的人和物和事状，所得也颇不少的。

回到翻译，先生说：

我们——译者的汇印这书，则原因就在此。贪图用力少，绍介多，有些不肯用尽呆气力的坏处，是自问恐怕也在所不免的。但也有一点只要能培一朵花，就不妨做做会朽的腐草的近于不坏的意思。

"我"之所以"对于这朽腐有大欢喜"，是因为会"朽的腐草"培育了"花"——哪怕只是"一朵花"。和"我对于这死亡有大欢喜"一样，逝去的生命创造了对中国人和中国社会发展有价值的文学作品。有了以上"我对于这死亡有大欢喜"的详细解读，再解读"我对于这朽腐有大欢喜"，就容易理解了。

在自我总结的同时，先生"对于人的生与死的价值论"作了哲学思考。怎么理解许杰提出的《野草·题辞》"歌颂生命"？这涉及鲁迅对生命本质的诠释，他在《门外文谈》（《且介亭杂文》）中说到时间和生命的关系："美国人说，时间就是金钱；但我想：时间就是性命。无端的空耗别人的时间，其实是无异于谋财害命的。""时间就是金钱"，从工作效率角度认识时间，强调工作效率与创造物质财富的关系，自有其积极意义，但这不是时间的本质。"时间就是性命"则不同，它准确诠释了生命本质。生命是什么？人们可以从不同角度诠释，然而无论作何解，在"时间"面前总是殊途同归——生命就是时间，当然是在空间中存在的时间。珍惜时间就是珍惜生命，浪费时间就是浪费生命。在这个意义上，生命观其实也就是时间观。

什么叫珍惜时间，什么是浪费时间？从《野草·题辞》对"充实"和"空虚"的论述中可得知，在先生看来，珍惜时间指抓紧做有意义、有价值的事，这样的生命才充实；浪费时间指得过且过、碌碌无为，导致生命空虚。我"有大欢喜"的朽腐，是因为自己"这朽腐"的年华，并没有白白流逝，它培育了"花朵"——新的生命，有意义，有价值，很充实，"我借此知道它还非空虚。"生命如此，才值得歌颂。

先生批评中国人做事节奏太慢，他在给作家、学者曹聚仁的信中无奈地感叹："一个人活五六十岁，在中国实在做不出什么事来（但，英雄除外），古人之想成仙，或者也是不得已的。"在给曹靖华的信中指出："中国人做事，什么都慢，即使活到一百岁，也做不成多少事。"先生还批评一些人把时间空耗在无聊的吃请中，在《两地书八六》《两地书九三》《两地书一〇九》中，他集中谈了自己在厦门大学所受这方面的干扰："到我这里来空谈的人太多"，"谁都可以直冲而入，并无可谈，而东拉西扯，坐着不走，殊讨厌也"。其后果是："弄得自己的事无暇做"。他离开厦大之前，对类似情况已颇感愤怒："这几天全是赴会和饯行，说话和喝酒，大概这样的还有两三天。这种无聊的应酬，真是和生命有仇"。一句"和生命有仇"，表明先生已站在生命观的高度谈浪费时间。先生表示："这样下去，是不行的"，"即此一端也就不宜久居于此。"随后不久，先生果然就离开厦门去广州了。

先生反复强调"节省时间""要做就做""赶快做"。他在《禁用和自造》（《准风月谈》）中，针对广东、广西因为铅笔和墨水笔进口多，就禁用，改用毛笔的官僚作风指出，"对真实的办事者"而言，用毛笔很不便当，进而指出："所谓'便当'，并不是偷懒，是说在同一时间内，可以由此做成较多的事情。这就是节省时间，也就是使一个人的有限生命，更加有效，而也即等于延长了人的生命。"生命的长短不单指自然寿命，还在于时间利用效率，就是追求更大的生命价值。先生在《有趣的消息》（《华盖集续编》）中说："在我们不从容的人们的世界中，实在没有那许多工夫来摆臭绅士的臭架子了，要做就做。"强调不要空耗时间，要注重实际行动。他在1936年9月写的《死》（《且介亭杂文末编》）中说："从去年起，每当病后休养"，就产生了"'要赶快

做'的想头"，"是为先前所没有的，就因为在不知不觉中，记得了自己
的年龄"。先生用自己的切身感悟告诫世人，人生苦短，要抓紧做想做
的事，以免留下人生的遗憾。

（二）人生哲学的本质是"立人"

今读《野草·题辞》第二段，我们可以得到的启示之一是，理解鲁
迅的人生哲学，务必抓住"立人"本质。先生留日回国"沉默"相当长
时期后才在老朋友的劝说下踏上文坛，他的作品问世不久，评论就接踵
而至。1919 年 2 月，北京大学学生、新潮社（按：1918 年 11 月成立于
北京大学的新文化团体）主要成员、《新潮》杂志编辑，随即成为五四
运动学生领袖的傅斯年，对先生 1918 年 4 月发表的《狂人日记》作了
评论，称其"诚然是中国第一篇好小说"①。这是鲁迅研究的发轫，至
今已过百年。在新中国成立后、改革开放前的相当长一段时期内（延续
到改革开放初期），在特定意识形态的影响下，绝大多数学者用先生的
后期思想或多或少地否定他的前期思想。这与先生的自我评价并不相
符，先生确实对自己早期的某些观点作过修正和完善，后期有发展和超
越，但从未改变过自己的基本思想。他在留日期间，就对中国文化作了
深刻反思，对西方文化进行了冷静分析，敏锐而准确地指出中国人正面
对"二患交伐"。

针对"二患交伐"，先生在《文化偏至论》（《坟》）中指出，要创
造"外之既不后于世界之思潮，内之仍弗失固有之血脉"的新文化。这
种新文化，就是先生创造的"立人"思想，他在分析"欧美之强根柢在

---

① 参阅张梦阳著：《中国鲁迅学通史（上卷·一）》，广东教育出版社 2005 年版，
第 43—44 页。

人"后，明确提出："是故将生存两间，角逐列国是务，其首在立人，人立而后凡事举"。何谓"立人"，如何"立人"？先生 1925 年在《忽然想到六》（《华盖集》）中提出："我们目下的当务之急，是：一要生存，二要温饱，三要发展。"紧接着，他在《北京通信》（《华盖集》）中作了重要补充："可是还得附加几句话以免误解，就是：我之所谓生存，并不是苟活；所谓温饱，并不是奢侈；所谓发展，也不是放纵。"先生明确提出："我们要生活，而且不是苟活"。他进一步阐释道："中国人虽然想了各种苟活的理想乡，可惜终于没有实现。""我以为人类为向上，即发展起见，应该活动，活动而有若于失错，也不要紧。惟独半生半死的苟活，是全盘失错的。因为他挂了生活的招牌，其实却引人到死路上去！"鲁迅"立人"思想，形成了一个相对完整的体系（拙作《应该有新的生活——鲁迅"立人"思想今读》专门作了解读），以上引用可说是其核心内涵。

"立人"思想的提出，使先生的作品一问世，就已然站在中国现代思想文化的制高点。从总体上看，至今未有人超越。先生尽毕生之力书写的所有作品，几乎都围绕"立人"展开，并不断丰富和完善，只是后期与中国社会的现实联系更紧密、更直接，但始终没有离开"立人"这个主题。因此，我认为先生的思想在整体上并不存在所谓后期否定前期的问题。我赞成竹内好对先生的评价："他开始文学生涯以来，总是遇到各种各样的事情，但是他并没有因此而偏离自己最初设定的方向和范围，可看出他的行为方式几乎是遵从着先前的定式。"①思想史、文学史上，确实存在一些学者以自己后期的作品否定前期作品的情况，但那不

---

① ［日］竹内好著，靳丛林编译：《从"绝望"开始》，生活·读书·新知三联书店2013 年版，第 9 页。

是鲁迅。

回到《野草·题辞》，先生写道："过去的生命已经死亡""死亡的生命已经朽腐"。"过去的生命"，就是指人们所说的他的"前期"作品和思想。先生对于自己前期作品和思想的"死亡""朽腐"皆"有大欢喜"。自然规律所致，自己作为自然人逐渐衰老，但逝去的岁月是活得充实的生命，所以"我"对它才"有大欢喜"。如果联系《题辞》第六段第一句"我自爱我的野草"，那就更清楚了。既是"自爱"，就不会自我否定。

同时要看到，又有学者用先生的前期思想否定他的后期思想，乃至包括先生作品的艺术性，用他的小说和散文诗否定他的杂文。这也不符合事实。在"立人"这个基本观点上，先生的后期作品并没有丝毫偏离。二十多年前，北京师范大学教授王富仁就指出："中外很多研究者都认为鲁迅后期的思想变得单薄了，我的观点恰恰相反，我认为，恰恰是在这一时期，他的思想变得异常的丰富和复杂。没有任何一个历史时期，像这个时期的鲁迅一样，既那么坚决、坚定地反抗着政治专制、文化专制对他的压迫，也那么坚决、坚定地抵制着那些左翼青年用空洞的理论口号对他进行的人身攻击和思想骚扰；既那么坚决、坚定地拒斥了中国现代学院派知识分子的新绅士文化，也那么坚决、坚定地拒斥了迎合小市民庸俗趣味的中国现代的小市民文化。这说明他这时的思想仍是一个文化的空间，并且是一个较之此前更广大、更有严密结构形式的空间。"[①]至于艺术性，杂文是先生独创的中国和世界文学史上的瑰丽奇葩，凡作过认真研究者一般都不会否定它的艺术价值。先生后期没有再

---

① 王富仁、赵卓著：《突破盲点——世纪末社会思潮与鲁迅》，中国文联出版社2001年版，第130页。

40　创作如收录在《呐喊》和《彷徨》里的那类经典小说，没有再创作如
《中国小说史略》那样的传世学术著作，固然有些遗憾，但他创造的现
代杂文，在中国文坛乃至世界文学史上的不朽价值，无可比拟。

（三）生命质量与时间管理

　　今读《野草·题辞》第二段，我们可以得到的启示之二是，珍惜生
命就要珍惜时间。生命的本质是时间，时间有过去、现在和将来三个维
度。鲁迅说："过去的生命已经死亡"，"我对于这死亡有大欢喜"，"这
死亡"就是指时间的过去维度。由时间组成的生命三维度中，"现在"
连接"过去"和"将来"，它瞬间发生、瞬间消失，"将来"是可能性维
度，具有不确定性。只有"过去"，因为已经发生，才有确切把握——
"我借此知道它曾经存活"，"过去"这个维度确凿证实生命的存活——
"死"是"生"的完成和"生"过的证明，所以"我""有大欢喜"。歌
颂生命，对生命的过去、现在和将来理应一视同仁，但仔细想来，最值
得歌颂的，不正是"曾经存活"的"过去"吗？对于"过去"，孔夫子
留下的千古名言是："子在川上，曰：'逝者如斯夫！不舍昼夜。'"①它
喻人生过程似流水，激励人们珍惜时间，却也让人对人生感时伤怀。鲁
迅不同，他不仅提醒人们站在珍惜生命的高度来珍惜时间，而且鼓励人
们以积极的态度看待死亡，为让人产生"大欢喜"的"死亡"歌唱！

　　生死观是人生哲学的重要组成部分，但大多数人乐于谈生，忌讳谈
死，或者觉得死这个问题无法谈清楚。鲁迅不避生死，他告诉人们：只
有懂得死，才能真正懂得生。有"杂文北辰"之誉的杂文家朱铁志对西
方哲学家的观点"哲学就是学死"，作出了自己的解说："我想，所谓

---

① 杨伯峻译注：《论语译注》，中华书局 2006 年版，第 105 页。

'学死'，无非是说通过洞晓生死而参透人生的目的、意义和价值，是超越生死而更珍惜当下的现实生活，使人生既超然物外，又入乎其中，既隐于市又飞升到八级之外，关注脚下又仰望星空……说到底，是追求一种不为功名利禄所羁绊的人生境界。"①这里，我们不妨再看看孔子的生死观，子路问死，孔子曰："未知生，焉知死。"不少人以为他回避谈生死，哲学家冯友兰却认为"其实或不是如此"，他的意思是"欲了解死，必先了解生，能了解生则亦可以了解死"。②这种解说对我们也有启发——生与死是对立统一关系。

强调生命的本质是时间，先生期望每个人增强时间意识，因为时间意识就是生命意识。怎样才能真正做到珍惜时间？我认为需要解决好两个基本问题，一是做什么事的问题。鲁迅在《我之节烈观》（《坟》）中提出："人类总有一种理想，一种希望。虽然高下不同，必须有个意义。自他两利固好，至少也得有益本身。"如前所述，珍惜时间首先是指抓紧做有意义、有价值的事，而意义和价值的判断，要用是否自他两利、至少于自己有利来衡量。联系先生的相关论述，这里的"利"，不是自私自利，而是指人的发展。先生认为，人生如果没有意义，那是必须除去的"苦痛"。关于"理想"，本书第二章第一节"在使命的召唤下向前走"将作详细阐述。二是时间利用效率问题。美国管理学大师彼得·德鲁克专门有过论述，他指出："最稀有的资源，就是时间"，"只有时间，是我们租不到、借不到，也买不到，更不能以其他手段来获得的。"可现状是："人往往最不善于管理自己的时间"，"人都是时间消费者，而大多数人也是时间浪费者"。他从四个方面分析了机构和组织浪费时间

---

① 朱铁志著：《理性的黄昏：朱铁志杂文选》，人民文学出版社 2016 年版，第 8 页。
② 冯友兰著：《境界：冯友兰谈人生》，中信出版社 2012 年版，第 92 页。

的原因，即缺乏制度或远见、人员过多、组织不健全和信息功能不健全。那么，就个人而言，该如何提高时间利用效率呢？他给出了三点建议：记录时间、管理时间和统一安排时间。他特别强调，要将可自由运用的时间由零星而集中成大块连续性的时段，要集中精力于主要工作，尤其是人事工作。①

　　我对提高时间利用效率有三点体会。一是舍得用时间管理时间。每天、每周、每月和每年的时间，要花点时间好好排排，一周安排尤其重要。每周下半周，我就开始排下周每天的日程，先把月度、年度安排中的事放进去，再斟酌空余时间安排，力求重要事项有足够时间保证，无聊的应酬尽可能不参加。二是适应自然规律，早睡早起。我十七岁进厂当学徒，每天六点不到出门挤公共汽车上班，习惯了早起；走上领导岗位后有车接送，为避开交通早高峰，六点过便离家，七点前就到办公室。我习惯清晨加班，除不得已的情况外，晚上不"开夜车"。退休后，刻意保持早睡早起的生物钟，二十二点过即睡，四点多即起，午饭后睡半小时，以保持比较充沛的精力。三是自觉学习利用电脑工作。鲁迅当年倡导用铅笔和墨水笔代替毛笔，现在有了电脑，无论写作还是查资料，都比过去方便得多了。记得许多年轻人学会电脑打字时，我还是一个电脑盲，手写的材料请工作人员打字，我在打印稿上修改，如遇工作人员不在身边，就通过传真或电话谈修改意见，甚至请驾驶员来回跑。得益于宝钢集团有限公司（以下简称"宝钢"）较早推广无纸化办公，促使我改变写作习惯，现在已离不开电脑了。比起先生那个时代，我们多么幸运！加上物质生活条件改善，

---

① 参阅［美］彼得·德鲁克著，许是祥译：《卓有成效的管理者》，机械工业出版社 2010 年版，第 25、28、39—45 页。

医疗水平提高，人们的期望寿命不断延长，我们可能比前辈有更多时间 可利用，理当珍惜啊！

珍惜时间，并非把时间之弦绷得越紧越好，先生多次提出"要有余裕心"，他曾集取屈原《离骚》辞句成联："望崦嵫而勿迫，恐鹈鴂之先鸣。"大意是，不要迫不及待地赶路，不如先看看日落处的"崦嵫"神山美景；杜鹃鸟啊你不要抢先鸣唱，免得百草群芳过早凋谢。语意深邃可见一斑。

三、 在现实与历史中追求成功

《野草·题辞》第三、四、五段，集中笔墨写"野草"：

生命的泥委弃在地面上，不生乔木，只生野草，这是我的罪过。

野草，根本不深，花叶不美，然而吸取露，吸取水，吸取陈死人（按：指死去很久的人，见《古诗十九首》："驱车上东门，遥望郭北墓"，"下有陈死人，杳杳即长暮"）的血和肉，各各夺取它的生存。当生存时，还是将遭践踏，将遭删刈，直至于死亡而朽腐。

但我坦然，欣然。我将大笑，我将歌唱。

先生以"野草"比喻自己的文学作品，不单指散文诗集《野草》，还泛指他的所有作品。"野草"之"野"，区别于人工栽培的植物，表明先生的作品不属于当时占统治地位的旧文化营垒。"野草"之"草"，不同于高大挺拔的乔木，但自有它生生不息的伟力。当时的中国文坛为何"只生野草"？先生为什么把自己的作品比作"野草"？怎样看待"野草"？搞清楚这几个问题，有助于我们更好地理解《野草》。

（一）荒漠中的野草具有顽强生命力

《野草·题辞》第三段："生命的泥委弃在地面上，不生乔木，只生野草，这是我的罪过。""生命的泥"指逝去的已朽腐的生命，"委弃"表明它没有被好好安置。"地面"指荒漠，野草生于荒漠——先生用"荒原"和"沙漠"形容当时中国的文化生态。他在《呐喊·自序》中，回顾自己早年"提倡文艺运动"遭遇失败时的心情："凡有一人的主张，得了赞和，是促其前进的，得了反对，是促其奋斗的，独有叫喊于生人中，而生人并无反应，既非赞同，也无反对，如置身毫无边际的荒原，无可措手的了，这是怎样的悲哀呵。"试想独自一人身处荒原是什么感觉？只见荒芜，难见生命，任你"叫喊"，也"并无反应"。正是这种"无可措手"的无力感，让先生发出"这是怎样的悲哀呵"之喟叹。"沙漠"呢？先生在《为"俄国歌剧团"》（《热风》）中，对俄国盲诗人、童话作家爱罗先珂"我似乎住在沙漠里了"的说法给以肯定："是的，沙漠在这里。没有花，没有诗，没有光，没有热。没有艺术，而且没有趣味，而且至于没有好奇心。沉重的沙……"

这里，先生再次对自己消逝的生命价值作出评价。身处政治腐败、积贫积弱、民不聊生的旧中国，先生把文学创作当成自己的生命，以生命之力来创作，期冀自己的作品能够为革除国民性弊端、改造中国社会出一分力。但他认为自己没有创作出像"乔木"那样的作品——类似外国大作家经典长篇小说那样的鸿篇巨制，自己的作品在针砭时弊中产生，往往缺乏从容创作条件，形态以短小为特征，所以称之为"野草"，他借佛家用语说这是自己的"罪过"。自责是谦辞，更重要的原因是先生自觉选择的结果。

先生在《且介亭杂文·序言》中明确表示：

现在是多么切近的时候，作者的任务，是在对于有害的事物，立刻

给以反响或抗争，是感应的神经，是攻守的手足。潜心于他的鸿篇巨 45
制，为未来的文化设想，固然是很好的，但为现在抗争，却也正是为现
在和未来的战斗的作者，因为失掉了现在，也就没有了未来。

文艺理论家、翻译家、中国共产党早期领导人之一、先生的挚友瞿
秋白在评价鲁迅时说："急遽的剧烈的社会斗争，使作家不能够从容的
把他的思想和情感熔铸到创作里去，表现在具体的形象和典型里；同
时，残酷的强暴的压力，又不容许作家的言论采取通常的形式。"①其
实，"乔木"与"野草"，形态各异，作用不同，价值不分伯仲。"野草"
同样伟大！先生的作品，思想之深邃，艺术之精湛，影响之巨大，足以
与世界一流作品媲美。如果说没有达到他心目中"乔木"那样的标准，
又怎能怪先生？社会环境的限制不是更主要的原因吗？

先生 1926 年在《写在〈坟〉后面》中，从哲理层面提出了著名的
"中间物"以及与此密切相关的"一木一石"观点：

一切事物，在转变中，是总有多少中间物的。动植之间，无脊椎和
脊椎动物之间，都有中间物；或者简直可以说，在进化的链子上，一切
都是中间物。当开首改革文章的时候，有几个不三不四的作者，是当然
的，只能这样，也需要这样。他的任务，是在有些警觉之后，喊出一种
新声；又因为从旧垒中来，情形看得较为分明，反戈一击，易制强敌的
死命。但仍应该和光明偕逝，逐渐消亡，至多不过是桥梁中的一木一
石，并非什么前途的目标，范本。

从人的角度分析，时代转变过程中的"中间物"意为"过渡者"，
在历史长河中起承上启下的作用。在先生看来，"承上"决非因袭前人

---

① 陈铁健编：《中国近代思想家文库瞿秋白卷》，中国人民大学出版社 2014 年版，
第 395 页。

的所有，相反，作为从旧营垒走出来的人，在反思和批判传统文化糟粕时，产生"警觉"，反戈一击，更能够切中要害，发出"制强敌的死命"之"新声"；"启下"并不是为后人制定"前途的目标"和"范本"，而是为通向未来的桥梁提供"一木一石"。先生在给现代创作版画研究会（按：木刻家团体，1934年成立于广州市立美术专科学校）会员赖少麒的信中说："巨大的建筑，总是一木一石叠起来的，我们何妨做做这一木一石呢？"宇宙浩瀚，人类生生不息，但生命个体生存时间却非常有限，先生提出"一切都是中间物"和"一木一石"的观点，体现了他的清醒与深刻。

《野草·题辞》第四段："野草，根本不深，花叶不美，然而吸取露，吸取水，吸取陈死人的血和肉，各各夺取它的生存。当生存时，还是将遭践踏，将遭删刈，直至于死亡而朽腐。"

野草生长在荒漠，先生对荒漠的认识，除了前述的"沉重"感外，在《华盖集·题记》中还表现为乐观的斗争精神：

我以为如果艺术之宫里有这么麻烦的禁令，倒不如不进去；还是站在沙漠上，看看飞沙走石，乐则大笑，悲则大叫，愤则大骂，即使被沙砾打得遍身粗糙，头破血流，而时时抚摩自己的凝血，觉得若有花纹，也未必不及跟着中国的文士们去陪莎士比亚吃黄油面包之有趣。

"站在沙漠上"，尽管有飞沙走石，却也因此才让"我"生出嬉笑怒骂的情绪；哪怕被沙砾打得遍身粗糙，甚至头破血流，但凝血的花纹让"我"觉得"有趣"，因为这是"我辗转而生活于风沙中的瘢痕"，换言之，是"我"与飞沙走石作斗争的明证。野草的生长凸显生命的活力！在漫漫荒漠中，野草看似不起眼，却是一片荒芜中难得的一抹绿意，给人们带来希望。这是白居易的名句带给人们的意境："离离原上草，一

岁一枯荣。野火烧不尽，春风吹又生。" 47

"根本不深"，是野草的特征，先生或也喻指自己的作品问世时间不长，虽已产生很大影响，但远未被大多数人真正了解；"花叶不美"，是野草本色，意指自己的作品重在揭露假丑恶，不是流于世俗、供人消遣的"美文"。正如他在《〈野草〉英文译本序》（《二心集》）中的自我评价：《野草》的诗篇"大半是废弛的地狱边沿的惨白色小花，当然不会美丽"。也正如他在《写在〈坟〉后面》中的谦辞，既"无泉涌一般的思想"，又非"伟大华美的文章"。"吸取露，吸取水"，可以理解为自己的作品立足于现代中国，放眼全球，吸取人类进步思潮的养分和革命先驱流血牺牲的经验教训，在活生生的平凡人、平凡事中发现不平凡的人生哲理，获取创作灵感，以"小感触"引发人生大思考。"吸取陈死人的血和肉"，可以理解为自己的作品借鉴源远流长的中外历史文化精华，从先哲那里得到启迪，古为今用，洋为中用。"各各夺取它的生存"，或是希望自己的每一部作品都能在越来越多的读者中产生积极影响，活在他们心中。《野草》具有鲜明的批判时弊特征，先生预言，它的命运，跟自己的其他作品一样，会遭到顽固守旧势力的攻击，会被某些编辑和检查官删节，在某些地方某些时候甚至会被禁止出版。这种情况也许会长期存在，直至作品随着时代进步而完成其历史使命，失去其存在价值——它所批判的时弊不复存在。

《野草·题辞》第五段："但我坦然，欣然。我将大笑，我将歌唱。"基于对自己作品的明确定位和对时局的清醒认识，先生寄希望于遥远的未来，如果有朝一日，国民性弊端被克服，"立人"目标实现，那么，"我"将坦然、欣然地面对自己作品的消亡，"我"将为中国人站起来，中华民族自立于世界民族之林，放声大笑，尽情歌唱！

　　　　《野草·题辞》第六、七、八段，先生从自己的"野草"谈到现实

社会：

　　我自爱我的野草，但我憎恶这以野草装饰的地面。

　　地火在地下运行，奔突；熔岩一旦喷出，将烧尽一切野草，以及乔
木，于是并且无可朽腐。

　　但我坦然，欣然。我将大笑，我将歌唱。

　　野草，即使"根本不深，花叶不美"，但那是用自己生命的心血灌
溉出来的，所以"我自爱我的野草"。有了《野草》这样的作品，中国
现代文化的荒漠就有了一点生机。与"野草"相对应的是"地面"，与
"自爱"相对应的是"憎恶"。"地面"隐喻当时中国的社会环境，尤其
是北方的黑暗现实。《野草》的创作，从 1924 年 9 月 15 日第一篇《秋
夜》，到 1926 年 4 月 10 日最后一篇《一觉》，先生都在北京。当时，中
国南方爆发了轰轰烈烈的国民革命，北伐战争从广州开始，很快扩展到
长江流域，国民革命军占领了武汉。但 1927 年 4 月 26 日，当先生创作
《野草·题辞》时，蒋介石已发动了四一二反革命政变，南方和长江流
域的革命形势逆转。在北方，各派军阀势力之间不断发生冲突，奉系取
代直系成为北洋军阀中占支配地位的势力，张作霖同段祺瑞相勾结，操
纵北京政府，残酷镇压革命和进步力量，反动统治危机加剧。先生在
《未有天才之前》（《坟》）中，分析了"土"和"乔木""好花"的关
系："想有乔木，想看好花，一定要有好土；没有土，便没有花木了；
所以土实在较花木还重要。"当时的中华大地，生出"野草"已属十分
不易，先生憎恶这文化生态似荒漠的"地面"。

　　先生同时看到了未来的希望——"地火在地下运行，奔突"。首都
师范大学教授王景山这样解说"地火"："这'地火'是什么？有实指的
意义，也有象征的意义。它是火山爆发前地下汹涌澎湃的熔岩，是人民

长久压抑在心的对反动统治者的愤怒，是'心事浩茫连广宇，于无声处听惊雷'（按：鲁迅1932年作《无题》诗中的诗句，收入《集外集拾遗》）的那个'惊雷'。也许可以说，'地火'象征革命。"①1931年5月《野草》在第七版刊印之际，被国民党书报检查机关删去《题辞》，可能与写了"地火"有关。"熔岩"般的革命烈火一旦熊熊燃烧，将烧毁旧世界，同时烧毁新世界不再需要的批判旧世界的文学作品，届时，无论它是"野草"还是"乔木"，都不存在朽腐与否的问题了。那是先生遐想中的人类大同世界吧！如果真有那么一天，"我"又怎能不坦然和欣然，不大笑和歌唱呢！《野草》的不少篇章，字面上给人沉闷的感觉，这里却少有地直接以积极、高昂的乐观主义态度憧憬未来。其实，这正是先生一贯的人生态度。

《野草·题辞》的最后三段，即第九、十、十一段，再从理想回到现实：

天地有如此静穆，我不能大笑而且歌唱。天地即不如此静穆，我或者也将不能。我以这一丛野草，在明与暗，生与死，过去与未来之际，献于友与仇，人与兽，爱者与不爱者之前作证。

为我自己，为友与仇，人与兽，爱者与不爱者，我希望这野草的死亡与朽腐，火速到来。要不然，我先就未曾生存，这实在比死亡与朽腐更其不幸。

去罢，野草，连着我的题辞！

在专制统治下的社会，人民没有说话的自由，"我"发表作品受到很大限制——社会"静穆"得没有生气和活力，"我"怎么可能为它

---

① 王景山著：《鲁迅五书心读》，首都师范大学出版社2013年版，第253页。

"大笑而且歌唱"呢？那么，如果社会"不如此静穆"，改革或革命取得成功，"我"能不能为之"大笑而且歌唱"呢？"或者也将不能"。为什么？因为处在转型期的中国社会未来发展的道路尚待探索，那时的"我"能创作什么样的作品，还是未知数。这里，不排除先生自谦的因素，却又更让我们看到他的清醒。改革开放以来，不是常有人提出"如果鲁迅活到解放后会怎样"吗？但是，当时"不能大笑而且歌唱"，并不代表"我"只能保持沉默。"我以这一丛野草"——用"我"自己的方式，拿起笔作匕首和投枪，解剖自己的灵魂，与黑暗势力作斗争。

先生预感到改革国民性，改变中国的落后面貌，将是一个艰难而漫长的历史过程。在这过程中，"明与暗，生与死，过去与未来"交织，中国社会剧烈转型。"我"的作品将给友人——像"人"的人，以安慰和鼓励，有如《呐喊·自序》中所说："聊以慰藉那在寂寞里奔驰的猛士，使他不惮于前驱。""我"的作品将让仇人——不像"人"的人感到"不舒服"，如《坟·题记》中所言："天下不舒服的人们多着，而有些人们却一心一意在造专给自己舒服的世界。这是不能如此便宜的，也给他们放一点可恶的东西在眼前，使他有时小不舒服，知道原来自己的世界也不容易十分美满。"无论是爱"我"作品还是不爱"我"作品的人，都将见证这一历史过程。

先生迫切希望中国社会进步，光明替代黑暗，自己针砭时弊、自喻为"野草"的作品，失去其特有的价值。在遥远的未来，如果这些时弊依然存在，"我"的作品仍未死亡即"朽腐"，这不是比"我"的作品死亡、"朽腐"更令人悲哀吗？正如先生在《热风·题记》中写道："我以为凡对于时弊的攻击，文字须与时弊同时灭亡，因为这正如白血轮之酿成疮疖一般，倘非自身也被排除，则当它的生命的存留中，也即证明着病菌尚在。"就《野草》的出版而言，它终于问世了！就"我"在《野草》中对时弊的批判而言，希望它随着社会的进步速朽吧！

（二）都是"中间物"，"何妨做做一木一石"

今读《野草·题辞》第三、四、五段，给我们的启示是，每个人都该认识到自己在历史长河中的局限性。前述，鲁迅把当时的文化生态喻作"荒漠"，他在《〈中国新文学大系〉小说二集序》（《且介亭杂文二集》）中表露了孤寂心情："北京虽然是'五四运动'的策源地，但自从支持着《新青年》和《新潮》的人们，风流云散以来，一九二〇至二二年这三年间，倒显着寂寞荒凉的古战场的情景。"惟有先生在"风流云散"中孤军作战，他的小说集《呐喊》收小说十四篇，其中的十一篇写于1920年至1922年，包括著名的《阿Q正传》；杂文集《热风》中的十三篇写于1921年至1922年；《故事新编》的第一篇《补天》写于1922年。孤军作战让先生感到彷徨，他曾作《题〈彷徨〉》（《集外集》）诗，披露自己的心情："寂寞新文苑，平安旧战场。两间余一卒，荷戟独彷徨。"文坛之寂寞，让人感同身处荒漠。在《〈自选集〉自序》（《南腔北调集》）中，他发自肺腑地呼唤"新的战友在那里呢?"多么渴望摆脱"荷戟独彷徨"的状况！他在《两地书八》中说："我现在还要找寻生力军，加多破坏论者。"先生在彷徨中观察社会和深入思考，积蓄新的能量，进行新的创作。1924年至1925年写了十一篇小说，以《彷徨》结集出版；1925年作杂文三十一篇，以《华盖集》出版；1926年写杂文三十二篇，以《华盖集续编》出版。尤其重要的，是散文诗集《野草》问世。

对于《野草》，先生用了"我自爱我的野草"的评价，他坚信自己创作的意义和价值，但没有自我陶醉。他在《坟·题记》里，把自己的作品比作"博厚的大地"上的"一点小土块"；在《且介亭杂文·序言》

里说："我只在深夜的街头摆着一个地摊，所有的无非几个小钉，几个瓦碟，但也希望，并且相信有些人会从中寻出合于他的用处的东西。"先生在《野草》中，则把自己的作品比作"野草"，尽管"根本不深""花叶不美"，但"各各夺取它的生存"。在此基础上，他经过形而上的思考，提出了"中间物"和"一木一石"的观点。在人类历史的长河中，任何人至多只是"中间物"，绝大多数人至多只是"一木一石"。在较大范围内发挥承上启下的"中间物"作用，就是伟人，在通向未来的桥梁上，伟人可能不是一般的"一木一石"，而是一根坚固的柱子，极个别人甚至可能成为"顶梁柱"。"至多"，是说"中间物"和"一木一石"听起来似乎很平凡，其实已经作出了了不起的成就。

古今中外，数风流人物，凡想超越"中间物"和"一木一石"，割断历史，否定前人，走极端地打造一个所谓的"新世界"者，往往过犹不及，走向反面。观照现实，又何尝不是这样。凡急功近利的领导者，违背客观规律搞"形象工程"，竭泽而渔"大干快上"，过不了多久就会尝到苦果。"一朝天子一朝臣"，后任否定前任，轻易改变发展规划，破坏发展的连续性，一地或一个单位的工作怎么可能做得好？树立"功成不必在我"和"功成必定有我"的观念，在永无止境的接力赛中跑好自己这一棒，才可能取得最佳效果。不仅做领导工作，做所有事道理相通。每个人只能做一段，把这一段做到位就很好。而真要做好，为后人留下一点有价值的东西，就须"站在前人的肩膀上"。先生曾在《鲁迅译著书目》（《三闲集》）中，对文学青年"进一个苦口的忠告"："那就是：不断的（！）努力一些，切勿想以一年半载，几篇文字和几本期刊，便立了空前绝后的大勋业。还有一点，是：不要只用力于抹杀别个，使他和自己一样的空无，而必须跨过那站着的前人，比前人更加高大。"这对当下我们每个人，又何尝不是忠告。

要成为"中间物"和"一木一石"，须"接地气"，立足现实，一切从实际出发。"实际"，首先是中国实际，其次是世界实际，也就是国情与世情。现实总是光明与黑暗并存，即使光明面不断扩大，阴暗面不断缩小，也难以彻底消除假恶丑。中国社会百年多来的发展，包括新中国成立七十多年和改革开放四十多年的历史，以及当下的社情，反复证明了这一点。改变现实不可能凭空实现，它需要有志者和所有锐意改革的人们站在一起，从他们的宝贵实践经验中"吸取露，吸取水"，使自己也能为改革出一分力。二十世纪二三十年代，毛泽东能提出走一条切合中国实际的革命道路，就在于他重视调查研究，注重从农民运动中吸取养分，提炼出正确的理论、政策和方略。二十世纪七八十年代，邓小平敢于在坚持毛泽东思想基本原理的前提下，纠正毛泽东晚年的错误，在于他能从"文革"的负面经验中吸取教训，提出全党工作重点转移和全面实行改革开放。

伟人尚且如此，何况凡人。一个人要做好一件事，在刻苦学习掌握先进理论的基础上，除了老老实实向实践学习，没有捷径；领导干部要做好领导工作，除了下功夫搞好调查研究，问计于民，没有捷径。在经济全球化和新技术革命的时代背景下，学习和调研非但不能丢，还应借助互联网、大数据分析等更先进的工具，开拓更广阔的视野。遗憾的是，在盛世风光中，许多人忘记了这条颠扑不破的真理，把大量宝贵精力空耗在搞形式主义和官僚主义上。形式主义、官僚主义是阻碍党的路线方针政策和党中央决策部署贯彻落实的大敌，大敌当前，有打倒它的必要。

这让我想起鲁迅当年指出的那种被包围的"猛人"现象。他在《扣丝杂感》（《而已集》）中写道：

无论是何等样人，一成为猛人，则不问其"猛"之大小，我觉得他的身边便总有几个包围的人们，围得水泄不透。那结果，在内，是使该猛人逐渐变成昏庸，有近乎傀儡的趋势。在外，是使别人所看见的并非该猛人的本相，而是经过了包围者的曲折而显现的幻形。至于幻得怎样，则当视包围者是三棱镜呢，还是凸面或凹面而异。

所谓"猛人"，似指有地位又有所作为者，而不是指那些原本素质和能力低下的权势者。但是，在"包围者"对他们实施严密包围，把他们与群众和实际隔离开来后，他们不接地气，逐渐失去根基，"变成昏庸"并向更可怕的"近乎傀儡"演化。人们已看不清他们的本来面貌，他们成了包围者的幻影。包围者又怎样呢？他们是两面人，在猛人面前如奴才，在别的场合却俨然以主子自居。被他们包围的猛人一旦倒台，"包围者便离开了这一株已倒的大树，去寻求别一个新猛人。"我们能说，这样的"猛人"现在已经绝迹了吗？怕还不少吧。

先生认为，"猛人"被包围危害性甚大，他说："我曾经想做过一篇《包围新论》，先述包围之方法，次论中国之所以永是走老路，原因即在包围，因为猛人虽有起仆兴亡，而包围者永是这一伙。次更论猛人倘能脱离包围，中国就有五成得救。结末是包围脱离法。"先生的话分量很重，似乎告诉我们，"包围者"是形式主义、官僚主义的产物，同时也是形式主义、官僚主义加剧的重要推手。"包围者"存在的文化土壤是主奴文化和根深蒂固的官本位思想。为了突破包围，就得下最大决心革除国民性弊端。

要成为"中间物"和"一木一石"，在立足现实的同时还应借鉴历史，就是"吸取陈死人的血和肉"。任何人都没有理由在历史面前骄傲，只有尊重历史才可能超越历史。对历史人物要给以历史的理解和同情，设身处地想一想：如果我在当时会怎么样？尊重历史并非厚古薄今，而是传承历史精华，吸取历史教训，批判历史糟粕，三者缺一不可。能否真正做到，取决于反思历史的态度和深度。当下，历史题材的书籍、电影电视、讲座不少，参观历史遗址在政治教育和红色旅游中方兴未艾，人们有很多机会接触历史。存在的问题是，往往缺少对历史的应有反思，就历史谈历史，浮于表象。近几年，我参观过不少红色遗址。多数情况下，讲解员水平不低，能够声情并茂地介绍历史，但很少有对历史事件发生的原因进行分析，更少有如何从历史中吸取教训的引导，这就大大影响了参观效果。只有反思历史，才能以史为镜。

(三) 保持奋发向上的生命姿态

今读《野草·题辞》第六至第十一段，给我们的启示是，每个人都应当选择积极进取的人生态度。先生在《狂人日记》(《呐喊》) 中，作出了一个惊世骇俗的判断："我翻开历史一查，这历史没有年代，歪歪斜斜的每叶上都写着'仁义道德'几个字。我横竖睡不着，仔细看了半夜，才从字缝里看出字来，满本都写着两个字是'吃人'！""吃人"既指戕害人的肉体，更指毒害人的灵魂。先生在《灯下漫笔》(《坟》) 中打过尖锐的比喻："所谓中国的文明者，其实不过是安排给阔人享用的人肉的筵宴。所谓中国者，其实不过是安排这人肉的筵宴的厨房。"可悲的是，在先生眼里，"这人肉的筵宴现在还排着，有许多人还想一直排下去"。先生笔下，《故乡》(《呐喊》) 中的闰土，"苦得他像一个木偶人"；《祝福》(《彷徨》) 中的祥林嫂，"仿佛是木刻似的"，在辞旧迎新的祝福声中"穷死"；《记念刘和珍君》(《华盖集续编》) 中的刘和珍等为反对日本帝国主义侵犯中国主权而请愿的青年学生，被段祺瑞政府枪杀。先生所见，黑暗、悲惨和罪恶太多，他提出"首在立人"，可面对的却是中国社会的"非人"状态，他能视而不见、听而不闻吗？并非他天生喜好揭露假恶丑，实在是救国救民的使命感催促着他，淤积在他

56　　胸中的块垒不鸣不平！

　　先生在黑暗、悲惨和罪恶面前，看到了光明，并坚定地相信光明必将战胜黑暗。他在 1919 年写的《寸铁》（《集外集拾遗补编》）中宣告："喜欢暗夜的妖怪多，虽然能教暂时黯淡一点，光明却总要来。有如天亮，遮掩不住。想遮掩白费气力的。"1926 年先生写了《记谈话》（《华盖集续编》），对光明与黑暗，对希望，作了进一步阐述："我们的许多寿命白费了。我们所可以自慰的，想来想去，也还是所谓对于将来的希望。希望是附丽于存在的，有存在，便有希望，有希望，便是光明。""将来是永远要有的，并且总要光明起来；只要不做黑暗的附着物，为光明而灭亡，则我们一定有悠久的将来，而且一定是光明的将来。""我们的许多寿命白费了"，或可理解为包括先生自己在内的新文化运动的开辟者和像刘和珍那样的腐朽政权的反抗者，为社会进步所作的斗争遭遇曲折，陷入低谷。怎么办？"我们"要鼓励自己，看到将来的希望。希望并不会在等待中到来，更不会在随波逐流、甚至甘愿"做黑暗的附着物"中到来。希望与"存在"相连，有赖于现实的努力，活在当下不断奋斗，才有将来的希望和光明。眼下再黑暗也不怕，人类历史证明黑暗不能长存，将来总是光明的。孙中山先生说得好："将来世界上总有和平之望，总有大同之一日，此吾人无穷之希望，最伟大之思想。""世界潮流，浩浩荡荡；顺之则昌，逆之则亡。"①

　　鲁迅离世八十多年了，黑暗的旧社会早在 1949 年就被推翻，"解放区的天是明朗的天"，新中国发展蒸蒸日上。天真的人们本以为社会只剩下光明了，没想到之后的路那样曲折。在经济和社会事业迅速发展的过程中，"大跃进"、"反右斗争"严重扩大化和"文革"等使许多党员

① 《孙中山箴言》，华夏出版社 2010 年版，第 351、353 页。

干部和非党知识分子蒙受不白之冤、遭遇残酷斗争和无情打击。冤假错案平反后，有的受害者在回忆录中谈道："在那走投无路的困顿中，真不知道这日子怎么过出来。这时，是鲁迅的著作给了我坚持要活下去的力量。还好，抄家者拿去了我几麻袋的书，却没有拿走那部十卷本的《鲁迅全集》。这部书，就成了我的精神支柱。"①而他反复读的，就是上文引用的这段话。

现在，像"文革"那样的灾难已一去不复返，但事实一再告诫我们，光明与黑暗的斗争依然存在。我们这一代人走上领导岗位时，正值改革开放起步的二十世纪八十年代，虽然对改革开放过程中可能出现的问题，思想上有所准备，但出现如此严重的腐败，深化改革的步履那样艰难，还是出人意料。我们在伟大成就面前，务必保持清醒头脑。此时读鲁迅关于光明与黑暗的散文诗，可增强我们战胜一切黑暗势力的勇气。

勇气要表现为在改革中尽己之力，冲破先生当年指出的那种毫无生气的"静默"。先生反对的"静默"，不是指美学上那种不受外界干扰、潜心创作或欣赏的"静默"，也不是指佛家打坐时心无旁骛的"静默"，而是指在专制统治下，剥夺人民群众言论自由，表面上太平无事的所谓"静默"。这种"静默"的本质，是反对改革创新和社会进步。1927 年 2 月 16 日，先生在香港青年会发表题为《无声的中国》（《三闲集》）的演讲时指出："我们受了损害，受了侮辱，总是不能说出些应说的话。"他鼓励青年，"青年们先可以将中国变成一个有声的中国。大胆地说话，勇敢地进行，忘掉了一切利害，推开了古人，将自己的真心的话发表出来。"

---

① 朱正著：《中国有进步：朱正杂文自选集》，金城出版社 2016 年版，第 229 页。

58　　　当下存在的一个突出问题，是深化改革缺乏足够动力，具体表现为一些干部"不作为"。党中央对全面深化改革作了顶层设计，得到人们普遍拥护，但推进不尽如人意。许多身负贯彻执行党的决策的干部，重复着一些原则性的话，缺少从本地、本单位实际出发的改革措施。上下一般粗，"保持一致"的表态之后，没有联系实际说自己的话，尤其没有做好该做的事。这能不能说是另一种"静默"呢？深化改革需要发扬敢于担当精神，要联系实际学习贯彻落实党中央精神，一级抓一级，层层抓落实，层层有作为，冲破毫无生气的"静默"。这样，深化改革才有希望。

第二章 | Chapter 2

鲁迅人生哲学的目标追求：活出人生过程的精彩——《过客》《希望》《死火》《失掉的好地狱》和《求乞者》今读

　　了解了鲁迅人生哲学的审美格调后，我们紧接着要问，鲁迅人生哲学的目标追求是什么？用一句话来概括就是，活出人生过程的精彩。为此，就要"反抗绝望"，无论在什么情况下都坚守心中的信念，矢志不渝为之奋斗，哪怕陷入所谓的"绝境"。清华大学教授汪晖著有《反抗绝望：鲁迅及其文学世界》一书，书中专门论述《野草》体现的"'反抗绝望'的人生哲学"，他分析道："《野草》哲学恰好相反，它把'无路可走'的境遇中的'绝望抗战'作为每一个人无可逃脱的历史责任，把义无反顾地执著于现实斗争作为人的生存的内在需要，从而使人通过反抗而体验并赋予人生与世界以创造性的意义。"①

《野草》中的《过客》《希望》《死火》《失掉的好地狱》和《求乞者》等篇章，比较集中地体现了上述思想。这五篇散文诗中，《过客》和《失掉的好地狱》被收入《鲁迅自选集》（《野草》被收入该选集的共七篇，还有五篇是《影的告别》《好的故事》《这样的战士》《聪明人和傻子和奴才》以及《淡淡的血痕中》），可见它们在先生心目中分量之重。

鲁迅的独幕散文诗剧《过客》，成稿于 1925 年 3 月 2 日，是《野草》各篇中着力特别多的作品。荆有麟在《鲁迅回忆》中写道："据先生自己讲：《野草》中的《过客》一篇，在他脑筋中酝酿了将近十年。但因想不出合适的表现形式，所以总是迁延着，结果虽然写出了，但先生对于那样的表现手法，还没有感觉到十分满意，这可以看出：先生对于工作的忠实同认真。"②

《过客》不仅塑造了一个反抗绝望，不屈不挠与黑暗势力作斗争的"精神界战士"形象，而且回答了"我是谁""我从哪里来"和"我到哪里去"（《过客》中分别表述为"你是怎么称呼的""你是从那里来的呢""你到那里去"）这三个人生哲学的基本问题。过客开始以"彷徨者"

---

① 汪晖著：《反抗绝望：鲁迅及其文学世界（增订版）》，生活·读书·新知三联书店 2008 年版，第 290 页。
② 荆有麟著：《鲁迅回忆》，中国文史出版社 2020 年版，第 58、107 页。

形象出现，但他最终走出了彷徨。《过客》给人留下最深印象的是两个
字——过程，人生就是过程，人人都是这个世界上的过客；一个人不必
为人生过程的艰辛和终死而绝望，每个人都应该在有意义的理想信念引
导下，乐观向上，追求美好的人生。

一、 在使命召唤下向前走

　　《过客》一开始，以极简的笔法，介绍了故事发生的时间、地点、
人物和背景。"时：或一日的黄昏。""或一日"，也许可以理解为当时中
国的"时时"。"黄昏"则奠定了全剧灰暗的基调；然而，读完全篇可以
发现，灰暗中透过一抹鲜亮色彩。"地：或一处。"也许可以理解为当时
中国的"处处"。"人：老翁——约七十岁，白须发，黑长袍。女孩——
约十岁，紫发，乌眼珠，白地黑方格长衫。过客——约三四十岁，状态
困顿倔强，眼光阴沉，黑须，乱发，黑色短衣裤皆破碎，赤足著破鞋，
胁下挂一个口袋，支着等身的竹杖。"三个人物，七十来岁的老翁，在
那个年代当属高寿。"白须发"，一则说明他"老"，二则点出他的长者
之风；"黑长袍"，隐喻他有阅历、有身份。十岁左右的女孩，正是天真
烂漫的年纪。"紫发"，紫由红蓝两种鲜艳的原色合成，象征少年的生机
活力；"乌眼珠"，让人仿佛看到她清澈明亮的眼神；"白地黑方格长
衫"，没有粉饰，黑白分明，干干净净。写到过客时，着墨明显增多，
并突出描写了他的精神状态。"困顿倔强"是他的整个状态，劳累困乏
到无以复加，却依然坚毅不屈，体现强者个性；"眼光阴沉"，表明他虽
为前途担忧却依然冷静和沉着；"黑须""乱发""黑色短衣裤皆破碎"
和"赤足著破鞋"，说明过客历经艰难，这位"精神界战士"为了追求

理想，穷其所有，哪还顾得上自己；"胁下挂一个口袋"，可见行囊之简单，似又指他抛弃负累，轻装前行；"支着等身的竹杖"，与之前"约三四十岁"的年龄介绍形成强烈对比，正当年富力强，却因不停赶路而疲累不堪，支着竹杖依然顽强前行。过客无疑是剧中主角。

（一）从"我只得走"到"我还是走好"

以上介绍了《过客》中的人物，接着请看场景："东，是几株杂树和瓦砾；西，是荒凉破败的丛葬；其间有一条似路非路的痕迹。一间小土屋向这痕迹开着一扇门；门侧有一段枯树根。"场景的核心是"一条似路非路的痕迹"，东西走向，不少人走过，但尚未开辟成路，寓意过客是一个探索者。"几株杂树和瓦砾"，显示东面——过客生活过的地方的破碎；"荒凉破败的丛葬"，表明西面——过客将去的地方的死灭。一间开着门的小土屋，门侧的一段枯树根，给人以穷困和缺乏活气的感觉。东、西、小土屋，分别喻示过去、将来和现在。过去的破碎，将来的死灭，现在的穷困，时时处处让人感到绝望。场景的描写交待了故事背景，隐喻过客将反抗绝望！

《过客》开头，"女孩正要将坐在树根上的老翁搀起"，却突然停顿，老翁问："孩子。喂，孩子！怎么不动了呢？"女孩眼望东方答道："有谁走来了，看一看罢。"老翁说："不用看他。扶我进去罢。太阳要下去了。"女孩却坚持要"看一看"。老翁劝她："唉，你这孩子！天天看见天，看见土，看见风，还不够好看么？什么也不比这些好看。你偏是要看谁。太阳下去时候出现的东西，不会给你什么好处的。……还是进去罢。"在饱经风霜的老翁看来，大自然的景色最美，没有必要注意"有谁走来了"。"太阳下去时候出现的东西"，似隐喻日薄西山的社会景象，老翁叫孩子不要受它影响。女孩告诉老翁："可是，已经近来了。阿阿，

是一个乞丐。"近来的正是过客，因为衣着破旧而被女孩误认。好在老
翁见多识广："乞丐？不见得罢。"

先生这样描写过客出场："过客从东面的杂树间跄踉走出，暂时踟蹰之后，慢慢地走近老翁去。"他疲累到几乎要摔倒，三人见面，简单寒暄后，过客就迫不及待地提出："老丈（按：那时对老年男性的尊称），我实在冒昧，我想在你那里讨一杯水喝。我走得渴极了。这地方又没有一个池塘，一个水洼。"短短几句，形象地刻画了过客一路走来的孤立无援和百般艰辛。老翁即请女孩去拿水来，并特地吩咐"杯子要洗干净"，体现出善良的陌生人对过客的同情与尊重。然后，就开始了对话：

翁（按：指老翁）——客官（按：那时旅馆侍者对客人的尊称），你请坐。你是怎么称呼的。

客（按：指过客）——称呼？——我不知道。从我还能记得的时候起，我就只一个人。我不知道我本来叫什么。我一路走，有时人们也随便称呼我，各色各样地，我也记不清楚了，况且相同的称呼也没有听到过第二回。

翁——阿阿。那么，你是从那里来的呢？

客——（略略迟疑，）我不知道。从我还能记得的时候起，我就在这么走。

翁——对了。那么，我可以问你到那里去么？

客——自然可以。——但是，我不知道。从我还能记得的时候起，我就在这么走，要走到一个地方去，这地方就在前面。我单记得走了许多路，现在来到这里了。我接着就要走向那边去，（西指，）前面！

老翁向过客提出了三个问题，过客一一作答。"你是怎么称呼的"，过客答："我不知道。""从我还能记得的时候起，我就只一个人"，可见

64　　他的孤独，同时说明每个人都是独立的个体，在人生路上无论遇到什么情况，最终都只能自己对自己负责。"我不知道我本来叫什么"，"有时人们也随便称呼我"，是说人的名字只是一个符号，并不存在"本来叫什么"的问题。人们对"我"的称呼"各色各样"，"相同的称呼也没有听到过第二回"，似隐喻人们对"我"的看法各不相同。

　　"你是从那里来的呢"，过客仍答："我不知道。"当然不是说"我"不知道是母亲生了"我"，只是回答不了寻根究底人到底是从哪里来的这个问题。"从我还能记得的时候起，我就在这么走"，揭示人生就是"走"的过程。

　　"你到那里去"，过客在重复了上述对答后，补充说自己"要走到一个地方去，这地方就在前面"。可他"单记得走了许多路"，却不清楚"前面"是什么。于是，过客与老翁加上女孩又有了以下对话：

　　客——我就要前去。老丈，你大约是久住在这里的，你可知道前面是怎么一个所在么？

　　翁——前面？前面，是坟。

　　客——（诧异地，）坟？

　　孩（按：指女孩）——不，不，不的。那里有许多许多野百合，野蔷薇，我常常去玩，去看他们的。

　　客——（西顾，仿佛微笑，）不错。那些地方有许多许多野百合，野蔷薇，我也常常去玩过，去看过的。但是，那是坟。（向老翁，）老丈，走完了那坟地之后呢？

　　"前面"是什么？老翁和女孩给出了不同答案，显然与他们的年龄和阅历有关。"坟"代表死亡，野百合、野蔷薇象征生生不息的鲜活生命。对老翁和女孩的答案，过客也知道，因为"我也常常去玩过，去看过的"。然而，过客要问的并非老翁和女孩理解的"前面是怎么一个所在"，他想探索更深层次的问题——走完了那坟地之后是什么，这是深究"你到那里去"。

翁——走完之后？那我可不知道。我没有走过。

客——不知道?!

孩——我也不知道。

翁——我单知道南边；北边；东边，你的来路。那是我最熟悉的地方，也许倒是于你们最好的地方。你莫怪我多嘴，据我看来，你已经这么劳顿了，还不如回转去，因为你前去也料不定可能走完。

老翁和女孩对"走完之后"是什么都"不知道"。面对老翁关于"你的来路"也许"倒是于你们最好的地方"的经验之谈，以及"你已经这么劳顿了""还不如回转去"的好心规劝，过客作何反应呢？

客——料不定可能走完？……（沉思，忽然惊起，）那不行！我只得走。回到那里去，就没一处没有名目，没一处没有地主，没一处没有驱逐和牢笼，没一处没有皮面的笑容，没一处没有眶外的眼泪。我憎恨他们，我不回转去！

过客沉思片刻后"忽然惊起"，毫不含糊地拒绝了老翁的劝说："那不行！我只得走。"过客是因为憎恨自己所在的黑暗社会才走出来的，那个社会"没一处没有名目"——等级森严，从上到下一级一级制驭着；"没一处没有地主"——到处都是奴役和剥削；"没一处没有驱逐和牢笼"——改革者、革命者均遭迫害；"没一处没有皮面的笑容，没一处没有眶外的眼泪"——人与人之间少有真诚，多是虚伪。老翁再次劝过客：

翁——那也不然。你也会遇见心底的眼泪，为你的悲哀。

客——不。我不愿看见他们心底的眼泪，不要他们为我的悲哀！

老翁不完全同意过客的意见，他认为社会还是存在着真诚的、从心底里同情像过客那样处境的人。但过客不愿意看见有人同情他，为他伤心流泪。两人继续对话：

　　翁——那么，你，（摇头，）你只得走了。

　　客——是的，我只得走了。况且还有声音常在前面催促我，叫唤我，使我息不下。

　　过客重申"我只得走"，补充了一条十分重要的理由："况且还有声音常在前面催促我，叫唤我，使我息不下。"这声音指什么？在形而上的层面，那该是来自生命的内在召唤。联系先生的人生轨迹，那是自他年轻时就确立且始终不移的初心——为改革国民性而奋斗的使命的召唤。这就不是被动的"只得走"，而是在使命召唤下自觉自主地向前走。剧情发展到这里出现了重大转折，老翁劝过客休息一会儿再走，过客却觉得不能，他与老翁作了如下讨论：

　　客——但是，那前面的声音叫我走。

　　翁——我知道。

　　客——你知道？你知道那声音么？

　　翁——是的。他似乎曾经也叫过我。

　　客——那也就是现在叫我的声音么？

　　翁——那我可不知道。他也就是叫过几声，我不理他，他也就不叫了，我也就记不清楚了。

　　客——唉唉，不理他……。（沉思，忽然吃惊，倾听着，）不行！我还是走的好。

　　老翁原来也被某种理想召唤过，但他未被唤起，召唤者也就没有坚持。过客在再次沉思中"忽然吃惊"，他"倾听"老翁对理想采取"不理他"态度的自白，马上告诫自己：我可不能学他的样！过客从相对被动的"我只得走"到完全主动的"我还是走的好"的转变，体现了思想认识的飞跃——再艰辛，再困顿，也要向前走。接下去，他在与老翁和女孩的对话中，三次重申此决心，留下的最后一句话是"我只得走""我还是走好罢……"，一再彰显他勇毅笃行的人生追求。正如先生在《灯下漫笔》（《坟》）中所言："无须反顾，因为前面还有道路在。"《过客》的结尾着重刻画了过客向前走的姿态："昂了头，奋然向西走去""向野地里跄踉地闯进去，夜色跟在他后面。""昂了头""奋然走"和"闯进去"，表明过客的勇气与决绝，"夜色"比喻前行的路充满险阻。

在人生哲学三问中，"我到哪里去"最为关键，《过客》重点回答了这个问题。前面是坟，走完了那坟地之后是什么？对个体而言，坟意味着生命的终结，本不存在"之后是什么"的问题。先生提出这个问题，超越了个体，已然站在人类生存与发展的高度。他寄希望于过客那样的"精神界战士"，反抗黑暗、追求光明，为社会的改良与进步，为中国人乃至整个人类的生存与发展，不畏艰难，在前进的路上接续奋斗。中国人民大学教授张洁宇分析道："在过客的眼中，'坟'并不意味着一条路的终点。或者说，虽然对于过客个人而言，死亡是必然的结局，但是对于一条路而言，任何一个个人的'坟'和'死亡'都不意味着这条道路的终点。因为，'路'其实是走不完的，而且，'路'是由走的人不断地前赴后继地开创出来的。我认为，这是鲁迅对于个体生命与人类历史的关系的一种重要认识：对个体而言，死亡意味着终结，坟墓就是最终的归宿；但对于一个以民族与文化的未来为目标的人来说，其志向是远远大于一己的生死的。"①许多学者认为，过客是鲁迅的自画像。"我到哪

———————

① 张洁宇著：《独醒者与他的灯——鲁迅〈野草〉细读与研究》，北京大学出版社2013年版，第167—168页。

里去?"先生的回答是:"我"融入人类发展历史——首先是中国人的发展史,在"那前面的声音"——有意义的理想召唤下,不懈地去开辟新的生活。

对于人生哲学三问的另两问,《过客》也作了回答。"我是谁?"首先,"我"是一个追求人生过程精彩的人格独立的人,不依附于谁。本章第三节将解读《求乞者》中所述"我无布施心,我但居布施者之上",凸显这一点。本书第三章第一节解读《秋夜》两株并列的枣树,也将强调这一点。其次,"我"是承上启下的一个"环节"。第一章第三节解读了先生从哲理层面提出的著名的"中间物"命题,以及与此密切相关的"一木一石"观点,是"环节论"的展开。再次,真正的强大从认识自我开始,本书第五章第二节解读《墓碣文》时,将专门阐述"认识自己,方能认识人生"。

"我从哪里来?"《过客》从现实层面回答了这个问题:我从黑暗的旧社会走来,"我憎恨他们",所以"我不回转去","我"要追求光明!在形而上的层面,每个人都是必然性与偶然性相结合的产物。先生在《我们现在怎样做父亲》(《坟》)中,指出父母不该要求子女报恩,理由是:"性交的结果,生出子女,对于子女当然也算不了恩。"男女结合使新的生命得以诞生,这是必然性;某男与某女因结合而生出的"我",在生物学上则具有很大的偶然性。儿童文学作家杨红樱说:"每一个孩子都是世界的奇迹,因为每一个孩子都是世界的唯一。"[1]每个人自应珍爱生命,善待生命。

许杰评《过客》说:"这一篇诗剧,看来似乎简单,也比较容易明

---

[1] 杨红樱著:《杨红樱童话系列·神秘的女老师》,作家出版社 2013 年版,第 43 页。

了；但其实质，却是鲁迅先生在当时全部人生哲学的体验和表白，而
且，这种精神，是贯串在整部的《野草》当中的。"①

（二）"人心必有所冯依，非信无以立"

今读《过客》，我们首先可以得到的启示是，认识人生的意义，首
先在于树立正确的理想观。明知每一个个体的人生之路要走向坟而"偏
要走"，接下来要解决的问题是怎么走。先生 1926 年 11 月在《写在
〈坟〉后面》中说："我只很确切地知道一个终点，就是：坟。然而这是
大家都知道的，无须谁指引。问题是在从此到那的道路。那当然不只一
条，我可正不知那一条好，虽然至今有时也还在寻求。"人生之路各有
各的走法，怎么走才有意义？先生在《过客》中给出的答案是：在"前
面的声音"即理想召唤下往前走，才有意义。

先生几乎在提出"首在立人"的同时，就在《破恶声论》（《集外集
拾遗补编》）中强调："人心必有所冯依（按：冯依，文言文，意为凭
靠，寄托），非信无以立"。人的心灵必须有所寄托，没有理想就难以安
身立命。他在《两地书二九》中说："人到无聊，便比什么都可怕，因
为这是从自己发生的，不大有药可救。"但恰恰在这一点上，许多人怕
是"不大有药可救"。先生在《运命》（《且介亭杂文》）中指出："中国
人自然有迷信，也有'信'，但好像很少'坚信'。""人而没有'坚信'，
狐狐疑疑，也许并不是好事情，因为这也就是所谓'无特操'。"如何坚
定理想信念，是一个极其重要而又十分复杂的难题，先生对此显然作过
深层次思考。小说《故乡》（《呐喊》）的结尾颇富人生哲理，先生不愿
意人们过三种生活，一种是"如我的辛苦展转而生活"，一种是"如闰

① 许杰著：《〈野草〉诠释》，百花文艺出版社 1981 年版，第 175 页。

土的辛苦麻木而生活"，一种是"如别人的辛苦恣睢而生活"。他提出，后辈人"他们应该有新的生活，为我们所未经生活过的"。

"新的生活"是什么？先生强调，应该是有意义的生活，他在《我之节烈观》（《坟》）中指出："人类总有一种理想，一种希望。虽然高下不同，必须有个意义。"意义何在？先生认为："自他两利固好，至少也得有益本身。"何谓"自他两利"或"有益本身"？先生在《我们现在怎样做父亲》（《坟》）中说："此后幸福的度日，合理的做人。"何谓"幸福"和"合理"？先生在《科学史教篇》（《坟》）中回答："致人性于全，不使之偏倚。"在先生看来，全的人性，是在生存、温饱基础上人的精神生活的发展。而精神之发展，就要自觉抵制"二患交伐"，即本土的"主奴文化"和外来的"物奴文化"，提升人生境界。

鲁迅的理想，有着特定的时空观。王富仁认为："在空间上，鲁迅返回了'个人'，返回了'个人'生存的小空间，但他成了'人类'，进入了整个人类的大空间；在时间上，鲁迅抓住了'现在'，抓住了当前的一刹那，但他实现了'永恒'，进入了古往今来的时间隧道中。"[1]先生的理想，是改变中国人现实的生存状态。"中国人"是讲空间，在先生看来，这不是一个抽象的指代，而是具体的中国的每一个人；"现实"是讲时间，在先生笔下，多用"现在"来表述。

鲁迅的理想与马克思相当吻合。在资本主义发展早期，马克思就指出了人的"异化"问题——工人成为机器和资本家的奴隶、资本家成为资本的奴隶，都处于非人状态，他提出人要依靠自己的力量解答这一"历史之谜"，实现"合乎人性的人的复归"，成为"完整的人"。[2]在

---

① 王富仁、赵卓著：《突破盲点——世纪末社会思潮与鲁迅》，中国文联出版社2001年版，第138页。
② 《马克思恩格斯文集》第一卷，人民出版社2009年版，第185—186页。

《共产党宣言》中，马克思、恩格斯对未来理想社会的憧憬是："代替那
阶级和阶级对立的资产阶级旧社会的，将是这样一个联合体，在那里，
每个人的自由发展是一切人的自由发展的条件。"①鲁迅和马克思、恩格
斯有着相同的目标：与全人类的解放和发展联系在一起的每个人的解放
和发展。在当时的历史条件下，最重要的是受压迫、受侮辱的劳苦大众
的解放和发展。他们都为此奋斗了一生，并在奋斗中很好地实现了自身
价值。凡理性思考者，没有人会否认这样的理想。但在极其复杂的社会
环境中，如何使更多人真正把它作为自己的信念，却不是一个简单的问
题。改革开放以来，经过拨乱反正，以及经济的快速发展，人民的生活
水平较快提高，中华民族有了新的转机，重塑人们的理想也有了希望。
但在市场经济的浪潮下，人们的理想信念容易受到金钱和物质的腐蚀。

如何坚定理想信念，成为当下中国人面临的最大挑战。在这种背景
下，梳理鲁迅关于理想的系列论述，给我们以重要启迪，主要有以下
五点。

第一，坚定理想信念的前提和基础，是在感性和理性相结合的层面
正确认识理想。不能离开"人"来谈马克思主义、共产主义，也不能离
开个体的人来谈"人"，把个体和集体对立起来。马克思主义吸取并超
越了它之前的人类文明成果，从为少数人发展到为多数人、为所有人，
从空想到科学，但绝非否定人本身。人的理想，怎么可能离开人而凭空
存在呢？离开人谈人的理想，又怎么谈得上正确、高尚乃至坚定呢？鲁
迅的全部作品聚焦于人，《野草》尤其指向人的心灵。

第二，在实践层面，理想的传播者要言行一致，说到做到。先生
1919年在《随感录三十九》（《热风》）中，对《新青年》一篇文章中

---

① 《马克思恩格斯文集》第二卷，人民出版社 2009 年版，第 53 页。

的一段话——"中国人说到理想，便含着轻薄的意味，觉得理想即是妄想，理想家即是妄人"，发表评论说："据我的经验，这理想价值的跌落，只是近五年以来的事。民国以前，还未如此，许多国民，也肯认理想家是引路的人。到了民国元年前后，理论上的事，著著实现，于是理想派——深浅真伪现在姑且弗论——也格外举起头来。"理想价值为什么跌落？因为"理想家"没有坚持做到"理论上的事著著实现"，先生指出："现在的社会，分不清理想与妄想的区别。再过几时，还要分不清'做不到'与'不肯做到'的区别，要将扫除庭园与劈开地球混作一谈。"一百多年后的今天，空谈之风仍盛，"说话的巨人，行动的矮子"随处可见。经历了那么多风雨，大多数人早就不在乎你说什么，关键看你做什么。当现实的获得感与宣传口径相差甚远时，要人们坚定理想不亚于让人望梅止渴。

第三，理想只能在持续改革中逐步实现。改革在鲁迅作品中占有很重分量，他在《狂人日记》(《呐喊》)中，针对"四千年吃人的历史"责问道："从来如此，便对么？"他提醒人们："你们可以改了，从真心改起！"他在《两地书四》中主张："除了再想法子来改革之外，也再没有别的路。"任何理想都是对现实某些部分不同程度的否定，如果满足于现状，认为已经足够好，就不可能产生理想。在这个意义上可以说，理想是在批判现实中产生的。理想的实现离不开改革，而且是持续改革。改革是利益格局在一定程度上的重新分配和调整，与现实之间必然存在矛盾。为了理想，就要勇于面对矛盾和善于解决矛盾。我们小时候曾天真地以为，等到自己长大了也许理想社会就可以实现了。几十年后的今天才意识到，不是。中国梦从来没有像现在离我们这样近，但民生问题仍然突出，深化改革迫在眉睫。

第四，理想的实现靠大家共同奋斗，需要"切切实实、点点滴滴做下去"。幸福不会从天而降，梦想不会自动成真，人们不能坐在那里空等理想实现。《国际歌》唱得好："从来就没有什么救世主，也不靠神仙皇帝，要创造人类的幸福，全靠我们自己。"鲁迅一贯反对布施，《过客》中这一思想体现得非常明确，《求乞者》更是集中体现，对此，本章第三节将作专门阐述。先生同时认为，人们为理想而奋斗，要务实，从小事做起，他在《忆韦素园君》（《且介亭杂文》）中，称赞韦素园："未名社（按：由鲁迅发起，1925 年夏在北京成立的文学团体）的同人，实在并没有什么雄心和大志，但是，愿意切切实实的，点点滴滴的做下去的意志，却是大家一致的。而其中的骨干就是素园。"不该把为理想而奋斗看作是少数人的事，也不要把它看成都是惊天动地的大事，只有每个人都力所能及地为理想而奋斗，理想的目标才可能逐步实现。

第五，要让为理想而奋斗的人们享受理想实现的阶段性成果。鲁迅在《杂感》（《华盖集》）中指出："仰慕往古的，回往古去罢！想出世的，快出世罢！想上天的，快上天罢！灵魂要离开肉体的，赶快离开罢！现在的地上，应该是执着现在，执着地上的人们居住的。"先生在小说《头发的故事》（《呐喊》）中，通过主人公 N 先生提出："我要借了阿尔志跋绥夫（按：俄国小说家）的话问你们：你们将黄金时代的出现豫约给这些人们的子孙了，但有什么给这些人们自己呢？"这是一个非常值得重视的观点。理想的"豫约"，也许在一段时间，对一部分人（通常是少数人），具有鼓舞作用，但长久不了，也覆盖不全。真正有用的，是让为理想而奋斗的人们，不断享受理想阶段性实现的成果。

理想是人们对未来的期盼，在形而上的意义上，是精神寄托。但期盼与寄托都不应是虚无缥缈，看不见、摸不着的。鲁迅理想观的显著特点是务实——"执着现在，执着地上"。"执着现在"是因为我们只拥有现在，"执着地上"是因为我们生活在中国大地。先生在《文艺与革命》

（《三闲集》）中指出："身在现世，怎么离去？这是和说自己用手提着耳朵，就可以离开地球者一样地欺人。"《过客》提出"我还是走的好"，"走"是现在进行时，是在特定的空间（中国大地）行进，是一个个中国人的人生过程。人生从起点到终点就是过程，是生命的全部。人生的意义与价值都体现在过程，过程中始终需要激发活力，不要让生命力枯萎。比如我住在上海徐汇滨江，江边的城市绿道上，只要天气好，不少人迎着日出，或跑步，或漫步，或快走，我也是其中一员。有的年轻父母带着孩子跑，有的夫妻并肩跑。一对年迈的老人，即便推着轮椅，走一程，推一程，也没有停下脚步。在这条绿道上晨锻的人，都是过客，他们用跑的姿态激发生命活力，同时奔向理想，不就是追求人生过程的精彩吗！

二、"明知前路是坟而偏要走，就是反抗绝望"

鲁迅的《过客》，看似波澜不惊，内涵却十分深刻。1925 年 4 月 11 日，《过客》发表一个多月后，先生在回答北京大学附属音乐传习所和北京美术专科学校学生赵其文向他询问《过客》含义的信中指出："《过客》的意思不过如来信所说那样，即是虽然明知前路是坟而偏要走，就是反抗绝望，因为我以为绝望而反抗者难，比因希望而战斗者更勇猛，更悲壮。"《过客》的主题是"反抗绝望"。人生的终点是死亡，人人平等，没有例外。明知死是终点，要不要好好活，就成了人生哲学的基本命题之一。死是"绝望"，却偏要好好活，绝地反击，争取希望，积极、乐观、顽强地走生命之路。这种向死而生的姿态比看到希望、为希望而斗争"更勇猛，更悲壮"，因为它使人生更坚强、更完美。

为此，先生倾心塑造了过客这样一个"困顿倔强"的"精神界战士"形象，这也是先生的自我写照。他在《北京通信》(《华盖集》)中说："我自己，是什么也不怕的，生命是我自己的东西，所以我不妨大步走去，向着我自以为可以走去的路；即使前面是深渊，荆棘，狭谷，火坑，都由我自己负责。"先生在《彷徨》题辞中，用了屈原《离骚》的两句诗："路漫漫其修远兮，吾将上下而求索。"表达了不断求索的进取精神。

如前所述，除了《过客》，《野草》中的《希望》《死火》《失掉的好地狱》和《乞求者》，也集中体现了反抗绝望的思想。其中，《希望》和《死火》直接表现反抗绝望，《失掉的好地狱》用隐喻手法剖析了使人产生绝望的历史文化根源和现实原因，《乞求者》则强调反抗绝望归根结底靠自己。

(一)"绝望之为虚妄，正与希望相同"

创作《过客》两个月前，1925 年 1 月 1 日，鲁迅创作了《希望》。先生在《〈野草〉英文译本序》(《二心集》)中解说道："因为惊异于青年之消沉，作《希望》。"反抗绝望，题中之意是反对消沉——尤其是承载着希望的青年之消沉。

《希望》的第一至第三段，写"我"即时的精神状态：

我的心分外地寂寞。

然而我的心很平安：没有爱憎，没有哀乐，也没有颜色和声音。

我大概老了。我的头发已经苍白，不是很明白的事么？我的手颤抖着，不是很明白的事么？那么，我的魂灵的手一定也颤抖着，头发也一定苍白了。

心的寂寞，是说没有追求，失去了活力，"分外"强调孤独之深。

因"寂寞"产生的"平安",是消沉,感受不到真善美——不明是非、没有情感、不辨美丑,对什么都无动于衷,心灰意冷。"哀莫大于心死,悲莫过于无声",心死令人消沉,消沉的反作用力又势必加速身体和精神衰老。身体衰老并不可怕,可怕的是精神衰老。这三段诗,虽然反映了一种消极的心理状态,却又凸显了先生的自我解剖精神。后面可以看到,正是这种刀刃向内的勇气,使先生终究从消极状态中走了出来。

第四、五段是回忆"许多年前"的"我":

然而这是许多年前的事了。

这以前,我的心也曾充满过血腥的歌声:血和铁,火焰和毒,恢复和报仇。而忽而这些都空虚了,但有时故意地填以没奈何的自欺的希望。希望,希望,用这希望的盾,抗拒那空虚中的暗夜的袭来,虽然盾后面也依然是空虚中的暗夜。然而就是如此,陆续地耗尽了我的青春。

"这以前",当指先生的青年时代特别是五四时期,先生曾意气风发地投入"文学革命""思想革命"。"血腥的歌声",当指那个时期他发表的一系列抨击旧文化旧制度的作品。这些用青春热血灌溉的作品,激情澎湃,像烧毁旧世界的火焰,也像救治国人沉疴的猛药,既为弘扬中华民族优秀文化,也为向有形和无形的"吃人"者复仇。但没过多久,新文化运动退潮——"忽而这些都空虚了"。先生在《〈自选集〉自序》(《南腔北调集》)中,具体描述了这种"空虚"感:"见过辛亥革命,见过二次革命,见过袁世凯称帝,张勋复辟,看来看去,就看得怀疑起来,于是失望,颓唐得很了。"是否只有怀疑、失望和颓唐呢?非也——"不过我却又怀疑于自己的失望,因为我所见过的人们,事件,是有限得很的,这想头,就给了我提笔的力量。"失望是因为看见许多令人失望的人和事,怀疑失望是因为认识到自己见识有限——"我"没有看见光明,不等于光明不存在。因怀疑失望而产生希望,就给了自己力量。既怀疑，又对怀疑产生质疑，先生自嘲这是"故意地填以没奈何的自欺的希望"。

先生在《两地书四》中，谈到对"将来"的看法：

"将来"这回事，虽然不能知道情形怎样，但有是一定会有的，就是一定会到来的，所虑者到了那时，就成了那时的"现在"。然而人们也不必这样悲观，只要"那时的现在"比"现在的现在"好一点，就很好了，这就是进步。

先生认为，如果说这是"空想"，那么："这些空想，也无法证明一定是空想，所以也可以算是人生的一种慰安，正如信徒的上帝。"辛亥革命的胜利果实很快被吞噬的黑暗现实，令许多革命者或支持革命的人们感到绝望。但先生认为，眼前的绝望不代表未来社会绝对没有希望，社会将在曲折中前进。回到《希望》，先生连用三个"希望"，以希望为盾，凸显先生的青春岁月是因希望而战——"抗拒那空虚中的暗夜的袭来"。这里的"暗夜"比喻社会的黑暗和自己心中的压抑。"盾后面也依然是空虚中的暗夜"——希望在斗争失败中一次次破灭，"我"的青春岁月就这样度过了。

第六段，从"我"的青春，延伸到"身外的青春"：

我早先岂不知我的青春已经逝去了？但以为身外的青春固在：星，月光，僵坠的胡蝶，暗中的花，猫头鹰的不祥之言，杜鹃的啼血，笑的渺茫，爱的翔舞……。虽然是悲凉漂渺的青春罢，然而究竟是青春。

先生在那时的青年身上看到希望。虽然"我的青春已经逝去"，但青年们的青春还在。他们与黑暗势力作斗争，像暗夜里发光的星星和皎洁的月亮；似春寒料峭中飞舞的蝴蝶；如黑夜里看不见的小花，虽不免微弱，难免僵坠，不引人注目，但总让人看到希望。他们向旧世界发出的抗议之声，令反动势力害怕，被认定为不祥音；他们竭力为受压迫、受侮辱的劳苦大众鸣不平，奋不顾身的身姿似杜鹃啼血；他们为理想而笑，因心怀大爱而高兴起舞……这些不畏时局艰难、奋发向上的生命姿态，正是五四时期中国进步青年的缩影。他们奏响的青春之歌，虽难免因青春易逝而"悲凉漂渺"，但他们反抗绝望的斗争终究带给人们以希望。青年当如此，青春当如是！但现在如何呢？《希望》第七段，先生反问道：

然而现在何以如此寂寞？难道连身外的青春也都逝去，世上的青年也多衰老了么？

在先生看来，正是这样。《希望》第八段，先生宣告："我只得由我来肉薄这空虚中的暗夜了。"薄，迫近。肉薄，用生命与黑暗势力作面对面的斗争。"我放下了希望之盾"。虚妄的希望无意义，不如放下，由"我"拿出肉薄暗夜的行动——先生人生哲学的要义是行动。

《希望》第九、十段，先生引用匈牙利诗人、革命家裴多菲的"希望"之歌，谈及诗人之死。歌为："希望是甚么？是娼妓：她对谁都蛊惑，将一切都献给；待你牺牲了极多的宝贝——你的青春——她就弃掉你。"对毫无依凭的希望感到极端失望，即绝望。先生感叹道："悲哉死也，然而更可悲的是他的诗至今没有死。"表现为现在青年的消沉。

《希望》第十一、十二段，谈"桀骜英勇"的裴多菲"终于对了暗夜止步，回顾着茫茫的东方了"——他说：

绝望之为虚妄，正与希望相同。

诗句出自诗人 1847 年在匈牙利北部和东部旅行时写的书简。因为预定两个月后结婚，他前往未婚妻居住的萨特马尔市，由于拉车的马匹瘦弱不堪，他觉得自己恐怕到不了目的地，一度陷入绝望。然而不可思议的是，那些瘦小的马匹并不逊于骏马，竟于当天把他送到了目的地。

他喜出望外，感叹道："绝望是那样的骗人，正如希望一样。"[1]裴多菲终于从绝望中走了出来，在原先否定希望之后否定了绝望。先生正是这样理解裴多菲的诗句：希望不可靠，绝望不是同样不可靠吗？

《希望》第十三至十六段，一再怀念"那逝去的悲凉漂渺的青春"，反复咏叹"身外的青春"不再，"我"只得"一掷我身中的迟暮"。先读第十三段：

倘使我还得偷生在不明不暗的这"虚妄"中，我就还要寻求那逝去的悲凉漂渺的青春，但不妨在我的身外。因为身外的青春倘一消灭，我身中的迟暮也即凋零了。

社会现实的"虚妄"纵使让人失望，但"我"仍要搏击暗夜，争取光明。为此，"我"要追寻自己感受过的五四精神——那种锐意改革、使中华民族青春焕发的精神。"我"把更大的希望寄托在青年身上，如果连青年们也失去了青春朝气，"我"就不得不重披战袍上阵。遗憾的是，青年的状况不如人意，请看第十四段：

然而现在没有星和月光，没有僵坠的胡蝶以至笑的渺茫，爱的翔舞。然而青年们很平安。

青年们很消沉，先生当年曾经感受到的青春气息越来越少。他在《当陶元庆君的绘画展览时》（《而已集》）中说："中国现今的一部份人，确是很有些苦闷。我想，这是古国的青年的迟暮之感。世界的时代思潮早已六面袭来，而自己还拘禁在三千年陈的桎梏里。""迟暮""苦闷"是消沉的具体表现，根本原因在于当世界新文化蓬勃发展时，"古国的青年"却仍然摆脱不了旧文化的束缚。怎么办？先生在第十五段给

---

① 参阅［日］丸尾常喜著，秦弓、孙丽华编译：《耻辱与恢复——〈呐喊〉与〈野草〉》，北京大学出版社2009年版，第202—203页。

80   出了答案：

　　我只得由我来肉薄这空虚中的暗夜了，纵使寻不到身外的青春，也总得自己来一掷我身中的迟暮。但暗夜又在那里呢？现在没有星，没有月光以至笑的渺茫和爱的翔舞；青年们很平安，而我的面前又竟至于并且没有真的暗夜。

　　"我只得由我来肉薄这空虚中的暗夜了"，再次明志。"纵使寻不到身外的青春"，是呼应第十三段的"寻求"，假设寻求无果，"也总得自己来一掷我身中的迟暮"，与第十三段的"凋零"相比，"一掷"的态度更坚决，义无反顾。当"我"下定决心搏击暗夜时，深入思考："暗夜又在那里呢？"是的，青春的气息更少了，青年们很消沉，但社会真是漆黑一团，"我"面前就没有一丁点光明，中国就没有光明吗？"我"不相信。

　　正是基于以上思考，先生重复裴多菲的诗句，作为《希望》的结尾："绝望之为虚妄，正与希望相同！"这是《希望》全篇的基调。当希望一次又一次破灭，面对绝望而绝地反抗，就从原来的"因希望而战"，上升为"反抗绝望"。怎么反抗绝望？对个体而言，只能靠"肉薄"——实际行动。钱理群认为："在一定的意义上，可以说鲁迅的这种悲壮的'反抗绝望'的人生哲学，是中国传统的佛家、道家对人生的参悟与儒家的入世、进取精神，二者经过改造以后的有机结合。更重要的是，它集中体现了二十世纪现代中华民族的民族精神与时代精神。"[1]钱理群从"时代精神"的角度谈鲁迅的"反抗绝望"思想，和他一贯强调要重视"二十世纪的中国经验"有关。回首二十世纪中国发展的坎坷历程，鲁迅"反抗绝望"的人生哲学，不正是许多中国人的精神支柱吗？

---

[1]　钱理群著：《拒绝遗忘：钱理群文选》，汕头大学出版社 1999 年版，第 30 页。

（二）与其"冻灭"不如"烧完"

完成《过客》一个多月后，1925 年 4 月 23 日，鲁迅创作了《死火》，对"反抗绝望"作了进一步展开。"死火"是先生心中早就有的一个意象，他 1919 年发表的《自言自语》（《集外集拾遗补编》）第二节《火的冰》，是《死火》的雏形，其中可见"死火"是指"火的冰的人"。《死火》以"我梦见"开头："我梦见自己在冰山间奔驰。"从此篇开始，《野草》连续七篇"话梦"。这种艺术手法，使作者的思想能够更自由地驰骋。"奔驰"二字让我们联想到先生曾经爱用的笔名"迅行"。"这是高大的冰山"，"一切冰冷，一切青白"。"我忽然坠在冰谷中"。冰谷奇特瑰丽：

上下四旁无不冰冷，青白。而一切青白冰上，却有红影无数，纠结如珊瑚网。我俯看脚下，有火焰在。

寒气逼人的青白的冰谷中，却有着色彩鲜艳的珊瑚状红影——火焰。强烈的色彩对比，让人禁不住好奇，是什么火焰？

这是死火。

有炎炎的形，但毫不动摇，全体冰结，像珊瑚枝；尖端还有凝固的黑烟，疑这才从火宅中出，所以枯焦。这样，映在冰的四壁，而且互相反映，化为无量数影，使这冰谷，成红珊瑚色。

以上都是隐喻。"四旁无不冰冷，青白"的冰山、冰谷，喻指"我"所处黑暗的社会环境。"死火"喻指受到沉重打击的反抗黑暗的力量，尤其是进步青年。这"火"是正义之火，却被邪恶势力扑灭，打入冰谷，成为死火。死火刚死不久，"才从火宅中出，所以枯焦"，"尖端还有凝固的黑烟"。"火宅"系佛家语，《法华经》曰："三界（按：指欲界、色界、无色界，泛指世界）无安，犹如火宅，众苦充满，甚可怖畏，常有生老病死忧患，如是等火，炽燃不息。""火宅"指"众苦充满"、抗争之火"炽燃不息"的人世。死火出自火宅，表明他曾有过火热的斗争经历。死火并未真死，寓意进步的火种扑不灭，面对忧患重重、充满恐怖的现实世界，他顽强地匍匐着，寻找时机复燃。

当"我"看到希望尚存的死火则，不由地发出"哈哈！"的笑声，并勾连起遥远的回忆：

当我幼小的时候，本就爱看快舰激起的浪花，洪炉喷出的烈焰。不但爱看，还想看清。可惜他们都息息变幻，永无定形。虽然凝视又凝视，总不留下怎样一定的迹象。

"浪花"和"烈焰"隐喻活跃的反抗黑暗的力量，"我幼小的时候"就心仪"他"们，关注"他"们，却因缺少实际接触，对"他"们了解不够。现在，情况变了：

死的火焰，现在先得到了你了！

隐喻"我"有机会直接与进步青年接触了，虽是"死的火焰"，但也是一种惊喜。惊喜之后：

我拾起死火，正要细看，那冷气已使我的指头焦灼；但是，我还熬着，将他塞入衣袋中间。冰谷四面，登时完全青白。我一面思索着走出冰谷的法子。

"我"俯身关切成为死火的进步青年——"拾起死火"，尚未深入了解情况，就已强烈感受到他们受迫害之深——"那冷气已使我的指头焦灼"。忍着悲愤——"我还熬着"，用自己的体温呵护他们。"将他塞入衣袋中间"——"我"不惧燃烧自己的危险救下死火。不见了死火的冰谷，失去了红珊瑚色——"登时完全青白"。

"我"决定救死火出冰谷。于是：

我的身上喷出一缕黑烟，上升如铁线蛇（按：又名盲蛇，无毒，状如蚯蚓，是我国最小的一种蛇，分布于浙江、福建等地）。冰谷四面，又登时满有红焰流动，如大火聚（按：佛家语，猛火聚集的地方），将我包围。我低头一看，死火已经燃烧，烧穿了我的衣裳，流在冰地上了。

"我"的体温融化了死火，死火被重新点燃，他说："唉，朋友！你用了你的温热，将我惊醒了。""我"在与死火的对话中知道，"他""原先被人遗弃在冰谷中"，"被冰冻冻得要死"，倘使"我"不给"他"温热，使"他"重新燃烧，"他""不久就须灭亡。"寓意进步力量需要同情、支持和帮助，而先生对此总是不遗余力。下面，是"我"与死火的对话：

"你的醒来，使我欢喜。我正在想着走出冰谷的方法；我愿意携带你去，使你永不冰结，永得燃烧。"

"唉唉！那么，我将烧完！"

"你的烧完，使我惋惜。我便将你留下，仍在这里罢。"

"唉唉！那么，我将冻灭了！"

"那么，怎么办呢？"

"但你自己，又怎么办呢？"他反而问。

"我说过了：我要出这冰谷……。"

"那我就不如烧完！"

"我"为死火重燃而高兴，愿"他""永不冰结，永得燃烧"。但死火却十分清醒——要么"烧完"，要么"冻灭"，"永不冰结，永得燃烧"是不可能的事。"我"和死火的对话，隐喻两种不同的价值观。希冀人生"永不冰结，永得燃烧"，愿望虽好，却不切实际；要么"烧完"，要么"冻灭"，是直面现实的人生。"烧完"和"冻灭"结果相同，过程却迥异，"烧"的过程发出灿烂的光辉，给人带来温暖和光明，"冻"的过程却什么也没有。死火毫不含糊地选择"那我就不如烧完！"追求人生过程的精彩——

84 　　他忽而跃起，如红彗星，并我都出冰谷口外。有大石车突然驰来，我终于碾死在车轮底下，但我还来得及看见那车就坠入冰谷中。

　　"哈哈！你们是再也遇不着死火了！"我得意地笑着说，仿佛就愿意这样似的。

　　"我"带着死火出了冰谷，两者的命运却不同。死火活过来了，"忽而跃起"体现了积极向上的姿态，"他"又将进入"火宅"，在人间燃烧——投入搏击暗夜的斗争，高贵而美丽的身姿像划破夜空的红彗星那样令人神往。彗星点燃的星星之火，终将燎原。"我"却被突然驰来的"大石车"碾死了，但"大石车"也没有好下场，它坠入冰谷。救出死火，"时日曷丧，予及汝偕亡"，"我"心甘情愿，快意大笑！先生创作《死火》半个月后（1925 年 5 月 8 日），在《北京通信》（《华盖集》）中写过这样一段话，可看作对《死火》主题的揭示："我想，我们总得将青年从牢狱里引出来，路上的危险，当然是有的，但这是求生的偶然的危险，无从逃避。"许寿裳认为"《死火》乃其冷藏情热的象征"①。《死火》生动、形象的叙事手法，极具感染力，让我们真切地感受到先生"为有牺牲多壮志"的高尚情怀。

　　(三)"我眼前总充塞着重迭的黑云"

　　1925 年 6 月 22 日，完成《过客》三个多月后，鲁迅创作了《失掉的好地狱》。先生在《〈野草〉英文译本序》中，对此文作了说明：《野草》各篇"可以说，大半是废弛的地狱边沿的惨白色小花，当然不会美丽。但这地狱也必须失掉。这是由几个有雄辩和辣手，而那时还未得志的英雄们的脸色和语气所告诉我的。我于是作《失掉的好地狱》"。"废

---

① 许寿裳著：《鲁迅传》，九州出版社 2017 年版，第 202 页。

弛的地狱"或"失掉的好地狱"喻指什么？"那时还未得志的英雄们"和当时尚未失掉、但也必须失掉的地狱又喻指什么？这在《野草》研究史上颇有争议。我取华中师范大学教授陈安湖的解说，"失掉的好地狱"喻指清王朝统治时期的老地狱；"那时还未得志的英雄们"和当时尚未失掉、但也必须失掉的地狱，喻指袁世凯和段祺瑞等北洋军阀统治的新地狱。辛亥革命推翻了清王朝，胜利果实很快被袁世凯窃取，袁复辟帝制失败，进入北洋军阀统治时期。人民的生活境况并未改善，反而愈来愈痛苦，灾难愈来愈深重，政治的黑暗、社会的动乱、国家的破碎，与清王朝统治时期相比，有过之而无不及。①持上述观点者虽为少数，但我以为把握得比较准确。

中国社会科学院研究员、中国鲁迅研究会原会长林非指出："在辛亥革命时期，鲁迅曾投入到他故乡绍兴地区的实际革命活动中，他目睹了当地的革命者与封建统治者相妥协，从而使革命完全趋于流产的过程。问题的严重性还在于绍兴地区的这种情形，恰巧是当时整个中国的缩影。面对辛亥革命以后的这种黑暗现实，使他对这场革命感到了失望。"②在创作《失掉的好地狱》之前，鲁迅就写了不少与反映辛亥革命后的中国时局相关的作品。他的第一本小说集《呐喊》中的大多数作品，可说是辛亥革命前后中国社会的镜子。写于1921年的《阿Q正传》（《呐喊》），作为鲁迅最杰出的小说，深刻反映了辛亥革命的悲剧。请看先生笔下那个在革命之后建立的县城政权："革命党虽然进了城，倒还没有什么大异样。知县大老爷还是原官，不过改称了什么，而且举人老爷也做了什么——这些名目，未庄人都说不明白——官，带兵的也

---

① 参阅陈安湖著：《〈野草〉释义》，人民出版社2013年版，第122页。
② 林非著：《鲁迅小说论稿》，天津人民出版社1979年版，第5页。

还是先前的老把总。"

1925 年 2 月，先生在《忽然想到三》（《华盖集》）中写道："我觉得仿佛久没有所谓中华民国。我觉得革命以前，我是做奴隶；革命以后不多久，就受了奴隶的骗，变成他们的奴隶了。""我觉得许多烈士的血都被人们踏灭了"。1925 年 3 月，他在《两地书八》中写道："说起民元的事来，那时确是光明得多"，"一到二年二次革命失败之后，即渐渐坏下去，坏而又坏，遂成了现在的情形。其实这也不是新添的坏，乃是涂饰的新漆剥落已尽，于是旧相又显了出来。"

1925 年 5 月，先生在《"碰壁"之后》（《华盖集》）写道：

正当苦痛，即说不出苦痛来，佛说极苦地狱中的鬼魂，也反而并无叫唤！

华夏大概并非地狱，然而"境由心造"，我眼前总充塞着重迭的黑云，其中有故鬼，新鬼，游魂，牛首阿旁，畜生，化生，大叫唤，无叫唤，使我不堪闻见。我装作无所闻见模样，以图欺骗自己，总算已从地狱中出离。

这是对当时中国社会黑暗状况的隐喻。"鬼魂"隐喻受压迫、受侮辱的人们。"重迭的黑云"隐喻重重叠叠的黑暗势力，带给人们的压迫感；同时暗讽政权的更替并没有改变黑暗统治的实质。正如先生在《灯下漫笔》（《坟》）中，把中国历史上的专制统治划分为两个时代："想做奴隶而不得的时代"和"暂时做稳了奴隶的时代"。这些论述，对我们理解《失掉的好地狱》很有帮助。

《失掉的好地狱》第一段写"我"梦见"好地狱"失掉后的情况：

我梦见自己躺在床上，在荒寒的野外，地狱的旁边。一切鬼魂们的叫唤无不低微，然有秩序，与火焰的怒吼，油的沸腾，钢叉的震颤相和鸣，造成醉心的大乐，布告三界（按：指天国、人间、地狱）：地下太平。

　　隐喻清王朝统治下，中国成了占人口大多数的汉族人民的地狱。但由于统治严酷，"一切鬼魂们"——受压迫、受侮辱的人们，尤其是追求进步的人们，已无力公开反抗或不能公开反抗，一时，人间地狱表面上太平了。

　　有一伟大的男子站在我面前，美丽，慈悲，遍身有大光辉，然而我知道他是魔鬼。

　　"一伟大的男子"隐喻清王朝代言人，"美丽，慈悲，遍身有大光辉"，实是披着伪善外衣的魔鬼。"一切都已完结，一切都已完结！可怜的鬼魂们将那好的地狱失掉了！"他悲愤地向"我"诉说一个他所知道的故事——清王朝的"好地狱"从建立到被"鬼魂们"推翻的故事：

　　天地作蜂蜜色的时候，就是魔鬼战胜天神，掌握了主宰一切的大威权的时候。他收得天国，收得人间，也收得地狱。他于是亲临地狱，坐在中央，遍身发大光辉，照见一切鬼众。

　　此时的清王朝，在"战胜天神"——推翻明王朝后，夺取了统治权，"主宰一切"，威风凛凛。汉族人民的地狱对"魔鬼"而言，这是他们心目中的"好地狱"。

　　"地狱原已废弛得很久了：剑树（按：佛教传说，在'剑树地狱'里，刀剑密集，好像树林，称为'剑树'）消却光芒；沸油的边际早不腾涌；大火聚有时不过冒些青烟，远处还萌生曼陀罗花（按：曼陀罗，秋开白花），花极细小，惨白可怜。——那是不足为奇的，因为地上曾经大被焚烧，自然失了他的肥沃。"

　　"魔鬼"自吹清王朝建立后，给人民带来福祉：残害"鬼魂"的设施已被废弛，像树林那样的剑丛不再锋利，油锅不再沸滚，大火聚行将熄灭，远处还生出曼陀罗花。

　　"鬼魂们在冷油温火里醒来，从魔鬼的光辉中看见地狱小花，惨白可怜，被大蛊惑，倏忽间记起人世，默想至不知几多年，遂同时向着人间，发一声反狱的绝叫。"

隐喻清王朝废弛了残害"鬼魂"的设施后，"鬼魂们"遂得苏醒，看见惨白可怜的小花，很快想起叫啮恋的多年前自己曾经生活过的比地狱好的人间——或指明王朝发展较好的一段时光，就向"人类"——似指孙中山为代表的革命派呼救，反对清王朝魔鬼般的统治。

"人类便应声而起，仗义执言，与魔鬼战斗。战声遍满三界，远过雷霆。终于运大谋略，布大罗网，使魔鬼并且不得不从地狱出走。最后的胜利，是地狱门上也竖了人类的旌旗！"

"人类"与"魔鬼"的战斗取得胜利——辛亥革命胜利，建立了亚洲第一个共和国。其结果如何呢？

"当鬼魂们一齐欢呼时，人类的整饬地狱使者已临地狱，坐在中央，用了人类的威严，叱咤一切鬼众。

"当鬼魂们又发一声反狱的绝叫时，即已成为人类的叛徒，得到永劫沉沦的罚，迁到剑树林的中央。"

清王朝被推翻时，广大民众以为好日子来了，没想到袁世凯和段祺瑞等北洋军阀掌握政权后，换汤不换药，继续压迫劳苦大众。当进步力量再次反抗黑暗势力时，即被作为叛徒论处，遭到残酷迫害。

"人类于是完全掌握了主宰地狱的大威权，那威棱（按：旧称神威为棱）且在魔鬼以上。人类于是整顿废弛，先给牛首阿旁以最高的俸草；而且，添薪加火，磨砺刀山，使地狱全体改观，一洗先前颓废的气象。

"曼陀罗花立即焦枯了。油一样沸；刀一样铦（按：指刀刃锋利）；火一样热；鬼众一样呻吟，一样宛转，至于都不暇记起失掉的好地狱。

"这是人类的成功，是鬼魂的不幸……。"

"人类"取得统治地狱的大威权后，和"魔鬼"的"废弛"不同，其管制的严酷远超"魔鬼"。先给那些压迫"鬼魂"的爪牙"以最高的俸草"，使他们更凶恶地压迫"鬼魂"。在刀山火海中，曼陀罗花被烧焦，"鬼众"发出痛苦的呻吟，以至于"不暇记起失掉的好地狱"。"人类"的成功，导致"鬼魂"的不幸。

"魔鬼"讲的故事至此结束了，他越讲越露出自己的本来面目，于是就对"我"说：

"朋友，你在猜疑我了。是的，你是人！我且去寻野兽和恶鬼……"

"魔鬼"怕人，他要去寻找野兽和恶魔为伍。他并不知道"我"和那取得地狱统治权的"人类"并非一类人。

《失掉的好地狱》以"魔鬼"讲故事的方式，揭露了辛亥革命后中国社会的黑暗状况。复旦大学教授吴中杰认为，"《失掉的好地狱》的寓意，要广泛得多，它是对中国某种历史现象的概括。"[①]鲁迅在《再论雷峰塔的倒掉》（《坟》）指出，中国缺少有理想的破坏者，多的是寇盗式的破坏者和奴才式的破坏者，这两种破坏者只是"修补老例"，"结果只能留下一片瓦砾，与建设无关"。他强调："我们要革新的破坏者，因为他内心有理想的光。"

(四) 愈艰难，就愈要改革

今读鲁迅反抗绝望思想，给我们的启示是，必须清醒地认识中国社会改革之艰难，坚定改革信念。反抗绝望，首先要对产生绝望的历史文化和现实背景作出分析。为争取光明而不懈斗争的人们，为什么会感到

① 吴中杰编著：《吴中杰评点鲁迅诗歌散文》，复旦大学出版社 2006 年版，第236 页。

绝望？因为在相当长的历史时期内，黑暗势力过分强大，进步力量委实太小，改革者、革命者屡遭重挫。而这又与中国传统文化的保守性直接相关。1907 年，先生在《摩罗诗力说》（《坟》）中指出："中国之治，理想在不撄。"中国人的政治理想，在于最好不改变现状。1920 年，先生在小说《头发的故事》（《呐喊》）中，通过主人公 N 先生尖锐地指出："阿，造物的皮鞭没有到中国的脊梁上时，中国便永远是这一样的中国，决不肯自己改变一支毫毛！"对于这种现象，他 1923 年在题为《娜拉走后怎样》（《坟》）的演讲结尾，作了进一步分析："可惜中国太难改变了，即使搬动一张桌子，改装一个火炉，几乎也要血；而且即使有了血，也未必一定能搬动，能改装。不是很大的鞭子打在背上，中国自己是不肯动弹的。我想这鞭子总要来，好坏是别一问题，然而总要打到的。但是从那里来，怎么地来，我也是不能确切地知道。"与三年前比，"这鞭子总要来""总要打到"的判断，一方面说明当时中国的社会生态环境还在继续劣化，另一方面表明先生对现状的认识愈加清晰。1925 年，先生在《两地书四》《两地书二四》中说："中国大约太老了，社会上事无大小，都恶劣不堪，像一只黑色的染缸，无论加进什么新东西去，都变成漆黑。""现在的现象是各方面都黑暗，所以有这情形，不但治本无从说起，便是治标也无法"。可见先生的失望感有增无减。

1930 年，先生在《习惯与改革》（《二心集》）中，对"中国自己是不肯动弹的"的原因，从"人"的角度作了分析，他说："体质和精神都已硬化了的人民，对于极小的一点改革，也无不加以阻挠，表面上好像恐怕于自己不便，其实是恐怕于自己不利，但所设的口实，却往往见得极其公正而且堂皇。"根本原因是几千年来，在为专制统治服务的旧文化影响下，人民的"体质和精神都已硬化"。当然，改革难不仅在中国，也是一个世界性难题。1932 年，先生在《二心集·序言》中说：

"去年偶然看见了几篇梅林格（Franz Mehring）（按：通译梅林，德国马克思主义者，历史学家和文艺批评家）的论文，大意说，在坏了下去的旧社会里，倘有人怀一点不同的意见，有一点携贰的心思，是一定要大吃其苦的。""我才知道中外古今，无不如此"。当然，中国更甚。

1924 年，先生在《中国小说的历史的变迁》（《中国小说史略》）中指出："但看中国进化的情形，却有两种很特别的现象：一种是新的来了好久之后而旧的又回复过来，即是反复；一种是新的来了好久之后而旧的并不废去，即是羼杂。"改革中出现的反复和羼杂及其严重性，是中国社会的显著特征。改革如此艰难，怎么办？先生在《中国语文的新生》（《且介亭杂文》）中指出："即使艰难，也还要做；愈艰难，就愈要做。"为什么？先生在《两地书四》中强调："除了再想法子来改革之外，也再没有别的路。"显然，先生坚定地主张知难而进、迎难而上。

当前，我们处在深化改革的攻坚阶段。自改革始，许多人对改革难就有比较清醒的认识和思想准备，但改革之路如此曲折仍超出大多数人预料。由于强大的旧习惯势力的作用，九十多年前鲁迅所揭示的"反复"和"羼杂"现象，在近四十年的改革中仍相当突出，大量棘手的矛盾积重难返。以我所熟悉的国有企业改革为例，不可否认，国有企业改革取得了重大成就，今日之国企较改革前不可同日而语，把它妖魔化没有根据。但是，不少改革措施至今没有真正落地，影响企业发展的深层次问题依然存在。党中央早在 1993 年就提出，国有企业改革的方向是建立现代企业制度。现代企业的基本组织形式是公司制，但许多国企的公司制改革，到二十多年后的 2017 年，才在法律层面完成。对照现代企业制度"产权清晰、权责明确、政企分开、管理科学"四要素，真正建立起比较完善的现代企业制度的国企并不多。针对机构多，冗员多，人浮于事，效率低下，早就提出的劳动用工、人事和收入分配

"三项制度改革",步子太慢,严重制约国企高质量发展。"改革有风险,不改革有危险。"然而,只要真正重视,加上足够的勇气和智慧,风险就可控。最令人担忧的是,如果等到问题的积累超出了临界点,或者改革的外部条件发生逆转,市场竞争异常激烈,就是再想改革也没有机会了。不仅国企改革,其他各个领域的改革莫不如此。增强深化改革的自觉性,拿出敢于担当的勇气,以实际行动积极推进改革,仍是我们的不二选择。

上升到形而上层面,反抗绝望,是积极的对人的终极关怀。人人都免不了思考"我是谁?我从哪里来?到什么地方去?"对此,宗教的解释是"彼岸"的,通过对"彼岸"的寄托来慰藉"此岸"的人生。鲁迅的思考则是"此岸"的——人生的终点是死亡,但不能因此就消极以待,要活出人生过程的精彩。先生晚年在给现代创作版画研究会会员唐英伟的信中说:"人生,宇宙的最后究竟怎样呢,现在还没有人能够答复。也许永久,也许灭亡。但我们不能因为'也许灭亡'就不做"。人生是一个过程,就个体生命而言,漫漫人生路是一个大过程,它由一段段小过程连接而成,幼年,少年,青年,中年到老年,每一段过程并不长,人们不是总感叹青春易逝么。珍惜生命的每一段过程,根据不同年龄段的定位,活出精彩,方称得上珍惜生命,不虚度人生。

人生旅途难免遇到各种艰难困苦,常让人产生"做不下去",甚至绝望的念头。此时,就面临"放弃"还是"坚持"的选择。事实上,在我们想做的事中,很多确实做不了。但不应以此为借口,把不少可能做的事也当作做不了的事消极对待。我们不可能做一切事,但也不是一切事都做不了。人们的普遍经验是,胜利往往就在"再坚持一下"的努力之中。对此,我有切身体会,譬如写有关鲁迅"立人"思想今读系列丛书,包括本书在内,无论是梳理原著,还是解读原文,都是十分庞杂和伤神的工作，联系当下实际写"启示"更是不小的挑战。进展不顺时，我不止一次产生过"做不下去了"的念头。此时，鲁迅"反抗绝望"的声音似犹在耳，激励自己做了下来。

"反抗绝望"，可以从中华文明的源头找到它的基因。《论语》曰，"知其不可而为之"①。《周易》曰："天行健，君子以自强不息。"②将来的希望，与"反抗绝望"联系在一起。世上固然存在黑暗，但毕竟光明更多，越来越多的人追求光明，光明战胜黑暗，总是大趋势。人人都要走向"坟"，反抗绝望，在过程中追求人生价值，人生便充满希望。

三、 人生的路归根到底靠自己走

《过客》的主题是反抗绝望，与此相关，《过客》还提出了反对布施。《野草》中的《求乞者》，主题就是反对布施。布施，意为把财物等施予他人。鲁迅反对布施，并不是反对向生活没有着落的穷人布施，也并非一味指责求乞，相反，他总是给予劳苦大众以极大同情，也参加过不少带有布施性质的义捐。先生反对的只是丧失独立人格的布施和求乞，他反复强调人生的路归根到底只能靠自己走，不能依赖于他人。

（一）"太多的好意"，"我没法感激"

怎么对待布施？这在《过客》的相关情节中一开始就已涉及，不过还没有提出清晰的"布施"概念。过客与老翁和女孩刚见面，相互简单

---

① 杨伯峻译注：《论语译注》，中华书局 2006 年版，第 178 页。
② 周振甫译注：《周易译注》，中华书局 1991 年版，第 3 页。

寒暄后，即向老翁讨水喝，对此，本章第一节已有所交待，这里再完整地引用一下：

客——老丈，我实在冒昧，我想在你那里讨一杯水喝。我走得渴极了。这地方又没有一个池塘，一个水洼。

翁——唔，可以可以。你请坐罢。（向女孩）孩子，你拿水来，杯子要洗干净。

老翁态度热情，嘱咐细致。女孩遵嘱，默默地走进土屋取水。在女孩取水过程中，老翁与过客就人生哲学的三个基本问题进行了对话。没多久，女孩就小心地捧出一个盛着水的木杯来，递给过客。

客——（接杯，）多谢，姑娘。（将水两口喝尽，还杯，）多谢，姑娘。这真是少有的好意。我真不知道应该怎样感激！

翁——不要这么感激。这于你是没有好处的。

客——是的，这于我没有好处。可是我现在很恢复了些力气了。我就要前去。

口渴了要水喝乃人之常情，过客却不这样认为。他在"走得渴极了"，又没找到池塘和水洼的情况下，不得已向老翁要水喝。喝过水后，连连向女孩致谢，且把这样一桩小事说成"这真是少有的好意"，并表示"我真不知道应该怎样感激！"在诗剧的后面可以看到，在渴极了又找不到水的情况下讨水喝，是过客愿意接受别人帮助的极限，再多一点就坚决不受。老翁对过客说"不要这么感激"，"这于你是没有好处的"。过客虽然回答"是的，这于我没有好处"，但仍坚持对于别人的帮助，稍多一点就坚决不受。支撑这种态度的，是先生的一个重要观点：抛下感情的"包袱"才能勇毅向前。他在给赵其文的信中，针对赵关于"感激"的想法，坦诚相告："我敢赠送你一句真实的话，你的善于感激，是于自己有害的，使自己不能高飞远走。我的百无所成，就是受了这癖气的害，《语丝》上《过客》中说：'这于你没有什么好处'，那'这'字就是指'感激'。我希望你向前进取，不要记着这些小事情。"可以理解，"这些小事情"就是指赵得到别人的帮助。先生在给赵的另一封信中，谈了自己的切身体会："感激，那不待言，无论从那一方面说起来，大概总算是美德罢。但我总觉得这是束缚人的。譬如，我有时很想冒险，破坏，几乎忍不住，而我有一个母亲，还有些爱我，愿我平安，我因为感激他的爱，只能不照自己所愿意做的做，而在北京寻一点糊口的小生计，度灰色的生涯。"先生在《伪自由书·前记》中说："我向来的意见，是以为倘有慈母，或是幸福，然若生而失母，却也并非完全的不幸，他也许倒成为更加勇猛，更无挂碍的男儿的。"如果感激之情会成为自己的羁绊，最好就不要接受别人帮助，但这并不容易做到，譬如你很难拒绝来自母亲的关爱。你还可以选择忘记别人的帮助——那些微不足道的"小事情"，以便"高飞远走"，但那些善意、真诚的帮助总让人难以忘怀。在过客与老翁和女孩就"前面是什么""要不要向前走"进行深入讨论，过客回答老翁"我只得走"之后，说了下面的话：

客——可恨的是我的脚早经走破了，有许多伤，流了许多血。（举起一足给老人看，）因此，我的血不够了；我要喝些血。但血在那里呢？可是我也不愿意喝无论谁的血。我只得喝些水，来补充我的血。一路上总有水，我倒也并不感到什么不足。只是我的力气太稀薄了，血里面太多了水的缘故罢。今天连一个小水洼也遇不到，也就是少走了路的缘故罢。

"脚早经走破""有许多伤，流了许多血"，隐喻过客在与黑暗势力的斗争中，付出过多乃至透支——"我的血不够了；我要喝些血。"这里，"血"似可理解为心气，这是支撑过客向前走的力量。这种力量一方面来自主观追求——信念的支撑，另一方面有赖客观条件——体力智力精力的支持，两者缺一不可。"血不够了"，又"不愿意喝无论谁的血"，"只得喝些水，来补充我的血。"可以看出，过客一路走来，头脑始终清醒，不愿接受别人的帮助，一心只想无牵无挂向前走。"连一个小水洼也遇不到"，他认为这是"少走了路的缘故"，展现了他严以律己的品格。老翁劝他休息一会儿，他说"我还是走的好。我息不下。可恨我的脚早经破了。"过客准备稍事休息后继续赶路。此时，女孩出来了，与过客有了以下对话：

孩——给你！（递给一片布，）裹上你的伤去。

客——多谢，（接取，）姑娘。这真是……。这真是极少有的好意。这能使我可以走更多的路。（就断砖坐下，要将布缠在踝上，）但是，不行！（竭力站起，）姑娘，还了你罢，还是裹不下。况且这太多的好意，我没法感激。

女孩递过来一片布，出于纯真的善良。过客从中感受到温暖，增添一点前行的力量，可以使自己走更多的路。然而，独立自主向前走的意识让过客警醒，他执意要把布还给女孩。"裹不下"或只是说辞，主要原因是"太多的好意，我没法感激"。老翁见状，再劝过客，有了以下对话：

翁——你不要这么感激，这于你没有好处。

客——是的，这于我没有什么好处。但在我，这布施是最上的东西了。你看，我全身上可有这样的。

老翁与过客重复了前面关于感激与好处的对话，老翁说的"没有好处"，似指按常理没有必要为接受一块布片这样的小事而心存不安，一个人心思这么重活得太累。对此，过客也认同，但他坚持把女孩送布片给他的善意看作布施，认为这是"最上的东西了"，自己全身上下都没有布施得来的东西。老翁说："你不要当真就是"，过客说：

是的。但是我不能。我怕我会这样：倘使我得到了谁的布施，我就要像兀鹰看见死尸一样，在四近徘徊，祝愿她的灭亡，给我亲自看见；或者咒诅她以外的一切全都灭亡，连我自己，因为我就应该得到咒诅。但是我还没有这样的力量；即使有这力量，我也不愿意她有这样的境遇，因为她们大概总不愿意有这样的境遇。我想，这最稳当。（向女孩，）姑娘，你这布片太好，可是太小一点了，还了你罢。

对上述这段话的理解，我们不妨参考先生的其他文字。先生写《过客》不到两个月后，在《两地书二四》中说道："我是诅咒'人间苦'而不嫌恶'死'的，因为'苦'可以设法减轻而'死'是必然的事，虽曰'尽头'，也不足悲哀。"针对许广平所言"凡有死的同我有关的，同时我就憎恨所有与我无关的"，先生说："我正相反，同我有关的活着，我倒不放心，死了，我就安心，这意思也在《过客》中说过。"之所以这么说，是先生的责任感使然。所谓"同我有关"者，似指他认为自己负有赡养义务者，或需要自己帮助的人。还有，就是给过自己帮助（尤其是布施，如果有过的话），自己应该报恩者。如果"我"先死于这些人，谁来代我承担赡养他们的义务、帮助他们的责任，谁能代我向他们报恩呢？他不放心，因为他认为没人能替代。

当时的社会确实太黑暗了。先生在《狂人日记》（《坟》）中，用"吃人"二字概括四千年中国历史。1925年，他在《灯下漫笔》（《坟》）中，又无情地揭露道：

我们自己是早已布置妥帖了，有贵贱，有大小，有上下。自己被人凌虐，但也可以凌虐别人；自己被人吃，但也可以吃别人。一级一级的制驭着，不能动弹，也不想动弹了。

所谓中国的文明者，其实不过是安排给阔人享用的人肉的筵宴。

这人肉的筵宴现在还排着，有许多人还想一直排下去。

先生 1926 年在《记念刘和珍君》(《华盖集续编》)中愤怒控诉："我只觉得所住的并非人间。"他 1935 年在《病后杂谈之余》(《且介亭杂文》)中再次指出："自有历史以来,中国人是一向被同族和异族屠戮,奴隶,敲掠,刑辱,压迫下来的,非人类所能忍受的楚毒,也都身受过,每一考查,真教人觉得不像活在人间。"此时,九一八事变已经过去三年多,两年后即爆发七七事变,越来越多的中国人生活在日本帝国主义的铁蹄下。当这种原本可能设法减轻的"人间苦"有增无减时,如果自己死了,"同我有关"的人能活下去、活得好吗?先生实在不放心。事实上,先生去世后,他的母亲和原配夫人朱安的生活确实出现了问题,虽然许广平作出了最大努力尽赡养义务。

什么情况下"我"才放心呢?除非诅咒"她以外的一切全都灭亡"——旧社会被推翻,包括"我自己",因为"我"也是旧社会的一部分。但"我"显然对此无能为力,即使"我"有能力做到,她们也未必愿意,因为她们已习惯于在旧社会生活,犹如先生在《灯下漫笔》中描述的那种"不能动弹,也不想动弹"的状况,"因为倘一动弹,虽或有利,然而也有弊"。或许出于上述考虑,过客坚持不受女孩的布片。为了避免她伤心,就找了个理由:"你这布片太好,可是太小一点了,还了你罢。"先生回答赵其文向他询问《过客》含义的信中,在揭示《过客》的主题是反抗绝望的同时坦言:"但这种反抗,每容易蹉跌在'爱'——感激也在内——里,所以那过客得了小女孩的一片破布的布施也几乎不能前进了。"这里说的带引号的"爱"指一种特殊的爱,就是布施,小女孩送过客一片布象征布施。先生认为反抗绝望者必须具备强大的独立人格,而接受布施则是对独立人格的损害。

回到《过客》,看女孩再次被拒绝后的态度和过客的反应,以及老翁的劝说:

孩——（惊惧，退后，）我不要了！你带走！ 99

客——（似笑，）哦哦，……因为我拿过了？

孩——（点头，指口袋，）你装在那里，去玩玩。

客——（颓唐地退后，）但这背在身上，怎么走呢？……

翁——你息不下，也就背不动。——休息一会，就没有什么了。

女孩显然不理解过客不接受布片的理由。老翁劝过客休息后再走，过客虽然"愿意休息"，但仍强调"我不能"，他决定走了：

客——（将腰一伸，）好，我告别了。我很感谢你们。（向着女孩，）姑娘，这还你，请你收回去。

（女孩惊惧，敛手，要躲进土屋里去。）

翁——你带去罢。要是太重了，可以随时抛在坟地里面的。

孩——（走向前，）阿阿，那不行！

客——阿阿，那不行的。

翁——那么，你挂在野百合野蔷薇上就是了。

孩——（拍手，）哈哈！好！

客——哦哦……

（极暂时中，沉默。）

过客执意要把布片还给女孩，女孩还是不收。经过老翁一番劝说并出主意，过客和女孩都同意将布片"挂在野百合野蔷薇上"。前述，野百合野蔷薇象征生生不息的鲜活生命，这里，把布片留给野百合野蔷薇，寓指把温暖与善意的帮助留给更需要的人——前赴后继的尚弱小的进步力量。

（二）"我无布施心，我但居布施者之上"

鲁迅 1924 年 9 月 24 日创作了《求乞者》，如前所述，其主题就是

100 反对布施——被先生赋予了特定内涵的布施。开头两段主要是情景描写：

我顺着剥落的高墙走路，踏着松的灰土。另外有几个人，各自走路。微风起来，露在墙头的高树的枝条带着还未干枯的叶子在我头上摇动。

微风起来，四面都是灰土。

"剥落的高墙""未干枯的叶子"，四面都是微风吹起的灰土，几个人各走各的路，互不相干。这是实写当时北京秋天的街景，"我"也身在其中。推而广之，这也是当时中国落后面貌的写照。"剥落的高墙"隐喻当时的人际关系，先生在《俄文译本〈阿Q正传〉序及著者自叙传略》（《集外集》）中写道："别人我不得而知，在我自己，总仿佛觉得我们人人之间各有一道高墙，将各个分离，使大家的心无从相印。""各自走路"，隐喻人们走着不同的人生之路。求乞者在这样的场景中出现了：

一个孩子向我求乞，也穿着夹衣，也不见得悲戚，而拦着磕头，追着哀呼。

我厌恶他的声调，态度。我憎恶他并不悲哀，近于儿戏；我烦厌他这追着哀呼。

这个"拦着磕头，追着哀呼"求乞的孩子，像"我"一样"也穿着夹衣"，可见他并非衣食没有着落，所以也没有真的悲戚。"我"憎恶他对自己的求乞行为不感到羞耻，对他"近于儿戏"的哀呼声调和态度感到厌恶、烦腻。"我"继续在四面都是尘土的街上赶路，遇见了另一个行乞的孩子：

一个孩子向我求乞，也穿着夹衣，也不见得悲戚，但是哑的，摊开手，装着手势。

我就憎恶他这手势。而且，他或者并不哑，这不过是一种求乞的
法子。

这个求乞的孩子，衣着、表情和前一个孩子相同，不同的是他看上
去像哑巴，他"摊开手，装着手势"的样子令"我"憎恶，甚至怀疑他
并不是哑巴，不过为了求乞才装哑。较之前者"磕头""哀呼"时的无
羞耻心，他障人耳目、骗取同情的行为更令人生厌。对这两个求乞的孩
子，"我"采取什么态度呢？

我不布施，我无布施心，我但居布施者之上，给与烦腻，疑心，
憎恶。

这是体现《求乞者》主题的一段。"我"为什么厌恶、疑心、憎恶
和烦腻这两个求乞的孩子？因为"我"对这种没有志气、没有出息、不
顾廉耻的孩子不布施，甚至连布施心也没有。"我"认为自己站得比布
施者高。孙玉石指出："鲁迅写的是对于作为'求乞者'的孩子的憎恶，
内心深处却是在为一个民族的缺乏抗争的奴隶性而悲哀和愤怒。""鲁迅
想传达的生命哲学，就是蔑视与反对生命存在中奴隶性的卑躬屈膝"，
"他在这篇象征的散文诗中暗示人们：社会已在废弛与崩坏中，而人的
真正的解放乃是从奴性的求乞走向人性的抗争。"①回到街景：

我顺着倒败的泥墙走路，断砖叠在墙缺口，墙里面没有什么。微风
起来，送秋寒穿透我的夹衣；四面都是灰土。

"倒败的泥墙"和"断砖"，甚于"剥落的高墙"，重复"四面都是
灰土"，隐喻社会之衰败，生活之路越走越艰难。"秋寒穿透我的夹衣"，
凸显"我"对同胞"怒其不争"的悲凉心情。

---

① 孙玉石著：《现实的与哲学的——鲁迅〈野草〉重释》，北京大学出版社 2010 年
版，第 42、45 页。

我想着我将用什么方法求乞：发声，用怎样声调？装哑，用怎样手势？……

另外有几个人各自走路。

"我"扪心自问：我也会像这两个孩子一样求乞吗？这是一瞬间的假设。当"我"思考这样的人生课题时，路人或许并不关心，他们各走各的路。"我"想，如果求乞：

我将得不到布施，得不到布施心；我将得到自居于布施之上者的烦腻，疑心，憎恶。

为什么得不到布施？因为"我"将遇到前述像"我"那样的不布施、无布施心，而自居于布施者之上的人，而"我"能够得到的，也只会是前述像"我"那样的烦腻、疑心、憎恶的给予。那"我"该怎么做，"我"又能得到什么呢？

我将用无所为和沉默求乞……

我至少将得到虚无。

"无所为和沉默"，就是什么也不做，什么也不说，就是不求乞。不求乞，"我至少将得到虚无"，这里的虚无可以看作一种双重否定句式，双重否定即肯定。得到虚无，看上去什么也没有得到，但其实得到了自尊、自爱和自由。这样的"虚无"不是远强于求乞所得吗！

《求乞者》的结尾，呼应开头的情景描写，强化表现当时的社会背景：

微风起来，四面都是灰土。另外有几个人各自走路。

灰土，灰土，……

…………………

灰土……

重复出现"灰土"，从开始到结束，共八次，四次在结尾部分，加上省略，隐喻社会暗无天日，社会变革希望渺茫，让人极端失望，欲说还休。第四次出现"另外有几个人各自走路"，表面上写人们行色匆匆，实则暗喻当时的民众多麻木，自顾不暇，关心社会、关心改革的人不多。

同样反对布施，《求乞者》与《过客》侧重不同。《过客》反对接受布施，小女孩在过客脚受伤的情况下给他一片布裹脚，这种布施是发善心，行善举。过客不接受布施，是为追求独立人格。《求乞者》既反对接受布施又反对给予布施。先生既反对基本生活有着落的人乞求布施，也反对向这样的人布施。两者都强调人之为人，必须有独立人格。钱理群认为：鲁迅"从'求乞'与'布施'的背后，看到了依赖、依附与被依赖、被依附的关系。""鲁迅是始终站在不幸者即生活中的弱者这一边的，他为他们的生存、发展的权利作了最有力的辩护；但他强调的是弱者的自强，而不是等待他人的恩赐。"①

《求乞者》还体现了先生的另一层重要思想，即反对虚伪。瞿秋白对鲁迅精神作过归纳，认为最主要的是"反虚伪的精神"："他的神圣的憎恶就是针对着这个地主资产阶级的虚伪社会，这个帝国主义的虚伪世界的。他的杂感简直可以说全是反虚伪的战书。"②对虚伪，先生曾在不少作品中给以无情批判，他在《马上支日记》（《华盖集续编》）中，揭露"做戏的虚无党"："要寻虚无党，在中国实在很不少"，"虽然这么想，却是那么说，在后台这么做，到前台又那么做"。《求乞者》中两个装腔作势的孩子，是隐喻。

---

① 参阅钱理群著：《与鲁迅相遇：北大演讲录之二》，生活·读书·新知三联书店2003年版，第277页。

② 陈铁健编：《中国近代思想家文库·瞿秋白卷》，中国人民大学出版社2014年版，第410页。

104　　　　（三）建立"为大众""为将来"的独立人格

今读鲁迅《过客》中关于反对布施的内容和专门批判乞求行为的《求乞者》，给我们的启示是，人之为人，就要有自主自立意识，不能成为他人的附属物。先生 1907 年在《文化偏至论》（《坟》）中提出"立人"思想时，明确指出："若其道术，乃必尊个性而张精神。""立人"之道，在于尊重个性和提升人的精神境界，两者相辅相成，没有精神境界的提升，就无所谓真正的个性。先生认为："个性张，沙聚之邦，由是转为人国。人国既建，乃始雄厉无前，屹然独见于天下"。人人都具备独立人格，一盘散沙似的国家，就能发展成以人为本的具有强大凝聚力和向心力的国家，中国就会像东方醒狮，不可阻挡地一往无前，自立于世界民族之林。①先生 1908 年在《破恶声论》（《集外集拾遗补编》）中指出："盖惟声发自心，朕归于我，而人始自有己；人各有己，而群之大觉近矣。"只有声音发自每个人的内心，自己主宰自己，人们才会感觉到自我的存在，人群就接近彻底觉悟了。一个人一旦依附于另一个人，失去独立人格，就不仅失去了自己，而且会连累所依附者。

在先生看来，要建立独立人格，就要批判为封建专制服务的主奴文化，他在《老调子已经唱完》（《集外集拾遗》）中尖锐地指出："中国的文化，都是侍奉主子的文化，是用很多的人的痛苦换来的。""保存旧文化，是要中国人永远做侍奉主子的材料，苦下去，苦下去。"建立独立人格，必须反对布施，如同先生在《随感录六十一　不满》（《热风》）中所言："人道是要各人竭力挣来，培植，保养的，不是别人布施，捐助的。"这里的"人道"，是指人的生存、温饱、发展之道，既包

---

① 本书鲁迅文言论文译成白话文，参阅了南京师范学院中文系资料室 1976 年编：《鲁迅文言论文试译（初稿）》。

括物质层面这个基础，又包括精神层面这个根本。人道要每个人竭力通过奋斗去争取，得来后还要不断地去培植、保养，否则就可能得而复失。靠别人恩赐——布施、捐助，不可能真正得到人道，或者说不可能得到真正的人道。真正的人道，是形成独立人格，每个人都成为自立的人。反对布施，过客是正面形象，他对于布施行为极其敏感，不接受像一片布那样微小的布施。两个求乞的孩子则是负面形象，他们并不缺衣少食，却以乞求为生，失去了人应有的基本自尊。先生之所以要在提出反抗绝望的同时提出反对布施，是因为布施与反抗绝望水火不容，反抗绝望必须建立独立人格。布施使艰难的反抗黑暗势力的斗争难上加难——如果孩子都变成这种既可怜又可恨的求乞者，而人们还向他们布施，纵容这种行为，民族振兴还有什么希望！

先生提出反对布施，具有强烈的针对性。中国传统文化的偏颇之一是不支持独立人格，有"中国最后一位儒家"之称的梁漱溟曾说："中国文化最大之偏失，就在个人永不被发现这一点上。一个人简直没有站在自己立场说话机会，多少感情要求被压抑，被抹杀。五四运动以来，所以遭受'吃人礼教'等诅咒者，是非一端，而其实要不外此，戴东原（按：即戴震，清代思想家）责宋儒理学：'人死于法，犹有怜之者；死于理其谁怜之？'①身为人而缺乏独立人格，曾是人类面临的普遍问题。近代西方的启蒙运动，就为解决这一人生哲学问题。最著名的启蒙学术著作，可能是德国哲学家康德所著的《答复这个问题："什么是启蒙运动？"》，他认为："启蒙运动就是人类脱离自己所加之于自己的不成熟状态。不成熟状态就是不经别人的引导，就对运用自己的理智无能为力。当其原因不在于缺乏理智，而在于不经别人的引导就缺乏勇气与决

①　梁漱溟著：《中国文化的命运》，中信出版社 2010 年版，第 71 页。

106　　心去加以运用时，那么这种不成熟状态就是自己所加之于自己的了。Sapere aude!（按：德语，要敢于认识!）要有勇气运用你自己的理智！这就是启蒙运动的口号。"①那种应由自己负责的不成熟状态，并非因为身体未成年导致，而是由精神未成年造成。

　　启蒙是人的内在要求，《红楼梦》之所以成为公认的中国古代最杰出的长篇小说，就在于它具有鲜明的启蒙思想。先生在《中国小说的历史的变迁》中，给《红楼梦》以高度评价：

　　至于说到《红楼梦》的价值，可是在中国底小说中实在是不可多得的。其要点在敢于如实描写，并无讳饰，和从前的小说叙好人完全是好，坏人完全是坏的，大不相同，所以其中所叙的人物，都是真的人物。总之自有《红楼梦》出来以后，传统的思想和写法都打破了。

　　文艺评论家舒芜指出："以黛玉为首的——或者说以黛玉、晴雯为首的所有女孩子，都不仅仅是美丽的女性，而且首先是有思想有感情有意志的、'行止见识'不凡的，有独立人格的'人'。"②五四新文化运动称得上中国现代的启蒙运动，由于历史的复杂性，它并未实现大多数中国人的真正启蒙，如李泽厚分析的那样，从救亡与启蒙相互促进，到救亡压倒启蒙："在如此严峻、艰苦、长期的政治军事斗争中，在所谓你死我活的阶级、民族大搏斗中，它要求的当然不是自由民主等启蒙宣传，也不会鼓励或提倡个人自由人格尊严之类的思想，相反，它突出的是一切服从于反帝的革命斗争，是钢铁的纪律、统一的意志和集体的力量。任何个人的权利、个性的自由、个体的独立尊严等等，相形之下，都变得渺小而不切实际。个体的我在这里是渺小的，它

①　［德］康德著，何兆武译：《历史理性批判文集》，商务印书馆 2015 年版，第23 页。
②　舒芜著：《红楼说梦》，人民文学出版社 2004 年版，第 13 页。

消失了。"①当历史条件发生变化后，必须补上启蒙课。与时俱进，才能　　107
真正救中国。

二十世纪八十年代"实践是检验真理的唯一标准"大讨论，使中国
人逐渐打破了思想僵化，部分实现了思想解放。哲学家冯契的研究成果
颇有代表性，他肯定了近代思想家、维新派代表梁启超的"破心奴"
说："中国近代，梁启超提出要'破心奴'，即破除人们精神上的奴隶。
他主要讲了四种'心奴'：诵法孔子，'为古人之奴隶'；俯仰随人，'为
世俗之奴隶'；听从命运安排，'为境遇之奴隶'；心为形役，'为情欲之
奴隶'。强调要有别开生面、自由独立的精神，不傍门户、不拾唾余的
气概，在当时有启蒙作用。"从理论到实践，他主张："对个人来说，不
论处境如何，要始终保持独立自由的思考，就必须解蔽。当然，自由思
考并非随心所欲，而是使自己的意识与时代精神、与真理性认识一致起
来。""只有这样保持心灵自由思考，才有创造性的思维。"②自那以后，
许多人在建立独立人格方面取得了不同程度的突破。但平心而论，至
今，对于大多数人而言，依然没有真正解决好建立独立人格这个问
题——这将是一个漫长的历史过程。

为了加深对建立独立人格的认识，让我们看看马克思怎么说的吧。
本章第一节引用了《共产党宣言》中的名言："每个人的自由发展是一
切人的自由发展的前提。"此外，马克思还有不少相关论述。他反对离
开"现实的个人"来抽象地谈"人的解放"："全部人类历史上的第一个
前提无疑是有生命的个人的存在。""人们的社会历史始终只是他们个体
发展的历史。"马克思批判抹杀独立人格的德国的君主专制制度，认为

---

① 李泽厚著：《中国现代思想史论》，安徽文艺出版社 1994 年版，第 36—37 页。
② 冯契著：《冯契文集第一卷·认识世界和认识自己》，华东师范大学出版社 1996
年版，第 234—235 页。

108 在这种制度下，统治者的无能和被统治者的麻木不仁，足以导致德意志民族的一场灾难，"这里的空气会把人变成奴隶"①。

这里，需要排除认识上的障碍。有些人一听到建立独立人格，就担心会不会弱化集体主义和集中统一，而在中国社会主义初级阶段，集体主义和集中统一仍然十分重要。其实，鲁迅在提出"尊个性"时，就清醒地注意到这一点，他在《文化偏至论》中说："个人一语，入中国未三四年，号称识时之士，多引以为大诟，苟被其谥，与民贼同。意者未遑深知明察，而迷误为害人利己之义也欤？夷考其实，至不然矣。"先生批判那些号称识时务的名流学者，未经深入研究，便误认为"个人"这个舶来语是损人利己的意思，其实不然。先生以为，所谓"个人"，是指"入于自识"——人的"自我意识觉醒"，"于庸俗无所顾忌"——毫无顾忌地反对庸俗。其实，这里的"个人"当作"个性"解，在先生看来，个性解放是民族团结凝聚和国家强盛的基本保障："个性张，沙聚之邦，由是转为人国。"他在《破恶声论》中又言："人各有己，不随风波，而中国亦以立。"是的，只要中国人都有了健全的独立人格，中华民族才能真正强大起来。

毫无疑问，强调人的独立人格不能走极端——忽视甚至否定群体和纪律的重要性。每个人都是独立的个体，同时具有社会属性，马克思反复强调人的社会性，指出"人的本质不是单个人所固有的抽象物，在其现实性上，它是一切社会关系的总和。"②个体生活在群体中，个人的力量十分有限，组织起来拧成一股绳，才能击败黑暗势力，争取光明。先生在《导师》（《华盖集》）中提出："青年又何须寻那挂着金字招牌的

① 参阅聂锦芳著：《"理解马克思并不容易！"——聂锦芳自选集》，陕西人民出版社 2019 年版，第 206、236 页。
② 《马克思恩格斯文集》第一卷，人民出版社 2009 年版，第 499 页。

导师呢？不如寻朋友，联合起来，同向着似乎可以生存的方向走。"他强调，每个人的人生道路只能靠自己走，但不是一个人踽踽独行，而是要寻志同道合的伙伴一起走。这不仅适用于青年，对任何人都是如此。先生在小说《故乡》（《呐喊》）的结尾写道："地上本没有路，走的人多了，也便成了路。"用意相同。

这里的关键，是对"似乎可以生存的方向"的准确把握，其实质，是对"独立人格"的准确把握。"独立人格"各种各样，并不是说人格只要独立便好，确有一个方向问题——为谁活着和为什么活着的问题。为自己，为现在，没有问题；还为谁，还为什么？鲁迅的选择是"为大众""为将来"。他在给上海复旦中学教师杨霁云的信中，回答关于人生道路的问题时说："来问太大，我不能答复。""但总之，即使未能径上战线，一切稍为大家着想，为将来着想，这大约总不会是错了路的。"在回复杨对他的称赞时说："平生所作事，决不能如来示之誉，但自问数十年来，于自己保存之外，也时时想到中国，想到将来，愿为大家出一点微力，却可以自白的。"先生觉得杨对他的评价过了，但先生并不是谦谦君子，他有"保存自己"的一面（其实做得很不够），更重要的是他时时想到中国和将来，愿为大家出力，至于自以为"微力"，是与他的"中间物"和"一木一石"观念联系在一起的。先生 1935 年在给萧军的信中说："我其实是'破落户子弟'"，"不过思想较新，也时常想到别人和将来，因此也比较的不十分自私自利而已。"意思同上信一样。先生的作品是为大众（当然也包括"小众"）和为将来（当然首先是为"现在"）写的，瞿秋白1933 年这样评价鲁迅："新文化运动的领袖，大家都不免要想做青年的新的导师；而诚实的愿意做一个'革命军马前卒'的，却是鲁迅"，"他这种为着将来和大众而牺牲的精神，贯穿着他的各个时期，一直到现

110　在，在一切问题上都是如此。"①鲁迅为大众的现在和将来奋斗一生，他去世后，广大民众自发地为他送行，称他为"民族魂"，绝非偶然。

陈毅（时任红军将领）在鲁迅逝世后写的悼文，记载了他在上海乘坐电车时，在与售票员交谈中，了解到一个普通的"下层人"对鲁迅的评价和怀念。售票员对鲁迅逝世深感悲哀："真是太可惜，中国死了一个文学的明星。""就是恨他的人也还是恭维他。"这个售票员和工友们一起参加了鲁迅的葬礼，送了"丧我导师"的横额。陈毅颇为感慨地写道："一个作家的伟大处是在于他死了的时候还有不相识的下层的人替他惋惜表扬，因他而坚定他自己的人生观。这是因为全部作品都替苦难者说话的关系。"②悼文为"民族魂"作了一个生动注解。

————————————

①　陈铁健编：《中国近代思想家文库·瞿秋白卷》，中国人民大学出版社 2014 年版，第 400 页。

②　参阅孙郁、黄乔生主编：《红色光环下的鲁迅》，河北教育出版社 2000 年版，第 74—75 页。

鲁迅人生哲学的精神底色：勇敢、坚韧与自信——《秋夜》《这样的战士》《颓败线的颤动》《淡淡的血痕中》和《一觉》今读

反抗绝望，是鲁迅人生哲学十分重要的内容，贯穿《野草》全集。除了《过客》，《野草》中还有不少作品也以反抗绝望为主题。本章解读《秋夜》《这样的战士》《颓败线的颤动》《淡淡的血痕中》和《一觉》，这五篇散文诗

从不同角度对反抗绝望作了展开和深化，充分体现了先生与黑暗势力，尤其是与麻痹和毒害中国人的传统文化糟粕作斗争的精神，集中表现为勇敢、坚韧和自信。这三大特质构成了鲁迅人生哲学的精神底色，是反抗绝望的精神支柱。在先生的精神世界里，勇敢、坚韧和自信，都不是简单和绝对的概念，而是呈现出丰富的多样性和深刻的理性。毋庸讳言，先生也曾有过悲观、失望乃至绝望，以致彷徨，但他奋力从彷徨中走了出来，这种积极的人生态度，奠定了他精神底色明朗的基调。

一、 枣树，"我"心仪的"精神界战士"形象

1955 年周恩来参观北京鲁迅故居时，在后园询问工作人员："鲁迅《秋夜》里的后园就是这里吗？那两株枣树在哪儿呢？"工作人员指给他看，但告诉他原来的那两株早已枯死，这是以后补种的。他不免有些惋惜，同时热情地赞叹道："《秋夜》写得不错呀！"①《秋夜》写于 1924 年 9 月 15 日，作为《野草》开篇，具有特殊重要的意义，成为流传最广的鲁迅作品之一。《秋夜》给人留下最深印象的正面形象是"直刺天空的枣树"，反面形象是"奇怪而高的天空"。其次，还有"极细小的粉红花""小飞虫"（"小青虫"）和"夜游的恶鸟"，以及"星星""月亮"和"繁霜"，或正面或反面的形象。这些形象都是隐喻性的。

（一）"铁似的直刺着奇怪而高的天空"

《秋夜》用第一人称书写，标题直截了当交代了时间——一个秋天

---

① 参阅《鲁迅研究资料（2）》，文物出版社 1977 年版，第 22 页。

的夜晚，结尾处可以看出，地点在先生自家后园。诗文的第一、二、三段依次描写"枣树""天空"和"极细小的粉红花"。第一段写枣树：

> 在我的后园，可以看见墙外有两株树，一株是枣树，还有一株也是枣树。

开头采用白描手法，写后园的两株枣树，开宗明义，直奔主题——枣树是搏击暗夜的战士精神世界的艺术象征。看似出奇平淡的笔法，却产生了平淡出奇的效果，喜欢《秋夜》的读者，往往都被这别具匠心的开头所吸引，并留下难以磨灭的印象。孙玉石认为，"鲁迅这一笔法所包含的语气与情绪，具有一种执拗的反抗绝望的顽强性和倔强感"，"它比习惯地叙述方法，更能引起人们的兴味，给阅读的人以一种反常规思维性的新的刺激"，"在人们的阅读接受的印象中，大大强化了'枣树'这一意象给他们留下的影响。它的文学意象的嵌入力因此而增强了几倍。"[1]两株枣树在诗篇起始出现，突出了它们在《秋夜》中的地位。强调两株枣树并列着，谁也不依赖谁，象征战士的独立人格。针对主奴文化，呼唤人格独立，是五四新文化运动的重要特征。较早以"树"表达这一意象的，是五四前夕诗人沈尹默发表在《新青年》第四卷第一号上的著名短诗《月夜》："霜风呼呼的吹着，月光明明的照着。我和一株顶高的树并排立着，却没有靠着。"[2]寓意即使"我"与一位"大人物"靠得很近，也不依附于他。先生在《秋夜》中写两株枣树，未分大小高低，寓意两个具有独立人格的战士，与沈诗有异曲同工之妙，却又别具新意。第二段，接着写"天空"：

---

[1] 孙玉石著：《现实的与哲学的——鲁迅〈野草〉重释》，北京大学出版社 2010 年版，第 17、18 页。

[2] 张宝明主编、张剑副主编：《新青年·文学创作卷》，河南文艺出版社 2016 年版，第 113 页。

114   这上面的夜的天空，奇怪而高，我生平没有见过这样的奇怪而高的天空。他仿佛要离开人间而去，使人们仰面不再看见。然而现在却非常之蓝，闪闪地睒着几十个星星的眼，冷眼。他的口角上现出微笑，似乎自以为大有深意，而将繁霜洒在我的园里的野花草上。

这里出现的夜空"奇怪而高"，怪在它"仿佛要离开人间而去，使人们仰面不再看见"。蓝色的夜空本该很美，但这"非常之蓝"的夜空却不是，几十颗星星眨着冷眼，给人以怪异感。"他的口角上现出微笑"也是想象中不错的画面，但"似乎自以为大有深意"却破坏了美感，让人觉得这微笑居心叵测。"将繁霜洒在我的园里的野花草上"，不由得让人为野花草将遭受严霜摧折而担忧。这"奇怪而高"的天空，隐喻强大的黑暗势力，尤其是脱离了广大劳苦大众的统治者。华东师范大学教授钱谷融指出："可见这个天空是并不爱'人间'的，对'人们'也是冷漠无情的。"[①]违背民心者终究要被人民抛弃，但"现在"仍掌控着局面。文化界有影响的人物分道扬镳，封建军阀猖狂肆虐，借助御用文人用旧文化蒙蔽民众，自以为是，得意扬扬。他们掌握生杀大权，迫害弱小的进步力量——《秋夜》中用"野花草"作比喻。第三段专写"我的园里的野花草"：

我不知道那些花草真叫什么名字，人们叫他们什么名字。我记得有一种开过极细小的粉红花，现在还开着，但是更极细小了，她在冷的夜气中，瑟缩地做梦，梦见春的到来，梦见秋的到来，梦见瘦的诗人将眼泪擦在她最末的花瓣上，告诉她秋虽然来，冬虽然来，而此后接着还是春，胡蝶乱飞，蜜蜂都唱起春词来了。她于是一笑，虽然颜色冻得红惨惨地，仍然瑟缩着。

---

① 钱谷融著：《钱谷融文论选》，上海文艺出版社 2009 年版，第 411 页。

先生着墨重写的"极细小的粉红花"，隐喻进步青年。"现在还开 115
着，但是更极细小了"，指他们的生存环境比原先更恶劣，却仍坚持为
光明而战。虽然冷的夜气这么沉，现实如此令人心寒，但青年们有生机
活力，依然对未来抱着希望，梦见春华秋实，梦见像他们一样弱的文学
家——"瘦的诗人"，同情、支持和鼓励他们：虽然秋天落叶，寒冬肃
杀，但秋冬过去就是春天。身处逆境的青年们多少受到一点激励，笑迎
新的风雨。

第四、五段再详写"枣树"和"天空"，并加上了"月亮"。请看第
四段：

枣树，他们简直落尽了叶子。先前，还有一两个孩子来打他们别人
打剩的枣子，现在是一个也不剩了，连叶子也落尽了。他知道小粉红花
的梦，秋后要有春；他也知道落叶的梦，春后还是秋。他简直落尽叶
子，单剩干子，然而脱了当初满树是果实和叶子时候的弧形，欠伸得很
舒服。但是，有几枝还低亚着，护定他从打枣的竿梢所得的皮伤，而最
直最长的几枝，却已默默地铁似的直刺着奇怪而高的天空，使天空闪闪
地鬼映眼；直刺着天空中圆满的月亮，使月亮窘得发白。

枣树在秋天被打尽了果实，到冬天几乎落尽了叶子，隐喻搏击暗夜
的战士的遭遇并不比"极细小的粉红花"——进步青年好。然而，战士
毕竟看得更深更远，他们不仅像青年和"瘦的诗人"那样知道秋冬过去
有春天——对未来报以希望，而且还知道春夏过去是秋天——在收获后
开始落叶，寓意前进路上充满艰险；他们在无情的打击面前始终保持乐
观，认为"脱了当初满树是果实和叶子时候的弧形"固然令人悲哀，但
"落尽叶子，单剩干子"，倒也因少了负担而"欠伸得很舒服"，可以轻
装上阵；他们具有自我保护意识，以几根树枝牢牢"护定"被打的"皮
伤"，有勇有谋。尤其让人兴奋的是，最直最长的几根树枝，"默默地铁

似的直刺着奇怪而高的天空",凸显枣树精神,隐喻战士即使孤军作战,也敢于直击黑暗势力。这里出现的"圆满的月亮"也不是美好象征,而是"奇怪而高的天空"的一部分,隐喻以"正人君子"自居的黑暗势力的帮凶文士,也是枣树"直刺"的对象。战士不仅敢于斗争,而且善于斗争,斗得"天空"和"月亮"坐立不安。

再看续写"枣树"和"天空""月亮"的第五段:

鬼䀹眼的天空越加非常之蓝,不安了,仿佛想离去人间,避开枣树,只将月亮剩下。然而月亮也暗暗地躲到东边去了。而一无所有的干子,却仍然默默地铁似的直刺着奇怪而高的天空,一意要制他的死命,不管他各式各样地䀹着许多蛊惑的眼睛。

被枣树直刺的天空,想逃离人间;月亮也慌不择路地"躲到东边去了"。比喻黑暗势力在与战士的较量中,败下阵来。战士发扬痛打落水狗精神,"仍然默默地铁似的直刺着奇怪而高的天空,一意要制他的死命",而不管他用了多少欺骗手法。

钱理群认为,《秋夜》写的两个不同的梦——小粉红花的梦和枣树的梦,意味深长:"'冻得红惨惨'的柔弱的'小红花'做着'秋虽然来,冬虽然来,而此后接着还是春'的梦,以'春'之必来作为人生支柱,仍不免是弱者的哲学;那'落尽了叶子'的枣树的梦,却梦见'春后还是秋','仍然默默地铁似的直刺着奇怪而高的天空,一意要制他的死命'——这是鲁迅式的辩证思维,鲁迅式的强者的人生哲学的'诗化'。""变革的时代需要'枣树'——这生命的强者。"①

第六、七段,出现了"恶鸟":

哇的一声,夜游的恶鸟飞过了。

---

① 钱理群著:《心灵的探寻》,河北教育出版社 2005 年版,第 19 页。

我忽而听到夜半的笑声，吃吃地，似乎不愿意惊动睡着的人，然而
四围的空气都应和着笑。夜半，没有别的人，我即刻听出这声音就在我
嘴里，我也即刻被这笑声所驱逐，回进自己的房。灯火的带子也即刻被
我旋高了。

夜半了，恶鸟叫着飞过，隐喻战士或战友向一潭死水般的黑暗社会
挑战。此时"我"似乎又听见一阵笑声，低微的，怕惊动睡着的人们。
谁在笑？这样的秋夜，此地并无别人，是"我"为枣树的勇气和自信，
不由自主地发出赞赏的、欣慰的笑声！"我"从后园走回房间，旋高了
煤油灯的灯芯，屋子亮堂起来。

第八段，出现了"小飞虫"：

后窗的玻璃上丁丁地响，还有许多小飞虫乱撞。不多久，几个进来
了，许是从窗纸的破孔进来的。他们一进来，又在玻璃的灯罩上撞得丁
丁地响。一个从上面撞进去了，他于是遇到火，而且我以为这火是真
的。两三个却休息在灯的纸罩上喘气。那罩是昨晚新换的罩，雪白的
纸，折出波浪纹的叠痕，一角还画出一枝猩红色的栀子（按：栀子树，
常绿灌木，红栀子树，十月开花，花六出而红）。

"小飞虫"隐喻那些敢于斗争但缺乏经验的青年，或包括"三一八"
惨案中不幸遇难的青年学生。他们向往并奋不顾身地追求光明——散发
出光和热的"真的火"，有的牺牲了宝贵生命。"两三个却休息在灯的纸
罩上喘气"，隐喻幸存者在作艰难的调整。"雪白的纸，折出波浪纹的叠
痕"，"一角还画出一枝猩红色的栀子"，这新换的灯罩，让人联想到青
春之美。

第九段，从灯罩上画的"猩红色的栀子"，过渡到自然景色：

猩红的栀子开花时，枣树又要做小粉红花的梦，青葱地弯成弧形
了……。我又听到夜半的笑声；我赶紧砍断我的心绪，看那老在白纸罩

上的小青虫，头大尾小，向日葵子似的，只有半粒小麦那么大，遍身的颜色苍翠得可爱，可怜。

"枣树又要做小粉红花的梦"，隐喻先生依然把未来的希望寄托在进步青年身上。而枣树自身，将再现"当初满树是果实和叶子时候的弧形"，"我又听到夜半的笑声"，隐喻战士胸怀争取胜利的豪情，准备继续搏击暗夜。此时，"我"从宏观思考中跳出来，换成微观视角，关注"苍翠得可爱，可怜"的小青虫（小飞虫在灯光照耀下变成青色）：

我打一个呵欠，点起一支纸烟，喷出烟来，对着灯默默地敬奠这些苍翠精致的英雄们。

像"枣树"那样的英雄，是人们学习的榜样，但英雄毕竟是少数。"小青虫"虽不起眼，却代表相当一部分可爱的热血青年，他们追求光明的精神同样值得尊敬。对"小青虫"的深情描写，体现了先生对进步青年的深刻理解与同情。对"初生牛犊不怕虎"，先生有着切身体会，他在《集外集·序言》中，谈及自己的少作："我惭愧我的少年之作，却并不后悔，甚而至于还有些爱，这真好像是'乳犊不怕虎'，乱攻一通，虽然无谋，但自有天真存在。"年轻人意气风发有余，斗争经验不足，在寻求光明的道路上被击倒，甚至牺牲，令人痛惜。"小青虫"的形象或就叠印着这些人的身影，"我"在灯前默默地凭吊他们。悼念死者，是寄希望于将来的战士。先生一再劝说青年，不要上街请愿，要坚持韧性的战斗，他在《"死地"》（《华盖集续编》）中郑重地告诫青年："死地确乎已在前面。为中国计，觉悟的青年应该不肯轻死了罢。"这无疑是对斗争方式，乃至生存方式，作了深入的理性思考后得出的结论。

枣树是勇敢的，在洒着"繁霜"的"冷的夜气"中，面对"我生平没有见过"的"奇怪而高"的天空，眨着"冷眼"的群星，加上似乎"圆满的月亮"，毫不畏惧。"他"用"最直最长"的几根树枝，"铁似的直刺着奇怪而高的天空"。枣树是坚韧的，"他"被打尽了枣子，落尽了叶子，单剩"一无所有的干子"，"仍然默默地铁似的直刺着奇怪而高的天空"，"一意要制他的死命"。枣树是自信的，即使只有两株，凭借其"铁似的"树枝，照样刺得天空"不安了"，"月亮也暗暗地躲到东边去了"。枣树关爱"小粉红花"，做着"小粉红花的梦"，与"她"们同气连枝，呼吸与共，寄更大的希望于她们。

1907 年，先生写《摩罗诗力说》（《坟》），在沉思中深切盼望"精神界战士"的出现："今索诸中国，为精神界之战士者安在？有作至诚之声，致吾人于善美刚健者乎？有作温煦之声，援吾人出于荒寒者乎？"十七年后，先生在《秋夜》中歌颂的枣树，应该就是他心仪的"精神界战士"的形象吧。兰州大学教授吴小美认为，《秋夜》作为《野草》第一篇，是《野草》真正的"序辞"，而《野草·题辞》其实是"总结"。①丸尾常喜指出，在《秋夜》里，"'黑暗与光明''绝望与希望''生与死''敌与我''友与我'这些支撑《野草》整体的主要框架的齐备已经看得出来，让人感慨良深。构成《秋夜》的各种表象，在后面的诗篇里，于变化中得到延伸。"②

（二）硬骨头精神的当下内涵

今读鲁迅的《秋夜》，给我们的启示是，必须发扬勇敢、坚韧和自信的硬骨头精神。毛泽东指出："鲁迅的骨头是最硬的，他没有丝毫的奴颜和媚骨，这是殖民地半殖民地人民最可宝贵的性格。鲁迅是在文化战线上，代表全民族的大多数，向着敌人冲锋陷阵的最正确、最勇敢、

① 吴小美著：《鲁迅〈野草〉赏读》，北岳文艺出版社 2017 年版，第 1 页。
② ［日］丸尾常喜著，秦弓、孙丽华编译：《耻辱与恢复——〈呐喊〉与〈野草〉》，北京大学出版社 2009 年版，第 147 页。

最坚决、最忠实、最热忱的空前的民族英雄。鲁迅的方向，就是中华民族新文化的方向。"①如果把这里的"敌人"，除了指反动统治者外，重点理解为传统文化糟粕，可能与现实中的鲁迅更相符。按照我的理解，勇敢、坚韧和自信的精神底色，是鲁迅硬骨头精神的具体体现。如果失去了这三种精神特质，就没有了真正意义上的硬骨头精神；如果失去了其中的任何一个方面，硬骨头精神便不完整。

中国人改变落后面貌需要硬骨头精神。鲁迅在《狂人日记》（《呐喊》）中，借狂人之言，对中国封建社会历史作出"满本都写着两个字是'吃人'"这一惊世骇俗的判断。在先生看来，直至二十世纪二三十年代，"吃人"的历史仍在延续。这种局面不可能自动改变，只能靠斗争，而斗争就离不开硬骨头精神。先生在《文艺与革命》（《而已集》）中，为斗争正名："斗争呢，我倒以为是对的。人被压迫了，为什么不斗争？正人君子者流深怕这一着，于是大骂'偏激'之可恶"。先生高度评价俄国作家陀思妥夫斯基，但并不接受他的作品所表现的对压迫逆来顺受的态度，在《陀思妥夫斯基的事》（《且介亭杂文二集》）中明确表示："不过作为中国的读者的我，却还不能熟悉陀思妥夫斯基式的忍从——对于横逆之来的真正的忍从。"

先生在自己特别看重的《论"费厄泼赖"应该缓行》（《坟》）中，就要不要"打落水狗"指出："倘是咬人之狗，我觉得都在可打之列，无论它在岸上或在水中。""仁人们或者要问：那么，我们竟不要'费厄泼赖'（按：英语 fair play 的音译，意思是光明正大的比赛，不用不正当的手段）么？我可以立刻回答：当然是要的，然而尚早。"先生强调："假使此后光明和黑暗还不能作彻底的战斗，老实人误将纵恶当作宽容，

---

① 《毛泽东选集》第二卷，人民出版社 1991 年版，第 698 页。

一味姑息下去，则现在似的混沌状态，是可以无穷无尽的。"宽容是需要的，但宽容不是纵恶，为了制恶，只能"痛打落水狗"。

硬骨头精神首先表现为勇敢。先生在《两地书一〇》中，对中国国民性的堕落表现和形成原因作分析说："最大的病根，是眼光不远，加以'卑怯'与'贪婪'，但这是历久养成的，一时不容易去掉。"眼光不远，即理想信念不坚定，按照先生的说法是缺乏"特操"，由此带来"卑怯"与"贪婪"。先生在《杂忆》（《坟》）中，对"卑怯"作了专门分析：

我觉得中国人所蕴蓄的怨愤已经够多了，自然是受强者的蹂躏所致的。但他们却不很向强者反抗，而反在弱者身上发泄，兵和匪不相争，无枪的百姓却并受兵匪之苦，就是最近便的证据。再露骨地说，怕还可以证明这些人的卑怯。卑怯的人，即使有万丈的愤火，除弱草以外，又能烧掉甚么呢？

这里，区分了愤怒与勇敢，愤怒是一种情绪，并不是勇敢。相反，只有愤怒，很可能变为卑怯。卑怯的根子在主奴文化，奴才在主子面前必然卑怯。先生在《忽然想到七》（《华盖集》）中，指出了卑怯的严重危害："可惜中国人但对于羊显凶兽相，而对于凶兽则显羊相，所以即使显着凶兽相，也还是卑怯的国民。这样下去，一定要完结的。"真正的勇敢，是由"明白的理性"（远大的眼光、坚定的理想）支撑的"深沉的勇气"，它体现为毛泽东称赞鲁迅的"没有丝毫的奴颜和媚骨"。

二十世纪上半叶，反抗国内封建专制的斗争和伟大的抗日战争，极大地激发了中国人的民族精神，在千千万万为国为民捐躯、甘洒热血写春秋的前辈身上，没有卑怯，有的是深沉的勇气——中国人"勇敢"的精神底色得到了前所未有的彰显。当下，是否还需要发扬勇敢精神呢？回答是十分肯定的。近百年前先生指出"卑怯"是"历久养成的，一时不容易去掉"，百年后我们看到，即使去掉了，还很容易回复——尤其在平和的时代。众所周知，当今时代仍然存在许多积弊已深的矛盾，解决矛盾呼唤改革深化。改革有风险，改革者要担风险，如果不发扬勇敢精神，谁来担当深化改革重任？事实上，许多人，勇敢的精神底色尚未构筑起来，或者已经构筑起来也不坚固。重温鲁迅的人生哲学，构筑或巩固勇敢的精神底色，既重要又紧迫。

硬骨头精神又体现为坚韧。先生在《娜拉走后怎样》（《坟》）中，以天津的青皮给人搬行李要两元钱，无论如何一定要达到目的为例说："世间有一种无赖精神，那要义就是韧性。""青皮固然是不足为法的，而那韧性却大可以佩服。"进而谈到妇女要求经济权也一样："有人说这事情太陈腐了，就答道要经济权；说是太卑鄙了，就答道要经济权；说是经济制度就要改变了，用不着再操心，也仍然答道要经济权。""正无需乎震骇一时的牺牲，不如深沉的韧性的战斗。"他在《两地书一二》中深入分析说："要治这麻木状态的国度，只有一法，就是'韧'，也就是'锲而不舍'。逐渐的做一点，总不肯休，不至于比'蹈厉风发'无效的。"他在《对于左翼作家联盟的意见》（《二心集》）中进一步强调："对于旧社会和旧势力的斗争，必须坚决，持久不断，而且注重实力。旧社会的根柢原是非常坚固的，新运动非有更大的力不能动摇它什么。"

当下，我们在为祖国取得前所未有的成就而自豪的同时，也应该反思前进的道路为何如此曲折。回顾新中国史、改革开放史，凡患急躁病，搞脱离实际的"跃进"，无一例外都付出了极大代价，导致失利甚至失败。今日，改革仍处于深水区。中央早就提出要从高速度发展转向高质量发展，但许多人缺乏韧性，他们的思维还停留于急急忙忙赶速度。让我们重温一下鲁迅1925年在《忽然想到十》（《华盖集》）中，对改革的历史进程所作的预测："改革，奋斗三十年。不够，就再一代，二代……。这样的数目，从个体看来，仿佛是可怕的，但倘若这一点就怕，便无药可救，只好甘心灭亡。因为在民族的历史上，这不过是一个极短时期，此外实没有更快的捷径。"难道我们不应从中得到启示，构筑或巩固"坚韧"的精神底色，使自己变得理智和聪明一点吗？

硬骨头精神还体现为自信。我们在鲁迅的有些作品中，可以看到某种似乎悲观的情绪。譬如，他在《两地书一〇》中，谈到去除国民性弊端的病根时说："我对于攻打这些病根的工作，倘有可为，现在还不想放手，但即使有效，也恐很迟，我自己看不见了。"在《野草》中，我们可以看到他在深入探索过程中的失望乃至绝望。这种情绪，既体现他对当时社会黑暗现象的强烈感受，也表明他对中国历史的深刻认知和对未来的深沉忧虑，但这并不说明他失去自信。先生的自信不是盲目乐观，而是立足现实的难得清醒。他逝世前不久，在给小学教师、青年木刻家曹白的信中说："人生现在实在痛苦，但我们总要战取光明，即使自己遇不到，也可以留给后来的。我们这样的活下去罢。"看似不及那些似乎可以让人热血沸腾的豪言壮语，却是真正的自信。

二十世纪三十年代，舆论界出现一股"中国人失掉自信力了"的论调。1934 年 8 月 27 日《大公报》社评《孔子诞辰纪念》中说："民族的自尊心与自信力，既已荡然无存，不待外侮之来，国家固已濒于精神幻灭之域。"针对这种说法，先生专门写了《中国人丢掉自信力了吗》（《且介亭杂文》）作回应，文章指出：

我们从古以来，就有埋头苦干的人，有拼命硬干的人，有为民请命的人，有舍身求法的人，……虽是等于为帝王将相作家谱的所谓"正史"，也往往掩不住他们的光耀，这就是中国的脊梁。

这一类的人们，就是现在也何尝少呢？他们有确信，不自欺；他们

124　在前仆后继的战斗，不过一面总在被摧残，被抹杀，消灭于黑暗中，不能为大家所知道罢了。说中国人失掉了自信力，用以指一部分人则可，倘若加于全体，那简直是诬蔑。

　　一部分中国人确实失去了自信力，但另有一部分中国人非但没有，而且堪称"中国的脊梁"，如先生列举的"埋头苦干""拼命硬干""为民请命"和"舍身求法"四种人。先生的论述给我们的启示是，有没有自信力，关键看实际行动。

二、面对"无物之阵"不懈地举起"投枪"

　　鲁迅1925年12月14日创作了《这样的战士》，距《野草》上一篇《死后》，相隔了整整五个月。这是《野草》各篇中，写作时间相隔最长的一次。其间发生了一件大事，北京女子师范大学风潮不断发展，矛盾日益尖锐，直至先生被教育部非法免职。风潮起因是学生反对由北洋军阀政府委任的校长杨荫榆的专制统治，先生支持学生，而"现代评论派"的文人学士却以"公允"为幌子维护专制统治。先生在《〈野草〉英文译本序》（《二心集》）中说明道："《这样的战士》，是有感于文人学士们帮助军阀而作。"

　　和《秋夜》一样，"这样的战士"展现的，也是先生心仪的"精神界战士"形象，体现的同样是鲁迅人生哲学勇敢、坚韧和自信的精神底色。不同的是，前者较多运用了隐喻手法，后者更多运用了象征手法；前者对精神底色的三方面作了比较全面的展现，后者侧重表现了勇敢和坚韧，当然也包括自信。冯雪峰极为看重《这样的战士》，他的《论"野草"》，解析最详尽的就是这首诗，在他看来，《这样的战

士》"可以说是关于作者自己当时作为一个战士的精神及其特点的一篇 125
最好的写照"①。

(一) 不受"各种旗帜"绣出的"各样好名称"欺骗

《这样的战士》采用第三人称，诗文开头两段，颇为传神地刻画了
先生所期望的战士形象：

要有这样的一种战士——

已不是蒙昧如非洲土人而背着雪亮的毛瑟枪的；也并不疲惫如中国
绿营兵而却佩着盒子炮。他毫无乞灵于牛皮和废铁的甲胄；他只有自
己，但拿着蛮人所用的，脱手一掷的投枪。

"要有这样的一种战士"，这是迫切呼唤！继小说《狂人日记》结尾
"救救孩子"的呼声后，先生笔下已多年不见这类句法了。"这样的战
士"，不是手中拿着新式武器，思想却不开化，愚昧无知如非洲土人；
也不是手中攥着先进武器，体质却相当衰弱，疲惫不堪如清朝绿营兵。
他不披坚甲不戴钢盔，是一个手持原始武器投枪，却有着现代社会需要
的独立人格的战士。这里的战士，是"精神界战士"，投枪象征先生手
中握着的那支锋利的笔。先生在给日本友人山本初枝的信中说过："只
要我还活着，就要拿起笔，去加敬他们的手枪。"奇特的是，战士进入
的，是一个似乎没有敌人的阵地——无物之阵：

他走进无物之阵，所遇见的都对他一式点头。他知道这点头就是敌
人的武器，是杀人不见血的武器，许多战士都在此灭亡，正如炮弹一
般，使猛士无所用其力。

走进无物之阵的战士，所见的人表面上对他都很客气——用同一种

───────────

① 冯雪峰著：《论"野草"》，新文艺出版社1956年版，第11页。

方式跟他点头打招呼。殊不知，"点头"不过是障眼法，伪善的面孔后面，包藏着让闯入阵地者掉进陷阱的祸心。这是敌人用以欺骗民众的杀人不见血的武器，它的麻痹作用让人不易设防，许多战士都死在这种糖衣炮弹下，即便手持投枪的猛士也无从发力。这些敌人就是帮助军阀的文人学士，他们有着各种各样的名头，披着各式各样的外衣：

那些头上有各种旗帜，绣出各样好名称：慈善家，学者，文士，长者，青年，雅人，君子……。头下有各样外套，绣出各式好花样：学问，道德，国粹，民意，逻辑，公义，东方文明……。

这些文人学士以"慈善家、学者、文士、长者、青年、雅人和君子"等面目出现，传播所谓的"学问、道德、国粹、民意、逻辑、公义和东方文明"。对此，钱理群作了深刻分析："可以说，这里几乎囊括了一切美好的词语，前者标志着一种身份，后者则标志一种价值；这就是说，鲁迅这样的精神界'战士'所面对的是一个被垄断的话语，其背后是一种社会身份与社会基本价值尺度的垄断。而这样的被垄断的话语的最大特征就是字面与内在实质的分离，具有极大的不真实性与欺骗性。"①出现在战士面前的，并不是一个个有名有姓的"敌人"，而是依仗北洋军阀，披上了伪善外衣的维护旧文化的文人学士所布下的无物之阵。可贵的是，战士没有被蒙骗：

但他举起了投枪。

他们都同声立了誓来讲说，他们的心都在胸膛的中央，和别的偏心的人类两样。他们都在胸前放着护心镜，就为自己也深信心在胸膛中央的事作证。

---

① 钱理群著：《与鲁迅相遇：北大演讲录之二》，生活·读书·新知三联书店2003年版，第282页。

眼见战士"举起了投枪"，他们于是信誓旦旦地表白自己是"正人

君子"——"心都在胸膛的中央"，却恰恰暴露了自己的虚伪，被战士
一眼识破：

他微笑，偏侧一掷，却正中了他们的心窝。

一切都颓然倒地；——然而只有一件外套，其中无物。无物之物已
经脱走，得了胜利，因为他这时成了戕害慈善家等类的罪人。

邪恶无法抵挡正义，战士用投枪刺中了旧文化维护者的要害。但因
为是无物之阵，强敌并不现形，帮助军阀的文人学士逃之夭夭，而旧文
化却仍然存在。结果那些文人学士们成了胜利者，战士反而成了戕害
"慈善家，学者，文士，长者，青年，雅人，君子……"的罪人。面对
狡猾的敌人，战士没有退却：

他在无物之阵中大踏步走，再见一式的点头，各种的旗帜，各样的
外套……。

虽然受到战士的打击，那些帮助军阀的文人学士，仍冒充正人君
子，打着各种时髦的旗帜，披着好看的外套。有了斗争经验的战士当然
更不会上当：

但他举起了投枪。

他终于在无物之阵中老衰，寿终。他终于不是战士，但无物之物则
是胜者。

在这样的境地里，谁也不闻战叫：太平。

太平……。

战士无畏地再次向无物之阵挑战，却再次失利，胜利者仍是无物之
阵中的"无物之物"——那些帮助军阀统治的文人学士。军阀的高压打
击和残酷镇压，加上御用文人的巧言令色，一时造成进步力量被削弱，
反抗黑暗的声音弱下来，天下似乎就此太平。战士在沉寂中孤独地坚持

斗争：

> 但他举起了投枪！

屡战屡败，屡败屡战，展现了战士韧性战斗的精神。张洁宇在评价《这样的战士》结尾时说："这是战士的坚韧与倔强，更是战士的清醒，他从不为'太平'的假象所蒙蔽。在这里，鲁迅最后用了一个重重的感叹号，其语气要比前面四处都更加坚定和激烈，在我看来，这直然就是'战士'鲁迅的一封宣战书。"①

《这样的战士》篇幅很短，意味深长。它塑造了一个不懈地与黑暗势力作斗争的"精神界战士"形象，提出了一个至为重要的概念——"无物之阵"，教人透过表象看本质，认识到导致中国技术和经济落后的深层次原因是制度落后，而制度落后的深层次原因是文化落后，文化落后使中国人的素质跟不上人类现代化的步伐，反过来又导致旧制度具有相当稳固的结构，很难被改变。"无物之阵"的提出，以及鼓励人们与它作斗争的主旨，足以使《这样的战士》成为中国现代文学史上具有深刻人生哲理的不朽篇章之一。

鲁迅在《这样的战士》中提出"无物之阵"概念，并非突发奇想，而是他经过深入思考，早在五四运动之前就确立的思想，只是当时没有用"无物之阵"这个概念，而用了"无主名无意识的杀人团"这种意思相近的表述。先生1918年在《我之节烈观》（《坟》）中，回答"不节烈便不苦么？"时答道："也很苦。"为什么呢？先生分析说：

> 社会公意，不节烈的女人，既然是下品；他（按：当时，男女第三

---

① 张洁宇著：《独醒者与他的灯——鲁迅〈野草〉细读与研究》，北京大学出版社2013年版，第275页。

人称都用"他"）在这社会里，是容不住的。社会上多数古人模模糊糊传下来的道理，实在无理可讲；能用历史和数目的力量，挤死不合意的人。这一类无主名无意识的杀人团里，古来不晓得死了多少人物；节烈的女子，也就死在这里。不过他死后间有一回表彰，写入志书。不节烈的人，便生前也要受随便什么人的唾骂，无主名的虐待。

所谓"无主名无意识的杀人团"，体现的是那个时代的"社会公意"。多少年来，历朝历代专制统治者依靠御用文人学士苦心经营，使得这种"杀人"的封建专制文化，已经渗透到全社会人们的血液和骨髓中。有人胆敢触动、反对、改变它，便是大逆不道，就要"被这历史和数目的力量挤着"，"受随便什么人的唾骂，无主名的虐待"，被诛之或被迫自诛。无数平民百姓"不幸上了历史和数目的无意识的圈套，做了无主名的牺牲"，死了还找不到这血债和命债的债主。先生把旧社会比作"吃人"的社会，有形的"吃人"即使绝对数不少，但毕竟还是少数，大都是无形的"吃人"——无数人被旧文化"吃掉"。

先生在其他作品中又提出了"鬼打墙"概念。"鬼打墙"和"碰壁"联系在一起，先生1925年先后写了《"碰壁"之后》和《"碰壁"之余》（《华盖集》）两篇杂文，都是针对女师大校长杨荫瑜压制学生运动而作。他在《"碰壁"之后》中写到，自己对曾接受过西方现代教育思想的杨荫瑜，把校长和学生的关系当作中国封建专制下的婆媳关系来处理，"感到痛苦极了"，"但没有悟出它的原因"。后来在"我所不识的教员和学生"的谈话中，"听到一句'你们做事不要碰壁'，在学生的话里听到一句'杨先生就是壁'，于我就仿佛见了一道光，立刻知道我的痛苦的原因了。"什么原因呢？"碰壁，碰壁！我碰了杨家的壁了！"

先生由此引申开来："中国各处是壁，然而无形，像'鬼打墙'一般，使你随时能'碰'。能打这墙的，能碰而不感到痛苦的，是胜利者。"所谓"壁",是旧文化支撑的旧制度之壁,能碰这样的壁而不感到痛苦的"胜利者",是经过乔装打扮新瓶装旧酒的旧文化旧制度的维护者。在这背后,"看见教育家在杯酒间谋害学生,看见杀人者于微笑后屠戮百姓,看见死尸在粪土中舞蹈,看见污秽洒满了风籁琴"。先生在《"碰壁"之余》中,谈到一些文人学士为杨在女师大事件中压制学生的行为辩护,深感旧文化旧制度之顽固,鄙薄地斥道:"够了,我其实又何尝'碰壁',至多也不过遇见了'鬼打墙'罢了。""鬼打墙"是旧时的一种迷信说法,说夜间走路,有时会在一个地方转来转去,找不到出路,就认为是被鬼用无形的墙壁拦住。先生在这里喻指旧文化旧制度为"鬼"。

十年后,先生写了《几乎无事的悲剧》(《且介亭杂文二集》),从对自己正在翻译的俄国作家果戈理的长篇小说《死魂灵》的评价谈起:

这些极平常的,或者简直近于没有事情的悲剧,正如无声的言语一样,非由诗人画出它的形象来,是很不容易觉察的。然而人们灭亡于英雄的特别的悲剧者少,消磨于极平常的,或者简直近于没有事情的悲剧者却多。

先生作品中的主角,表现的大都正是这种"几乎无事的悲剧"。"无物之阵""无主名无意识的杀人团""鬼打墙"和"碰壁",以及"几乎无事的悲剧",这些生动的比喻告诉我们,与小农经济相适应、与旧制度相辅相成的旧文化,发展到了非常精致的程度,人们已习以为常。时代呼唤具有勇敢、坚韧和自信精神底色的战士,发起并持续推进思想革命,中国才有希望。

(二)在深刻反思中传承中华文明

今读鲁迅《这样的战士》,我们可以得到的启示是,继承中华民族

历史文化遗产，要有批判精神。先生当年提出的"无物之阵""无主名
无意识的杀人团""鬼打墙"和"几乎无事的悲剧"，是对中国传统文化
弊端的深刻揭露和反思。钱理群指出："鲁迅发现，几千年的封建统治
的结果，封建意识形态及其对于价值观念的颠倒，经过长期的潜移默
化，已经渗透到民族意识与心理中，成为'历史'的力量，成为生活的
常态。""悲喜剧的制造者，也由少数的'坏人''小人'，转变为鲁四老
爷（按：鲁迅小说《祝福》中的人物）那样的一直在法律许可范围内活
动的统治者，以及由多数善良的老百姓的习惯势力和社会舆论力量组成
的'无主名无意识的杀人团'。""于是，鲁迅终于发现，他所面对的是
社会、生活整体性的溃烂，而不是个别人的堕落、局部生活的腐败"。①

　　对此，杨义也以《祝福》为例，阐述了类似观点，他认为："《祝
福》是描写病态社会中正常悲剧的典范之作。悲剧的形成和发展，完全
是按照这个社会的正常秩序进行的。小说不是以特地设计的个别奸险邪
恶的人物，而是以社会关系中的内在矛盾必然性作为推动悲剧情节发展
的动力的。"譬如，鲁四老爷似乎是造成祥林嫂悲剧的"祸首"，但他的
所作所为不仅没有违背封建社会法律，而且还俨然是封建势力的道德化
身，"所谓'事理通达'，表示他是按照最规矩的封建教条办事的；所谓
'心气和平'，表明他并非格外奸诈凶残之徒。对于再醮重寡的祥林嫂，
他用'伤风败俗'来评价她的生存，用'谬种'来论定她的死亡，均是
从程朱理学的'道德心性'演绎而来，完全符合当时中国乡村小镇根深
蒂固的占统治地位的伦理观念。""正是在封建宗法制社会正常的秩序
中，一个善良的生命被套上无以洗刷的罪名，带着滴血的人生观和滴血

---

① 钱理群著：《心灵的探寻》，河北教育出版社 2005 年版，第 244 页。

的灵魂走进地狱。"①

　　中国传统文化自有其珍贵之精华，但糟粕也积弊甚深，严重阻碍中国人的现代化进程。铲除积弊，非发扬韧性精神不可。《这样的战士》中的战士，走进"无物之阵"，面对"许多战士都在此灭亡"，自己也"无所用其力"，"他举起了投枪"；面对编织"无物之阵"的文人学士——"无物之物"的谎言，"他举起了投枪"；面对披着外套的"无物之物"被掷中后逃脱，"他举起了投枪"；他继续在"无物之阵"中战斗，"无物之物"仍用"一式的点头、各种的旗帜和各样的外套"来对付他，他依然"举起了投枪"。战士"终于在无物之阵中老衰，寿终"，在人们不敢再"闻叫"的"太平"境地里，"他举起了投枪"。五次"举起了投枪"，何等可贵的韧性精神！

　　先生当年"有感于文人学士们帮助军阀"而作《这样的战士》，提出了"无物之阵"概念。现在，军阀和帮助他们的文人学士早已成为历史，"无物之阵"还在吗？或者说，先生当年提出的"无主名无意识的杀人团""鬼打墙"和"几乎无事的悲剧"，还有吗？只要静下心来稍作思考，就不难发现，传统文化的这些糟粕，仍程度不同地广泛存在着。其重要原因是，时至今日，我们对中国传统文化仍缺乏应有的深刻反思。哪些是精华，何谓糟粕？即使是精华，其永恒价值和历史局限性各是什么？怎么才能真正让其精华世代相传，而不至于日益式微？怎么才能真正剔除其糟粕，而不至于日益泛滥？怎么才能真正克服其局限性，而不至于继续禁锢人们的思想？这些重要问题，很少有人（不是没有）作出有说服力、吸引力的回答，而间或比较有说服力、吸引力的研究成果，在物欲横流的环境里，又往往被淹没于茫茫书海，少有人问津。相

---

① 杨义著：《重回鲁迅》，上海三联书店 2017 年版，第 77—78 页。

反，时有人借助中国古代文化的辉煌，把精华与糟粕混为一谈，有意或无意地来掩盖当下存在的问题，甚至助长问题发展。由于缺少反思，许多历史遗留下来的代代相传的落后观念，至今还支配着人们的行为。我党确立了社会主义核心价值观："富强、民主、文明、和谐，自由、平等、公正、法治，爱国、敬业、诚信、友善。"宣传声势浩大，但对这十二个重要概念，能够真正理解其内涵、做到入耳入脑入心、认真全面践行，确实需要一个逐步深入的过程。

以"民主"和"法治"为例，与其对立的官本位思想，严重阻碍民主政治和法治社会建设。改革开放以来形成的民主政治和法治社会建设成果，很容易被官本位思想侵蚀。有心者查一查相关法律法规和制度，就会发现，一部分还落实得不够好。有法不依，执法不严，成为难治的顽疾，潜规则大行其道。当法治与人治发生矛盾时，许多人理所当然认为"听当官的"。如果你在坚持民主和法治上较真，在很多情况下就会碰壁，有人会直言不讳地对你说："法律法规制度是死的，人是活的。"还有人振振有词地说教："民主法治建设都有一个过程嘛，不能操之过急啊。"2019 年，我作为中央企业的外部董事参加在广东的调研，晚饭后与同仁在南海边散步，就自主创新难以取得更大突破问题，请教一位专家，能不能解决，他不无担忧地回答，不铲除官本位思想，解决不了。

再以"文明"习惯为例，与其对立的不文明陋习，至今仍比比皆是。即使在文明程度相对高的大城市，乱闯红灯、随地吐痰、扔垃圾的现象，也远未绝迹。我长期生活在上海，早在二十世纪八十年代，市委、市政府就提出"七不规范"，后来又提出"新七不规范"。经过整整一代人的努力，市民在文明习惯的养成方面有所进步，但进步之慢让人着急。在许多路口，一些人对红灯熟视无睹，照闯不误。有时候，只有我一个人加上另外一两个人在等绿灯，孤零零地站着，反而让人觉得奇

134 怪。在许多街区，硬件设施不亚于发达国家的水平，但到了晚上，一天下来乱扔的垃圾随地可见。至于随地吐痰，大多数人习以为常，路人也司空见惯。新冠肺炎疫情暴发后，在严控期间几乎人人戴口罩，但有人照样摘了口罩随地吐痰，将用过的口罩乱扔。

在这种社会环境下，重温鲁迅"无物之阵""无主名无意识的杀人团""鬼打墙"和"几乎无事的悲剧"，这样警醒世人的深刻思想，具有极其重要的现实意义。当下，仍需要先生笔下的那种"投枪"!

三、"遗弃了背后一切的冷骂和毒笑"

鲁迅 1925 年 6 月 29 日创作了《颓败线的颤动》，这是《野草》七篇"话梦"作品之一。诗文假梦境讲述了一位母亲的不幸遭遇，高度赞扬了受尽侮辱的女性自我觉醒、勇于反抗的可贵精神。用超现实的手法反映现实的悲剧，使作品的凄凉与沧桑陡增，对现实黑暗的揭露因而更加有力。女主人公毅然决然反抗绝望的身姿极具感染力，给读者以强烈震撼。作为散文诗，作品同时还隐含深层次的人生哲理，它告诉我们，当遭受自己帮助过的人、同一阵营中的人，包括子女等亲人，有意或无意强加给你的委屈时，该如何冷静、勇敢地去面对，绝地反抗，走向人生新境界。

（一）她"骨立的石像似的站起来"

和《野草》的所有"话梦"作品一样，《颓败线的颤动》以"我梦见"开头，这是一个奇幻的"梦中梦"：

我梦见自己在做梦。自身不知所在，眼前却有一间在深夜中紧闭的小屋的内部，但也看见屋上瓦松（按：又名"向天草"或"昨叶荷草"，丛生在瓦缝中，叶针状，初生时密集短茎上，远望如松树，故名）的茂密的森林。

"我"梦中梦见的小屋残破不堪，屋顶不能蔽日。屋内陈设简陋破败，破床上，一位年轻女子被蹂躏的画面令人触目惊心：

板桌上的灯罩是新拭的，照得屋子里分外明亮。在光明中，在破榻上，在初不相识的披毛的强悍的肉块底下，有瘦弱渺小的身躯，为饥饿，苦痛，惊异，羞辱，欢欣而颤动。弛缓，然而尚且丰腴的皮肤光润了；青白的两颊泛出轻红，如铅上涂了胭脂水。

这是一位穷途潦倒的年轻女性，在自己家里卖身的直白描写。"瘦弱渺小"与"强悍"形成强烈对比，视觉上的巨大反差，使读者心理上受到严重冲击，年轻女子的孱弱与被凌辱时的无助刺痛人心。当她被陌生男子蹂躏时，"颤动"——战栗的心，呈现极为复杂的心理状态：卖身是饥寒交迫到极点不得已的选择，自己饿死不足惜，让幼小的女儿跟着死又于心何忍！断然作出这种选择，于她是痛苦、害怕和屈辱。得到的回报是，可爱的孩子不至于饿死，惟有这点使她产生一丝欢欣。"弛缓"是生理现象，"丰腴"是因为依然年轻，两颊如涂了胭脂而"泛出轻红"，是羞辱和欢愉交织。年轻的女性身体多么美好，与现实的丑陋形成对比，是无声的控诉！诗文接着笔锋一转，抒发"我"的感受：

灯火也因惊惧而缩小了，东方已经发白。

然而空中还弥漫地摇动着饥饿，苦痛，惊异，羞辱，欢欣的波涛……。

"惊惧"似双关语义，既指年轻母亲的心理恐惧，也指"我"的惊讶，"东方已经发白"——民国已经建立十多年了，居然还有如此悲惨的社会现实。更不可思议的是，这不是个例，"空中还弥漫地摇动着"——社会上还相当普遍地存在着各种不同却又类似的黑暗现象："饥饿"与"苦痛"。诗文再次回到陋室：

"妈！"约略两岁的女孩被门的开阖声惊醒，在草席围着的屋角的地上叫起来了。

"还早哩，再睡一会罢！"她惊惶地说。

"妈！我饿，肚子痛。我们今天能有什么吃的？"

"我们今天有吃的了。等一会有卖烧饼的来，妈就买给你。"她欣慰地更加紧捏着掌中的小银片，低微的声音悲凉地发抖，走近屋角去一看她的女儿，移开草席，抱起来放在破榻上。

"还早哩，再睡一会罢。"她说着，同时抬起眼睛，无可告诉地一看破旧的屋顶以上的天空。

年轻母亲的"欣慰"，是用自己最可贵的仅有换得"小银片"买几个烧饼，使孩子不至于饿死。这是与"低微的声音悲凉地发抖"联系在一起的"颤动"的"欢欣"。透过破旧的屋顶仰望苍天，她能跟孩子说什么呢！接下来，又是"我"的联想：

空中突然另起了一个很大的波涛，和先前的相撞击，回旋而成旋涡，将一切并我尽行淹没，口鼻都不能呼吸。

我呻吟着醒来，窗外满是如银的月色，离天明还很辽远似的。

隐喻在充满黑暗的世界里，越来越多的人开始不安于现状，"很大的"波涛对应前述"小小的"波涛，群体与个体相互影响，形成巨大的力量，光明必将战胜黑暗，谁也不能阻挡。在剧烈变革的社会中，每个人都遭受人生的严峻考验，包括自己。前行的道路并不平坦，"离天明还很辽远似的"。"我呻吟着醒来"——先生的"梦"相当沉重。

"我的梦中梦"并没有做完，梦后"续着残梦"：

我自身不知所在，眼前却有一间在深夜中紧闭的小屋的内部，我自己知道是在续着残梦。可是梦的年代隔了许多年了。屋的内外已经这样整齐；里面是青年的夫妻，一群小孩子，都怨恨鄙夷地对着一个垂老的女人。

今非昔比，同样是"一间在深夜中紧闭的小屋的内部"，"屋的内外已经这样整齐"——与前梦中见到的那样破败不堪的小屋形成强烈对比。那个二三十年前为救女儿一命而卖身的年轻母亲，为把女儿抚养成人而受尽折磨和苦痛，只剩下一具"颓败"的身躯和"暗娼"的骂名。以下是女婿、女儿和外孙们对她的态度：

"我们没有脸见人，就只因为你，"男人气忿地说。"你还以为养大了她，其实正是害苦了她，倒不如小时候饿死的好！"

"使我委屈一世的就是你！"女的说。

"还要带累了我！"男的说。

"还要带累他们哩！"女的说，指着孩子们。

最小的一个正玩着一片干芦叶，这时便向空中一挥，仿佛一柄钢刀，大声说道：

"杀！"

母亲忍辱负重作出了最大牺牲，献出了伟大的母爱，不仅没有得到女儿的理解和感恩，相反，换来的却是女儿、女婿，还有第三代的怨恨和鄙夷。为什么？因为她没有做到那个年代所要求的节烈，没有做到"宁可饿死，不可失节"。何等残酷，何等痛心！再看已到暮年的母亲遭到怨怼之后的反应：

那垂老的女人口角正在痉挛，登时一怔，接着便都平静，不多时候，她冷静地，骨立的石像似的站起来了。她开开板门，迈步在深夜中走出，遗弃了背后一切的冷骂和毒笑。

受到至亲如此侮辱，是一种怎样的刺激啊！她无言以对，"口角痉

138　　挛""登时一怔",是何等痛苦的心理投射啊！令一般人没有想到的是，
她很快就平静、冷静下来，瘦弱的身体"骨立的石像似的站起来了"，
毅然决然地"在深夜中走出"，把"一切的冷骂和毒笑"全都丢掉。多
么刚毅！

　　她在深夜中尽走，一直走到无边的荒野；四面都是荒野，头上只有
高天，并无一个虫鸟飞过。她赤身露体地，石像似的站在荒野的中央，
于一刹那间照见过往的一切：饥饿，苦痛，惊异，羞辱，欢欣，于是发
抖；害苦，委屈，带累，于是痉挛；杀，于是平静。……又于一刹那间
将一切并合：眷念与决绝，爱抚与复仇，养育与歼除，祝福与咒
诅……。她于是举两手尽量向天，口唇间漏出人与兽的，非人间所有，
所以无词的言语。

　　她的世界一无所有——"四面都是荒野"，"并无一个虫鸟飞过"。
"赤身裸体"，象征着她彻底抛弃了纠缠她的一切"耻辱"。回望自己一生
走过的路，对至亲的眷念、爱抚、养育和祝福，换来的却是决绝、复仇、
歼除和咒诅，人性何在！良知何在！天理何在！她能不"颤动"——发
抖、痉挛吗？还能用什么语言表达呢？当她看透这一切之后，就不再纠
结，不再眷恋，而是升华到一种新境界——平静似"石像"。吴小美指
出："在古今中外的文学作品中，我们很少能见到那举手无言向苍天的艺
术形象。"《颓败线的颤动》的"哲理意味是通过象征手法传达的；这里，
象征的是一种反言的控诉，强烈的反抗。这里，不是任何现实主义的
'精细'描绘所能达到的。同时，也不是一篇雄辩的社会科学论文，细细
分析旧社会底层不幸妇女的痛苦根源所能达到的。这种可敬而可悲的遭
遇，只有用鲁迅式的感同身受的激情，燃烧到人物的精神世界中去。"[1]让

---

[1]　吴小美著：《鲁迅〈野草〉赏读》，北岳文艺出版社 2017 年版，第 109 页。

我们继续读《颓败线的颤动》：

当她说出无词的言语时，她那伟大如石像，然而已经荒废的，颓败的身躯的全面都颤动了。这颤动点点如鱼鳞，每一鳞都起伏如沸水在烈火上，空中也即刻一同振颤，仿佛暴风雨中的荒海的波涛。

她于是抬起眼睛向着天空，并无词的言语也沉默尽绝，惟有颤动，辐射若太阳光，使空中的波涛立刻回旋，如遭飓风，汹涌奔腾于无边的荒野。

极静似"石像"的她，并没有止于静，相反，她那荒废颓败的身躯全都颤动了。这颤动，显然有别于前面的颤动，这是向旧世界旧文化抗议的颤动！在这样的颤动面前，女儿女婿和外孙们的封建观念和以怨报德的忘恩负义行为，显得何其卑劣和渺小！先生希望这颤动"如鱼鳞"，每一片鱼鳞都"如沸水在烈火上"，空中即刻同振颤——希望她的觉醒和反抗，成为暴风雨在荒海中掀起波涛，海空一色，波涛汇集，"汹涌奔腾于无边的荒野"——形成社会解放的大潮。诗文最后，先生写道：

我梦魇了，自己却知道是因为将手搁在胸脯上了的缘故；我梦中还用尽平生之力，要将这十分沉重的手移开。

完成了这首凄厉的赞歌，从梦境回到现实，"我"真希望它只是噩梦，但现实中的层层黑暗却如同噩梦——让人感到"十分沉重"。"我"没有忘记自己年轻时立下的为改善国人的生存环境而奋斗的使命，即使在梦中也念念不忘，要为此"用尽平生之力"。

（二）勇于承受难以承受的委屈

今读鲁迅《颓败线的颤动》，给我们的启示是，当一个人遇到各种委屈时，要以积极的心态去面对，沉静地锻炼承受力，使内心变得更强

140 大。李何林高度评价《颓败线的颤动》，他认为："从千百万被蹂躏的妇
女中选取题材，用崇高博大的感情和诗的语言，以及少有的笔法，作者
创作了这样一篇感人极深的散文诗，在中国现代文学史上是不多见的。"
同时，他对两种说法作了评论。一种认为"这或者也许是作者当时某些
思想感情的一种曲折地表现"；一种认为"这篇是作者过去养活周作人
一家，反被他们所欺侮，因而产生的反抗思想的极为曲折地反映"。李
指出："以上两方面，或者都和这篇散文诗的写作有关；但作者选取了
旧社会千百万被侮辱和蹂躏的妇女，来表现她们的反抗复仇，其意义似
乎不在仅仅反映他自己。"①

之后，孙玉石作了新的论述，他注意到冯雪峰和许杰的意见。冯撰
文说："作者所设想的这个老女人的'颤动'——猛烈的反抗和'复仇'
的情绪，不能不是作者自己曾经经验过的情绪，至少也是他最能体贴的
情绪。"许撰文说："我们不敢肯定当时鲁迅先生心灵上真有这样的经
历，但也不敢肯定鲁迅先生心灵上根本就没有这样的经历。用屈辱偷
生、忍辱负重的精神来营养新的一代，然而得不到新的一代的同情与谅
解，甚至对他加以讪笑、辱骂、鞭打与杀戮的，在现实生活中，又何尝
没有呢？"孙断定："《颓败线的颤动》，就是在老妇人的生命的悲剧与反
抗的表层故事的后面，传达的主要是作者作为一个先驱者所经历的心灵
深处的极端痛苦的情绪和愤怒抗议的精神，即对于自己用鲜血养育的青
年一代忘恩负义的道德恶行的复仇。"他引用了鲁迅《两地书》的不少
内容来证明这一点。②

我认为，《颓败线的颤动》深层次的哲理在于：当先生提出"反抗

---

① 参阅李何林著：《〈野草〉注解》，陕西人民出版社 1973 年版，第 165、166 页。
② 孙玉石著：《现实的与哲学的——鲁迅〈野草〉重释》，北京大学出版社 2010 年
版，第 206—210 页。

绝望"的命题时，他告诉人们，绝望不仅来自占统治地位的黑暗势力对一切进步力量的压制甚至迫害，而且来自因受压迫、受侮辱人们的无知和愚昧，而导致真诚地为解救他们而作出牺牲的人们、改革者和革命者，所遭到的误解、排斥和打击。这大致可分成三种情况，一是来自自己曾经帮助过的人们，二是来自与黑暗势力作斗争同一营垒的人们，三是来自自己的亲人。《颓败线的颤动》直接描写的，是第三种情况。不少学者认为，这里包含先生与二弟周作人兄弟失和的隐喻。先生对周作人的帮衬，可说竭尽全力，周氏兄弟成为新文化运动中涌现出来的"双子星座"。周作人轻率地与兄绝交，对先生造成的伤害之大深藏在散文诗中，并非没有可能。

孙玉石等学者指出的，是第一种情况，针对忘恩负义的人，主要是一些先生帮助过的青年。对此，鲁迅在《两地书六九》中曾痛心地披露："在这几年中，我很遇见了些文学青年，由经验的结果，觉他们之于我，大抵是可以使役时便竭力使役，可以诘责时便竭力诘责，可以攻击时自然是竭力攻击。"先生在《两地书九五》中，以更痛苦的心情写道："我先前何尝不出于自愿，在生活的路上，将血一滴一滴地滴过去，以饲别人，虽自觉渐渐瘦弱，也以为快活。而现在呢，人们笑我瘦弱了，连饮过我的血的人，也来嘲笑我的瘦弱了。""乘我困苦的时候，竭力给我一下闷棍"。上述内容，大致写于先生作《颓败线的颤动》同期。

第二种情况，先生作品中也多有反映，有的出于他作《颓败线的颤动》同期，有的则在之后。先生 1925 年在《杂感》（《华盖集》）中，悲愤地写道："死于敌手的锋刃，不足悲苦；死于不知何来的暗器，却是悲苦。但最悲苦的是死于慈母或爱人误进的毒药，战友乱发的流弹，病菌的并无恶意的侵入，不是我自己制定的死刑。"他 1935 年在给文艺理论家胡风的信中说:"以我自己而论,总觉得缚了一条铁索,有一个工头在背后用鞭子打我,无论我怎样起劲的做,也是打","真常常令我手足无措"。先生 1935 年在给青年作家萧军、萧红的信中表示:"敌人不足惧,最令人寒心而且灰心的,是友军中的从背后来的暗箭;受伤之后,同一营垒中的快意的笑脸。因此,倘受了伤,就得躲入深林,自己舔干,扎好,给谁也不知道。我以为这境遇,是可怕的。"这方面的情况比较复杂,有的青年确有德行问题,譬如高长虹(按:文学团体狂飙社主要成员之一),在创作上曾得到鲁迅许多帮助,后来却借故对鲁迅进行攻击、诽谤;有的则是因为思想幼稚,譬如像成仿吾(按:文学团体创造社主要成员之一)那样的革命青年,曾站在极左的立场,对先生进行无端指责。

鲁迅当年揭露的第一种情况,当下是否还存在?令人遗憾的是,仍很难消除。有的人,你可能早就忘记曾给予他帮助,他却始终铭记。前几年,同学聚会,几次遇到有同学说我曾帮过他(她)什么忙,我已没什么印象。但也有不少人,你帮助过他,他却并不心存感激,还认为你帮得不够,因而对你不满,甚至记恨在心。在我长期的职业生涯中,类似情况都遇到过。怎么办?我的态度是,不要太把它当回事。遭受"委屈"的原因比较复杂,也许因为沟通欠缺,信息不对称,导致误解;也许因为对方欲望过高,希望从你身上获取的利益没有得到满足;也许有人从中挑拨,以达到自己的某种私欲(譬如装好人);也许有人认为你阻碍了他升职的通道,要搬开你这块绊脚石。不管出于何种原因,我都得承受,越难以承受就越要勇敢承受,在承受中实现自我超越。其实,真的承受了,"委屈"一小阵也就过去了。

回顾中国现代史可以看到鲁迅当年揭露的第二种情况。如在"文革"中,许多中高级知识分子受到不同程度的冲击或迫害。我们这代人比较幸运，走上领导岗位时，已迎来了改革开放新时代。前辈们所遭受过的那种冤屈，总体上已一去不复返（如果还有，只是个案）。但遭受来自"同一营垒"的委屈，是否从此销声匿迹了呢？当然不是。讲真话、据实提一点不同意见者不受待见，改革者得不到理解，得不到重用，默默地在基层埋头苦干者不被发现等情况时有发生。这都不免给当事人带来程度不同的委屈。人们固然希望政治日益清明，类似情况日益减少，但消除历史文化糟粕的影响仍将是一个漫长的过程。这就产生了一个严肃的问题，当你遇到委屈时怎么办？以积极还是消极态度对待？正确答案无疑是前者。

鲁迅当年揭露的第三种情况，当下是否还存在？像先生在《颓败线的颤动》中所描述，母亲为饥饿所迫，为养活幼小的女儿而卖身，女儿长大成人后，母亲的遭遇却被女儿女婿乃至外孙们所鄙弃。父母不被子女理解，子女对父母尊重不够、关心不够的现象，似乎还程度不同、比较普遍地存在着。先生在《禁用和自造》（《准风月谈》）中批评道："一个人的生养教育，父母化去的是多少物力和气力呢。而青年男女，每每不知所终，谁也不加注意。"产生这种现象，可能与片面理解个性解放有关，更可能是因生产方式变革所致。但无论如何，既然产生了，就要正确面对。一般情况下，不要责怪子女，责怪既未必合理，也无济于事，而要理解，在激烈的社会竞争中，子女的工作生活都不容易。我们或许应该理性地摆脱"委屈"感，尽可能积极地与子女好好相处，在力所能及的范围内帮他们一把，不给或少给他们添麻烦。实现这方面超越的关键是真正认识到，抚育子女，不应以回报为目的，如同鲁迅在《我们现在怎样做父亲》（《坟》）中所言，只有"离绝了交换关系利害关系的爱"，才是"人伦的索子"。

《颓败线的颤动》中那位"骨立的石像似的站起来了"的女性，让

144　　我们想到这正是鲁迅的形象化身。当我们遭受任何委屈时，就想想那座"骨立的石像"吧！

四、"真的猛士，敢于直面惨淡的人生"

　　1926 年 4 月 8 日，鲁迅创作了《淡淡的血痕中——记念几个死者和生者和未生者》。两天后，写下了《野草》的最后一篇《一觉》。两篇的主角都是青年，但与一年多前主角同样是青年的《希望》相比，基调发生了重大变化。《希望》是"因为惊异于青年之消沉"而作，《淡淡的血痕中》和《一觉》则高度赞赏青年之觉醒。即使与三个多月前写的《这样的战士》相比，这两篇散文诗表现的思想倾向也更积极。"这样的战士"屡战屡败后仍"举起了投枪"，在《淡淡的血痕中》中，先生则寄希望于"叛逆的猛士出于人间"，"天地在猛士的眼中于是变色"。

　　上述变化，与写作背景有很大关系。1926 年 3 月 18 日发生了"三一八"惨案。北京民众因不满段祺瑞政府向以日本为首的外国列强妥协，举行了大规模的请愿活动，游行队伍涌向执政府国务院，遭荷枪实弹的卫队开枪射击，造成死伤两百多人，其中大多是青年学生。鲁迅在《〈野草〉英文译本序》（《二心集》）中说："段祺瑞政府枪击徒手民众后，作《淡淡的血痕中》，其时我已避居别处。""避居别处"，是因为他当时遭通缉正在避难。据当时与先生一起避难的许寿裳回忆，他们曾住在一所医院的"一间堆积房"，"夜间在水门汀地面上睡觉，白天用面包和罐头食品充饥。鲁迅在这样的境遇中，还是写作不辍"。①

　　———————————

　　①　许寿裳著：《鲁迅传》，九州出版社 2017 年版，第 232 页。

（一）"看透了造化的把戏"

"三一八"惨案当天，先生就针对惨案写了《无声的蔷薇之二》，之后又陆续发表了与惨案相关的多篇杂文，如《死地》《可惨与可笑》《记念刘和珍君》《空谈》和《如何"讨赤"》（均见《华盖集续编》）。之后，先生才创作了《淡淡的血痕中》。与杂文不同，这篇散文诗以相对隐晦的笔法，表达了更深层次的内涵。

诗文的第一、二段，写"造物主"的怯弱行为：

目前的造物主，还是一个怯弱者。

他暗暗地使天变地异，却不敢毁灭一个这地球；暗暗地使生物衰亡，却不敢长存一切尸体；暗暗地使人类流血，却不敢使血色永远鲜秾；暗暗地使人类受苦，却不敢使人类永远记得。

"造物主"或隐喻当时的统治阶级，在他们的黑暗统治下，中国社会"天变地异"，民不聊生。为维护统治地位，他们用尽残害、杀戮、欺骗等手段，打击进步力量——"使生物衰亡""使人类流血""使人类受苦"。但这并不代表他们强大，"造物主"终究是"怯弱者"，四个"暗暗地"和相对应的四个"不敢"，就是怯弱的具体表现。他们害怕毁灭这个世界，因为这也是他们得以生存的土壤。他们害怕自己的罪行激起众怒，引起民众的进一步反抗，推翻他们的专制统治。

第三段，采用明与暗、虚与实相结合的手法，写"造物主"如何培植"他的同类——人类中的怯弱者"，费尽心机维持自己的统治：

他专为他的同类——人类中的怯弱者——设想，用废墟荒坟来衬托华屋，用时光来冲淡苦痛和血痕；日日斟出一杯微甘的苦酒，不太少，不太多，以能微醉为度，递给人间，使饮者可以哭，可以歌，也如醒，也如醉，若有知，若无知，也欲死，也欲生。他必须使一切也欲生；他还没有灭尽人类的勇气。

"造物主"采用逆我者亡、顺我者昌的手段，一边残害改革者并摧毁改革成果（用"废墟荒坟"隐喻），一边给自己的帮凶以优厚的物质待遇（用"华屋"隐喻），并希望随着时光推移，人们逐渐淡忘苦痛和流血牺牲。同时，他们对民众实施"日日斟出一杯微甘的苦酒"的策略，让民众喝了这酒"微醉"——在苦难的岁月里看到一点渺茫的希望。在"吃人"的社会里，"造物主""必须使一切也欲生"——总得让民众勉强活下去，"他还没有灭尽人类的勇气"，因为灭尽了人类，失去了统治对象，统治地位就没有意义。

"造物主"统治下的世界是怎样的呢？请看第四、五段：

几片废墟和几个荒坟散在地上，映以淡淡的血痕，人们都在其间咀嚼着人我的渺茫的悲苦。但是不肯吐弃，以为究竟胜于空虚，各各自称为"天之僇民"，以作咀嚼着人我的渺茫的悲苦的辩解，而且悚息着静待新的悲苦的到来。新的，这就使他们恐惧，而又渴欲相遇。

这都是造物主的良民。他就需要这样。

这两段是前面段落层层递进后的结果呈现。"几片废墟和几个荒坟"及"淡淡的血痕"，表明人们饱尝悲苦，别人的，自己的，莫不如此。但他们又能怎么办呢？在找不到出路的无奈中，他们似乎以为悲苦总好过空虚。他们不知悲苦从哪里来，以为自己是"天之僇民"——命不好，且看不到何时能出头，只能"静待新的悲苦的到来"。"新的悲苦"究竟是什么样的生活？他们既恐惧——怕更不堪，却又渴望——但愿比现在好些。使尽伎俩的"造物主"需要的正是这样的甘愿当奴才的"良民"——麻木归麻木，心中尚存希望；安于现状，不作反抗。对这种"咀嚼着渺茫的悲苦但不肯吐弃"的状况，瞿秋白曾作过深刻分析："科举式的封建等级制度，给每一个'田舍郎'以'暮登天子堂'的幻想；租佃式的农奴制度给每一个农民以'独立经济'的幻影和'爬上社会的

上层'的迷梦。这都是几百年来的'空前伟大的'烟幕弹。"①　　　　　147

中国社会只能这样维持下去吗？不！第六、七段是先生对未来社会变革的憧憬：

叛逆的猛士出于人间；他屹立着，洞见一切已改和现有的废墟和荒坟，记得一切深广和久远的苦痛，正视一切重叠淤积的凝血，深知一切已死，方生，将生和未生。他看透了造化的把戏；他将要起来使人类苏生，或者使人类灭尽，这些造物主的良民们。

造物主，怯弱者，羞惭了，于是伏藏。天地在猛士的眼中于是变色。

"叛逆的猛士"是继《秋夜》和《这样的战士》后，先生再次塑造的心目中理想的"精神界战士"形象。社会进步的大趋势不可阻挡，反抗黑暗势力和专制统治的"叛逆的猛士"终将出现，巍然屹立于天地间。"洞见"和"记得"，"正视"和"深知"，表明猛士极为清醒。"他看透了造化的把戏"，勇敢地发出了向旧世界的挑战，目标是"使人类苏生"。这意味着民众觉醒，被称为"造物主的良民"的庸众"灭尽"。在"叛逆的猛士"面前，怯弱的"造物主"害怕了，躲了起来。"天地在猛士的眼中于是变色"，是先生对猛士的鼓励和对未来的希望。

在写《淡淡的血痕中》的一周前，先生写了《记念刘和珍君》，其中有两段写"真的猛士"，不妨一读，以进一步体会先生对"猛士"的呼唤与期待："真的猛士，敢于直面惨淡的人生，敢于正视淋漓的鲜血。这是怎样的哀痛者和幸福者？然而造化又常常为庸人设计，以时间的流驶，来洗涤旧迹，仅使留下淡红的血色和微漠的悲哀。在这淡红的血色和微漠的悲哀中，又给人暂得偷生，维持着这似人非人的世界。我不知

---

① 陈铁健编：《中国近代思想家文库瞿秋白卷》，中国人民大学出版社2014年版，第408页。

道这样的世界何时是一个尽头！""苟活者在淡红的血色中，会依稀看见微茫的希望；真的猛士，将更奋然而前行。"

《记念刘和珍君》虽编入杂文集，其实也是散文诗。"真的猛士"贵在真——敢于直面和正视现实，不管现实多么黑暗。因为看到"似人非人的世界"，他哀痛；因为先于多数人洞见黑暗的本质，他幸福。尽管现实令人失望，庸众在淡忘中苟活，但"淡红的血色"毕竟让越来越多活着的人们看到希望，哪怕只是"依稀"和"微茫"。而"真的猛士"更不会退却，只会更加坚定地奋勇抗争，走出绝望。《淡淡的血痕中》副标题告诉人们，本文首先为"记念几个死者"——牺牲者；又激励"生者"，期望他们用更合适的方法开展斗争；还寄希望于"未生者"，使改革大业代代相传。

（二）绰约，纯真的青年们的魂灵

1926 年 4 月 10 日，鲁迅写下了《野草》的最后一篇《一觉》。"一觉"原是佛家语，是佛教修炼涅槃境界的十大法之一。"一觉"之思，历代文人墨客多有运用，鲁迅用出了新意。先生在《〈野草〉英文译本序》中说："奉天派和直隶派军阀战争的时候，作《一觉》，此后我就不能住在北京了。"《一觉》的第一、二两段，描写了先生当时所处的环境和自己的感受，夹叙夹议，百感交集：

飞机负了掷下炸弹的使命，像学校的上课似的，每日上午在北京城上飞行。每听得机件搏击空气的声音，我常觉到一种轻微的紧张，宛然目睹了"死"的袭来，但同时也深切地感着"生"的存在。

隐约听到一二爆发声以后，飞机嗡嗡地叫着，冉冉地飞去了。也许有人死伤了罢，然而天下却似乎更显得太平。窗外的白杨的嫩叶，在日光下发乌金光；榆叶梅也比昨日开得更烂漫。收拾了散乱满床的日报，

拂去昨夜聚在书桌上的苍白的微尘，我的四方的小书斋，今日也依然是
所谓"窗明几净"。

1926 年 4 月，冯玉祥的国民军和奉系军阀张作霖、李景林作战，
国民军驻守北京，奉军为了赶走国民军，每天上午派飞机轰炸北京城
区，使市民陷于极度紧张和恐惧中。"我""宛然目睹了'死'的袭来"，
生死只在一线间，在"一种轻微的紧张"中，"我"冷静地，然而"深
切地感着'生'的存在"。一些学者对以上两段文字予以高度关注。李
泽厚作了如下评论："托尔斯泰《战争与和平》描述过安德烈死亡前对
天空等大自然的生的感受，左拉《溃灭》也有类似的描写，其中似乎都
有某种宗教意绪，某种对永恒宁静的本体赞颂，然而鲁迅这里却是意识
到'死'时所感受到的'生'的光彩，仍然是中国式的刚健情调。"[1]
"白杨的嫩叶，在日光下发乌金光"，"榆叶梅也比昨日开得更烂漫"，
"四方的小书斋，今日也依然是所谓'窗明几净'"，都是"中国式的刚
健情调"体现。张洁宇分析道："本来，《野草》就常常涉及生死问题"，
"到了最后几篇，由于现实处境的日益残酷，鲁迅几乎篇篇都要论及生
死"。在"宛然目睹了'死'的袭来"的时刻，鲁迅却"深切地感着
'生'的存在"。"这正是鲁迅特有的思路和一贯的想法，即在绝望和绝
境中陡然生出最强烈的反抗，在死亡的威胁面前更焕发出'生'与'战
斗'的力量。""'生'的意志，始终都是这篇绝唱中的强音。"[2]

身逢战乱，活着就是幸运，但不可避免地总有人遭遇不测。轰炸后
的短暂平静使"我"深感生命之可贵，时间不等人，"我"要趁有生之
年做更多更有意义的事，"我"开始了新的工作：

---

[1] 李泽厚著：《中国现代思想史论》，安徽文艺出版社 1994 年版，第 116 页。
[2] 张洁宇著：《独醒者与他的灯——鲁迅〈野草〉细读与研究》，北京大学出版社
2013 年版，第 311 页。

因为或一种原因，我开手编校那历来积压在我这里的青年作者的文稿了；我要全部给一个清理。我照作品的年月看下去，这些不肯涂脂抹粉的青年们的魂灵便依次屹立在我眼前。他们是绰约的，是纯真的，——阿，然而他们苦恼了，呻吟了，愤怒，而且终于粗暴了，我的可爱的青年们！

魂灵被风沙打击得粗暴，因为这是人的魂灵，我爱这样的魂灵；我愿意在无形无色的鲜血淋漓的粗暴上接吻。漂渺的名园中，奇花盛开着，红颜的静女正在超然无事地逍遥，鹤唳一声，白云郁然而起……。这自然使人神往的罢，然而我总记得我活在人间。

直到此时，先生才有暇编校积压已久的青年作者的文稿，那是因为"三一八"惨案发生后，他集中精力写一系列抨击时弊的杂文。当"我"按照青年作者作品的写作时间逐一编稿，看到的是"不肯涂脂抹粉的青年们的魂灵"，他们绰约，纯真。面对黑暗的现实，他们用手中的笔发出愤怒之声，往往遭到无形无色却能使人鲜血淋漓的打击。"无形无色"，让人联想到《这样的战士》中揭示的，那些帮助军阀的文人学士，披着各种名头，设下的"无物之阵"。青年作者不惧打击，他们的灵魂因此而变得粗粝，却更加真实，更有抵抗力。这才是真的人该有的灵魂！他们"依次屹立在我眼前"，"我"爱这样的青年，赞美这样的青年！不是很多人都欣赏这样"粗暴"的魂灵，总有人神往"漂渺的名园"中的奇花、静女，然而那是并不存在的世外桃源。

先生编校青年作者的书稿，"忽然记起一件事"：

两三年前，我在北京大学的教员预备室里，看见进来了一个并不熟识的青年，默默地给我一包书，便出去了，打开看时，是一本《浅草》。就在这默默中，使我懂得了许多话。阿，这赠品是多么丰饶呵！可惜那《浅草》不再出版了，似乎只成了《沉钟》的前身。那《沉钟》就在这风沙颏洞中，深深地在人海的底里寂寞地鸣动。

先生1925年4月3日日记载："午后往北大讲。浅草社员赠《浅草》一卷之四期一本。"这个"浅草社员"，是青年诗人、浅草社（按：1922年成立于上海的文学团体）和沉钟社（按：1925年成立于北京的文学团体）成员冯至。据他回忆："那天下午，鲁迅讲完课后，我跟随他走进教员休息室，把一本用报纸包好的《浅草》交给他。他问我是什么书，我简短地回答两个字'浅草'。他没有问我的名姓，我便出去了。"①先生虽然没有多说什么，却留下深刻印象，认为这是"多么丰饶"的赠品。《浅草》是1923年3月创刊于上海的文学季刊，由浅草社编辑。编者在《卷首小语》中表示要在沙漠和荒土似的"苦闷的世界里来耕耘出一片新绿的浅草"。

先生在《〈中国新文学大系〉小说二集序》（《且介亭杂文二集》）中评价浅草社和《浅草》："发祥于上海的浅草社，其实也是'为艺术而艺术'的作家团体，但他们的季刊，每一期都显示着努力：向外，在摄取异域的营养，向内，在挖掘自己的魂灵，要发见心里的眼睛和喉舌，来凝视这世界，将真和美歌唱给寂寞的人们。"突出"真和美"的评价可谓相当高。1925年2月，《浅草》出至第一卷第四期停刊，仅生存两年。《沉钟》是1925年10月创刊于北京的文学周刊，由沉钟社编辑。先生在《〈中国新文学大系〉小说二集序》中，评价"沉钟社作家的心境"为："大抵热烈，然而悲凉的。即使寻到一点光明，'径一周三'（按：即直径与圆周的比），却更分明的看见了周围的无涯际的黑暗"，"玄发朱颜，却唱着饱经忧患的不欲明言的断肠之曲"，"是中国的最坚

① 参阅鲁迅博物馆编：《鲁迅回忆录》散篇上册，北京出版社1999年版，第340页。

韧，最诚实，挣扎得最久的团体"。沉钟社就像在弥漫无际的风沙中生存，扎根在社会底层，与民众心心相连。由《沉钟》想到野花草"野蓟"，先生写道：

野蓟经了几乎致命的摧折，还要开一朵小花，我记得托尔斯泰曾受了很大的感动，因此写出一篇小说来。但是，草木在旱干的沙漠中间，挤命伸长他的根，吸取深地中的水泉，来造成碧绿的林莽，自然是为了自己的"生"的，然而使疲劳枯渴的旅人，一见就怡然觉得遇到了暂时息肩之所，这是如何的可以感激，而且可以悲哀的事!?

这里是说托尔斯泰的中篇小说《哈泽·穆拉特》中的故事。托翁小说的开场，描写了有着顽强生命力的"牛蒡花"（鲁迅译为"野蓟"），用以象征奋勇战死的哈泽·穆拉特："在我前面道路的右边，发现一棵灌木。当我走近的时候，我认出这棵灌木仍然是'鞑靼花'。""这棵'鞑靼花'有三个枝杈。其中一枝已经断掉了"，"另外两枝每枝都有一朵花。""看样子，整棵灌木曾被车压过，过后才抬起头来，因此它歪着身子站着，但总算站起来了。就好像从它身上撕下一块肉，取出了五脏，砍掉了一只胳膊，挖去一只眼睛，但它仍然站了起来，对那消灭了它周围弟兄们的人，决不低头。'好大的精力！'我想道，'人战胜了一切，毁灭了成百万的草芥，而这一棵却依然不屈服。'"①

先生借题发挥，用野蓟作比，赞赏浅草社和沉钟社的青年作家。不难理解，"旱干的沙漠"指当时的文化生态，"几乎致命的摧残"指与腐朽文化作斗争的勇士遭受无情打击。"深地中的水泉"指被先生在《中国人失掉自信力了吗》中，称为"中国的脊梁"的那种"埋头苦干的人""拼命硬干的人""为民请命的人"和"舍身求法的人"。青年作家从

---

① 参阅李何林著：《〈野草〉注解》，陕西人民出版社1973年版，第219—220页。

他们身上汲取不竭的动力，在艰难的环境中，以"造成碧绿的林莽"为追求，开辟新文化事业。不屈不挠的努力终于开出"一朵小花"，这固然使他们自身保存了生命，而不至于"出师未捷身先死"，更使如"疲劳枯渴的旅人"般积极向上的青年，从他们的作品中获取力量，得到精神上的休息和调整。这是对与"无物之阵"作斗争的可爱的青年战士的生动描写，是对《这样的战士》最后一句"但他举起了投枪"的接续。这样的战士真值得人们感激，但社会却不善待他们，不仅不为他们的成长创造条件，还要扼杀他们，多么令人悲哀！回到《沉钟》，先生写道：

《沉钟》的《无题》（按：载于《沉钟》周刊第十期）——代启事——说："有人说：我们的社会是一片沙漠。——如果当真是一片沙漠，这虽然荒漠一点也还静肃；虽然寂寞一点也还会使你感觉苍茫。何至于像这样的混沌，这样的阴沉，而且这样的离奇变幻！"

显然，先生赞赏《沉钟》的《无题》这个代启事，他写道：

是的，青年的魂灵屹立在我眼前，他们已经粗暴了，或者将要粗暴了，然而我爱这些流血和隐痛的魂灵，因为他使我觉得是在人间，是在人间活着。

"粗暴"象征青年作家在白色恐怖笼罩下，顶着巨大的精神压力，冒着流血牺牲的危险，与黑暗势力作斗争。冯至在回忆录中引用了先生上述这段话，说"这段话是对于我们的期望，也是对一切青年的期望"。他还说，1926年5月至7月间，他们多次拜访先生，在谈话中，先生热烈地肯定了他们的工作，同时也希望他们多关注社会问题，参加实际斗争。①

---

① 参阅鲁迅博物馆编：《鲁迅回忆录》散篇上册，北京出版社1999年版，第340页。

154 　《一觉》的最后，回到先生编校青年作者文稿的情景：

> 在编校中夕阳居然西下，灯火给我接续的光。各样的青春在眼前一一驰去了，身外但有昏黄环绕。我疲劳着，捏着纸烟，在无名的思想中静静地合了眼睛，看见很长的梦。忽而惊觉，身外也还是环绕着昏黄；烟篆（按：燃着的纸烟的烟缕，弯曲上升，好比笔画圆曲的篆字——我国古代的一种字体）在不动的空气中上升，如几片小小夏云，徐徐幻出难以指名的形象。

　　"我"在清理青年作者文稿中陷入沉思，时间不知不觉过去，夕阳西下。一个个性格迥异的青年形象栩栩如生，他们焕发着青春光彩，一一出现在"我"眼前，使"我"从中看到中国的希望，虽然现实仍让人失望——"身外但有昏黄环绕"。编校青年的作品太用心太耗神，让"我"感到疲惫，合上眼睛闭目养神，憧憬着中国遥远的将来。似睡非睡中，"我""忽而惊觉"——突然醒来，现实并不令人乐观——"身外也还是环绕着昏黄"。然而，最后一句用巧妙的虚实笔法，又给人以无尽的希望——"烟篆"让我们感受到先生作品特有的劲健风格，"在不动的空气中上升"或隐喻先生的作品将在保守的中国社会出版。"如几片小小夏云，徐徐幻出难以指名的形象"，或隐喻先生的散文诗像夏日天空中的云朵，变幻无穷。这一段诗文教人产生无限遐想，——不仅对《一觉》，而且对《野草》的全部作品。《野草》从《秋夜》始，至《一觉》止，意味深长。

（三）拒绝"淡忘"和坚守为人"资格"

　　今读鲁迅《淡淡的血痕中》，给我们的启示是，不要忘却历史，尤其不该忘记为中国社会进步付出生命代价的人们。今读先生的《一觉》，给我们的启示是，要正确处理报喜和报忧的关系，在肯定成绩的同时更要认识和指出存在的问题。

先生敏锐地观察到中国社会存在淡忘历史的现象，他在《论费厄泼赖应该缓行》（《坟》）中，联系清末女革命家秋瑾牺牲后的情况写道："秋瑾女士，就是死于告密的，革命后暂时称为'女侠'，现在是不大听见有人提起了。""秋瑾的故乡也还是那样的故乡，年复一年，丝毫没有长进。""丝毫没有长进"，与忘却革命历史有关。先生的小说《头发的故事》（《呐喊》），以反对忘却为主题，讲述了北京纪念双十节的故事，借主人公 N 批评一些人："他们忘却了纪念，纪念也忘却了他们！"然后感慨道："多少故人的脸，都浮在我眼前。""他们都在社会的冷笑恶骂迫害倾陷里过了一生；现在他们的坟墓也早在忘却里渐渐平塌下去了。"先生反对淡忘历史，主要是提醒人们不要忘记那些为历史进步而付出沉重代价，甚至不惜流血牺牲的人们。但在先生看来，中国人却恰恰容易遗忘，这是由落后的社会现实造成的国民性弊端的表现——遗忘说明麻木。先生在《导师》（《华盖集》）中分析道："我们都不大有记性。这也无怪，人生苦痛的事太多了，尤其是在中国。记性好的，大概都被厚重的苦痛压死了；只有记性坏的，适者生存，还能欣然活着。"淡忘历史，还有深层次原因，出于统治阶级的需要，史官撰写本朝历史时，往往有意遮蔽和回避历史上的假恶丑真相。

先生在《老调子已经唱完》（《集外集拾遗》）中，分析了忘却带来的危害："中国人没记性，因为没记性，所以昨天听过的话，今天忘记了，明天再听到，还是觉得很新鲜。做事也是如此，昨天做坏了的事，今天忘记了，明天做起来，也还是'仍旧贯'（按：语出《论语·先进》）的老调子。"先生在《娜拉走后怎样》（《坟》）中强调："第一需要记性。记性不佳，是有益于己而有害于子孙的。""人们因为能忘却，所以自己能渐渐地脱离了受过的苦痛，也因为能忘却，所以往往照样地再犯前人的错误。"先生在《忽然想到十一》(《华盖集》)中呼吁拒绝遗忘:"大概,人必须从此有记性,观四向而呼八方,将先前一切自欺欺人的希望之谈全都扫除,将无论是谁的自欺欺人的假面全都撕掉,将无论是谁的自欺欺人的手段全都排斥"。为什么要拒绝遗忘?因为历史给人的警示,远胜空泛的理论。先生在给新文化运动领导者胡适的信中,高度评价他的论文《五十年来中国之文学》:"大稿已经读讫,警辟之至,大快人心!我很希望早日印成,因为这种历史的提示,胜于许多空理论。"先生在《答KS君》(《华盖集》)中指出:"我们看历史,能够据过去以推知未来,看一个人的已往的经历,也有一样的效用。"

今读鲁迅不要淡忘"血痕"、不要淡忘历史的论述,可以引发我们很多思考。不重视历史就是不重视积累,不重视积累,就会造成低水平重复和错误重复。先生批评的"没记性",当然不是指生理学意义上的记忆力差,而是社会学意义上的有意回避甚至有意掩饰的选择性遗忘。这说到底是责任心问题,甚至是道德问题。因为"遗忘",犯错误就可以减轻责任甚至不被追究。我们必须拒绝遗忘,不能遗忘曾经犯过的错误,尤其不能遗忘给中国人带来巨大灾难的历史错误,以及那些为纠正这种错误不懈地进行艰难抗争,最终献出宝贵生命的先烈。中国每一个重要的历史性进步,不都是建立在深刻反思历史错误的基础之上吗?不仅一个国家、一个民族,即便一个单位,一个人,也必须拒绝遗忘,才不至于犯重复性错误,才可能不断进步。

先生尖锐地批评"中国的文人"不敢正视现实——现实中的假恶丑现象。他在《论睁了眼看》(《坟》)中,比较集中地阐述了这个问题:"中国的文人,对于人生,——至少是对于社会现象,向来就多没有正视的勇气。我们的圣贤,本来早已教人'非礼勿视'的了;而这'礼'又非常之严,不但'正视',连'平视''斜视'也不许。""先既不敢,后便不能，再后，就自然不视，不见了。"不是文人都看不到问题，而是视而不见："文人究竟是敏感人物，从他们的作品上看来，有些人确也早已感到不满，可是一到快要显露缺陷的危机一髮之际，他们总即刻连说'并无其事'，同时便闭上了眼睛。"结果呢？"这闭着的眼睛便看见一切圆满"，"于是无问题，无缺陷，无不平，也就无解决，无改革，无反抗。"先生揭露道："万事闭眼睛，聊以自欺，而且欺人，那方法是：瞒和骗。"所谓瞒和骗，也就是《一觉》中所说的"涂脂抹粉"。

先生分析了瞒和骗的严重危害性："中国人的不敢正视各方面，用瞒和骗，造出奇妙的逃路来，而自以为正路。在这路上，就证明着国民性的怯弱，懒惰，而又巧滑。一天天的满足着，即一天一天的堕落着，但却又觉得日见其光荣。"文人制造瞒和骗的文艺，"更令中国人更深地陷入瞒和骗的大泽中，甚而至于已经自己不觉得"。先生呐喊道："世界日日改变，我们的作家取下假面，真诚地，深入地，大胆地看取人生并且写出他的血和肉来的时候早到了；早就应该有一片崭新的文场，早就应该有几个凶猛的闯将！"先生在《答 KS 君》中态度十分明确地指出："丑态，我说，倒还没有什么丢人，丑态而蒙着公正的皮，这才催人呕吐。"正是从这个角度，先生对外国人写的揭露中国人陋习的书，在指出其"错误亦多"的前提下予以肯定；而对那些只说中国人好话的外国人，抱以警惕。

今读先生关于要正视现实的论述，不免让人想到至今仍然相当普遍地存在的"报喜不报忧"现象。讲成绩滔滔不绝、连篇累牍、添油加醋、夸大其词，几代人没有培养出具有国际一流水平的人才，却提出不远的将来就办成世界一流大学；还没有具有国际影响力的重大原创性技术和产品，就提出"成为全球行业引领者"这样的愿景……这些，难免给人一步登天，一口就想吃成胖子的不切实际感。讲问题蜻蜓点水、一笔带过，能不说尽量不说，实在瞒不过的尽量轻描淡写。较早前，我就发表过一个观点：从国民素质的实际状况出发，舆论以正面宣传为主，自有必要，但也应留出一定空间发出批评负面现象的声音。至于内部会议，则应在充分肯定成绩的前提下，侧重讲问题，才有利于工作进步。但对这一建议，响应者寥寥。现在，各级领导都提倡问题导向，如果真能做到，各项事业必将有大的进步。

鲁迅提出不要淡忘"血痕""不肯涂脂抹粉"，核心都在于提倡和坚持求真的人生态度。先生在《无声的中国》（《坟》）中，把能否做到"真"提得很高，认为："只有真的声音，才能感动中国的人和世界的人；必须有了真的声音，才能和世界的人同在世界上生活。"言下之意，做不到真，就不能和全国人民和全世界人民共同生活在一个地球上，按照过去一个有影响的说法，就要被"开除球籍"。先生在小说《伤逝》（《彷徨》）中，通过主人公涓生，把"说真话"上升到开辟人生道路，甚至是否有资格做人这样的高度来思考："我在苦恼中常常想，说真实自然须有极大的勇气的；假如没有这勇气，而苟安于虚伪，那也便是不能开辟新的生路的人。不独不是这个，连这人也未尝有！"在瞒和骗依然盛行的当下，先生近百年前关于守住做人"资格"线的告诫，多么重要！

鲁迅人生哲学的批判精神（上）：对庸众"哀其不幸，怒其不争"——《复仇》《复仇（其二）》《立论》《聪明人和傻子和奴才》《死后》《狗的驳诘》和《我的失恋》今读

批判精神是鲁迅人生哲学的鲜明特征，是勇敢、坚韧、自信的精神底色的基本体现。竹内好指出："近代中国，不经过鲁迅这样一个否定的媒介者，是不可能在自身的传统

160　中实行自我变革的。新的价值不是从外部附加进来的，而是作为旧的价值的更新而产生的，在这个过程中，是要付出某种牺牲的；而背负这牺牲于一身的，是鲁迅。正是鲁迅才承受住了这重负，没有丝毫的媚骨。"①鲁迅的批判锋芒直指社会黑暗现象和国民性弊端，对深受腐朽文化毒害的庸众，如同他在《摩罗诗力说》（《坟》）中所言，"哀其不幸"，"怒其不争"。这在《野草》各篇中几乎都有体现，有些篇章尤为突出。譬如《复仇》批判了"看客"现象；《复仇（其二）》批判了对先驱者的不理解；《立论》批判了不讲真话和回避是非的"哈哈论"式的圆滑处世态度；《聪明人和傻子和奴才》批判了主奴文化；《死后》《狗的驳诘》和《我的失恋》，从不同的重要角度对国民性弊端作了批判。先生在批判中对国民性作出反思，阐发了一系列重要观点，成为他人生哲学不可或缺的组成部分。

　　先生批判国民性弊端，当然不是全盘否定国民性和中国传统文化。他在给日本友人内山完造著《活中国的姿态》中文译者尤炳圻的信中，说得十分明白："我们生于大陆，早营农业，遂历受游牧民族之害，历史上满是血痕，却竟支撑以至今日，其实是伟大的。但我们还要揭发自己的缺点，这是意在复兴，在改善"。只有敢于揭露自己的问题，直面问题，才可能解决问题，逐步实现中华民族的伟大复兴。这方面，先生为我们树立了不可多得的榜样！

一、　无聊和冷漠的"旁观者"——"看客"

　　1924 年 12 月 20 日，鲁迅创作了《复仇》。先生在《〈野草〉英文

---

① ［日］竹内好著，孙歌编，李冬木、赵京华、孙歌译：《近代的超克》，生活·读书·新知三联书店 2016 年版，第 225 页。

译本序》（《二心集》）中说："因为憎恶社会上旁观者之多，作《复仇》
第一篇"。他在给文学家、文学研究会（按：文学团体，1921年成立于
北京）发起人之一郑振铎的信中说："我在《野草》中，曾记一男一女，
持刀对立旷野中，无聊人竞随而往，以为必有事件，慰其无聊，而二人
从此毫无动作，以致无聊人仍然无聊，至于老死，题曰《复仇》，亦是
此意。但此亦不过愤激之谈，该二人或相爱，或相杀，还是照所欲而行
的为是。"这里提出了"旁观者"概念，先生有时也用"路人"来指代，
更多的则称其为"看客"。旁观者的主要特征是自己无聊，对他人无情；
先生认为对付旁观者最好的办法是以"无戏可看"向他们"复仇"——
猛击一掌使他们觉醒。

《复仇》第一段，从人的肌肤与热血，自然过渡到男女间的欢爱：

人的皮肤之厚，大概不到半分，鲜红的热血，就循着那后面，在比
密密层层地爬在墙壁上的槐蚕（按：一种生长在槐树上的蛾类的幼虫）
更其密的血管里奔流，散出温热。于是各以这温热互相蛊惑，煽动，牵
引，拼命地希求偎依，接吻，拥抱，以得生命的沉酣的大欢喜。

这是一段融合人的心理和生理的描写。从前述先生给郑振铎的信中
可知，被"这温热蛊惑"的是一对男女。两性间渴求"偎依、接吻、拥
抱"的强烈欲望，让彼此热血沸腾。一旦释放，便得以"生命的沉酣的
大欢喜"，这是写男女间因相爱而生的欢情。第二段，同样是肌肤与热
血，情感却转了一百八十度的弯，从相爱相亲变成仇恨相杀：

但倘若用一柄尖锐的利刃，只一击，穿透这桃红色的，菲薄的皮肤，
将见那鲜红的热血激箭似的以所有温热直接灌溉杀戮者；其次，则给以
冰冷的呼吸，示以淡白的嘴唇，使之人性茫然，得到生命的飞扬的极致
的大欢喜；而其自身，则永远沉浸于生命的飞扬的极致的大欢喜中。

同样融合了心理和生理，这一段极写仇恨被释放后的"大欢喜"。

162　因为恨，便拔刀相向，手刃仇人，热血刹那间喷薄而出。待被杀者流尽热血，生命消失，杀戮者却深感快意满足。

两种不同的生命体验，分别通过热血的"奔流"与"飞扬"展现，为下义埋下了伏笔。请看第二、四段：

这样，所以，有他们俩裸着全身，捏着利刃，对立于广漠的旷野之上。

他们俩将要拥抱，将要杀戮……

"裸着全身""捏着利刃"，给急于看"戏"的旁观者以无尽的想象空间——"他们"或相爱或相杀，无不令人刺激。所以第五段出现了这样的情景：

路人们从四面奔来，密密层层地，如槐蚕爬上墙壁，如马蚁要扛鲞头（按：即鱼头，江浙等地俗称干鱼、腊鱼为鲞）。衣服都漂亮，手倒空的。然而从四面奔来，而且挤命地伸长颈子，要赏鉴这拥抱或杀戮。他们已经豫觉着事后的自己的舌上的汗或血的鲜味。

这是先生笔下典型的旁观者现象。"衣服都漂亮，手倒空的"，表明旁观者并非穷途潦倒，也不是手持工具上街揽活谋生，他们仅仅因为无聊，才"要赏鉴这拥抱或杀戮"，以为新鲜和刺激。旁观者看到了什么呢？请看第六、七段：

然而他们俩对立着，在广漠的旷野之上，裸着全身，捏着利刃，然而也不拥抱，也不杀戮，而且也不见有拥抱或杀戮之意。

他们俩这样地至于永久，圆活的身体，已将干枯，然而毫不见有拥抱或杀戮之意。

事态完全出乎旁观者意料，期望看到的拥抱或杀戮场面并未出现，甚至感觉不到对立着的"他们俩"有这样的意图。但旁观者并不死心，等待复等待，直到"他们俩"圆活的身体已将干枯，"然而毫不见有拥抱或杀戮之意。""他们俩"以韧性的战斗精神做足了一场戏，先给旁观者以极大期待，吊足其胃口后，又使之陷入失望的深谷——无戏可看。通过这种方式，向旁观者"复仇"。第八段写道：

> 路人们于是乎无聊；觉得有无聊钻进他们的毛孔，觉得有无聊从他们自己的心中由毛孔钻出，爬满旷野，又钻进别人的毛孔中。他们于是觉得喉舌干燥，脖子也乏了；终至于面面相觑，慢慢走散；甚而至于居然觉得干枯到失了生趣。

一群无聊的人因无聊而聚在一起，又因失望加剧无聊。他们的无聊发自灵魂深处——"由毛孔钻出"，像毒虫那样"爬满旷野"，"又钻进别人的毛孔中"，无聊的情绪不断蔓延且相互影响。终于，他们都累了、乏了、散了。想看的戏未开场就已谢幕，因少了新鲜和刺激，生命越发"干枯"，让他们觉得了无生趣。他们没有看到想看的戏，却看到了另一场戏——向他们"复仇"的戏。第九段是结尾：

> 于是只剩下广漠的旷野，而他们俩在其间裸着全身，捏着利刃，干枯地立着；以死人似的眼光，赏鉴这路人们的干枯，无血的大戮，而永远沉浸于生命的飞扬的极致的大欢喜中。

旁观者散了，广漠的旷野上，"他们俩"保持着原有姿态，看到的，是旁观者的"干枯"——精神的荒芜；是旁观者的"被杀"——无戏可看的、近乎生无可恋的极度失望。旁观者一心想"鉴赏"别人，结果反被别人"鉴赏"。"他们俩"实现了"复仇"，所以"大欢喜"。对此，许杰称之为"沉默的报复"，认为这是"最大的更有深远意义的复仇"，"较之'怒目而视''拔刀相向'，对于这批无是无非无爱无憎的可憎的旁观者来说，是更能击中要害的复仇"，是"一种别致的复仇"。①揭示

---

① 参阅许杰著：《〈野草〉诠释》，百花文艺出版社1981年版，第126、129页。

了复仇的特点。河北大学教授田建民指出："这里的'复仇'不是要使对方毁灭，而是以极端的方式来刺激从而惊醒大众。"①揭示了复仇的目的。

如前所述，"旁观者"在鲁迅作品中更多地被表述为"看客"。先生在《娜拉走后怎样》（《坟》）中指出：

群众，——尤其是中国的，——永远是戏剧的看客。牺牲上场，如果显得慷慨，他们就看了悲壮剧；如果显得觳觫，他们就看了滑稽剧。

对于这样的群众没有法，只好使他们无戏可看倒是疗救，正无需乎震骇一时的牺牲，不如深沉的韧性的战斗。

这里的群众，当指没有觉醒的庸众，他们活得无聊、无情。先生认为要改变这种状况，根本办法是铲除社会上的不合理现象——"使他们无戏可看"，而这将是一个很长的历史过程，要靠"深沉的韧性的战斗"。

先生早在留学日本期间，就敏锐地觉察到"看客"现象，他在《藤野先生》（《朝花夕拾》）中，讲到自己求学仙台医学专门学校时看到的，对他产生了重大影响的"幻灯片事件"："第二年添教霉菌学，细菌的形状是全用电影来显示的，一段落已完而还没有到下课的时候，便影几片时事的片子，自然都是日本战胜俄国的情形。但偏有中国人夹在里边：给俄国人做侦探，被日本军捕获，要枪毙了，围着看的也是一群中国人"。众所周知，先生为此弃医从文。

先生的不少小说，写活了"看客"众生相。请看《阿Q正传》（《彷徨》）中阿Q被"看"的情形："阿Q被抬上了一辆没有篷的车，

---

① 参阅田建民著：《启蒙先驱心态录：〈野草〉解读与研究》，人民出版社2019年版，第209页。

几个短衣人物也和他同坐在一处。这车立刻走动了，前面是一班背着洋炮的兵们和团丁，两旁是许多张着嘴的看客"，"他惘惘的向左右看，全跟着马蚁（按：即蚂蚁）似的人"。"许多张着嘴的看客""马蚁似的人"，要看阿Q被砍头。再体会《祝福》（《彷徨》）中祥林嫂被"看"的世态炎凉："这百无聊赖的祥林嫂，被人们弃在尘芥堆中的，看得厌倦了的陈旧的玩物，先前还将形骸露在尘芥里，从活得有趣的人们看来，恐怕要怪讶她何以还要存在"，"她未必知道她的悲哀经大家咀嚼赏鉴了许多天，早已成为渣滓，只值得烦厌和唾弃"。一个走投无路的农村劳动妇女，成了被人们"看得厌倦了的陈旧的玩物"，"她的悲哀经大家咀嚼鉴赏了许多天，早已成为渣滓"，先生对看客冷漠无情的心理刻画，入木三分。

先生的小说《示众》（《彷徨》）专写"看客"。那是一个闷热的夏日，北京街头突然出现了一个巡警，牵着一个犯人，于是，人们——卖馒头的胖孩子，秃头的老头子，赤膊的红鼻子的胖大汉，一个抱着孩子的老妈子，一个小学生，一个挟阳伞的长子，像一条死鲈鱼的瘦子……从四面八方奔来，"看"犯人，同时也被犯人"看"，还相互"看"。"刹时间，也就围满了大半圈的看客。"小说详写了人与人之间"看"与"被看"的各种情景。

冯雪峰认为，鲁迅对"旁观者"——"看客"的批判，体现了他积极的救世态度："在当时那样社会上这种'无聊'的'旁观者'确实是很多的，这种'旁观'和'无聊'也就是作者平日所常指责的'国民'精神上的'麻木'的一种。其次，作者对这类'旁观者'的憎恶和愤激是如此的深刻和强烈，同时无论愤激或憎恶都说明着他对于社会的十分积极的态度，而且也说明着他对于这类'旁观者'抱有积极的要求。像作品中所写的这种所谓'复仇'的心情就分明反映着爱憎的矛盾，因为

166　这种心情不同于冷漠或冰冷的态度是显然的。"①

二、 改良社会和"教育群众认识自己的利益"

今读鲁迅的《复仇（其二）》，给我们的启示是，改革者应当全面认识群众，同时要正确把握改革方向。

改革开放前，我们接受的教育，强调"群众是真正的英雄"，这是一个正确而重要的观点，但并非完整的群众观。先生在《学界的三魂》（《华盖集续编》）中，对群众给予高度评价："惟有民魂是值得宝贵的，惟有他发扬起来，中国才有真进步。"但他论群众不只这一个角度，他还看到群众落后的一面，他所批判的"为民众战斗，却往往反为这'所为'而灭亡"现象，就是群众不觉悟的表现之一。对此，除了《野草》的《复仇（其二）》，先生的其他作品也多有反映，最典型的是在小说《药》中，人们对夏瑜的态度。令人揪心的是，有人花钱从刽子手那里买蘸了烈士夏瑜鲜血的人血馒头，为孩子治肺病。我们还从茶客们的议论中看到，人们对大义凛然、慷慨就义的烈士根本不理解："这小东西不要命，不要就是了。"更可悲的是，夏瑜的母亲夏四奶奶对儿子牺牲的原因和价值也几乎全然无知。小说写她去给儿子扫墓，走在小路上的心情，"踌躇""羞愧""硬着头皮"，似乎觉得儿子死得不光彩，自己去扫墓怕被人看见。

值得深思的是，"为民众战斗，却往往反为这'所为'而灭亡"的现象，怎么产生的呢？首先，这是封建专制的残暴统治所致，先生在

---

① 冯雪峰著：《论〈野草〉》，新文艺出版社 1956 年版，第 23 页。

《上海所感》（《集外集拾遗》）中，以秦始皇为例分析说："愚民的发
生，是愚民政策的结果，秦始皇已经死了二千多年，看看历史，是没有
再用这种政策的了，然而，那效果的遗留，却久远得多么骇人呵！"先
生在《偶成》（《南腔北调集》）中进一步剖析道："奴隶们受惯了'酷
刑'的教育，他只知道对人应该用酷刑。""奴隶们受惯了猪狗的待遇，
他只知道人们无异于猪狗。"这种情况不仅在中国发生，在别国也有，
先生在《〈争自由的波浪〉小引》（《集外集拾遗》）中指出："俄皇的皮
鞭和绞架，拷问和西伯利亚，是不能造出对于怨敌也极仁爱的人民的。"

　　根据以上分析，先生在《我们现在怎样做父亲》（《坟》）中开出
"药方"："因为社会不良，恶现象便很多"，"所以根本方法，只有改良
社会"。在这个意义上可以说，产生"为民众战斗，却往往反为这'所
为'而灭亡"的现象，怪不得民众，根源在施暴政的统治者。有什么样
的统治者、什么样的社会制度，就有什么样的民众。当下中国社会，恶
现象仍然不绝，怎样才能有效铲除？治本之策在道德建设和法治建设齐
头并进。道德建设贵在领导干部的带头和带动。二十世纪九十年代，我
在上海市委机关工作时，常要参与接待工作，与酒店管理者接触较多，
他们问我怎么才能使员工热心善待每一位宾客，我说很简单，你要员工
怎么对待宾客，你就怎么对待员工。后来我了解到，他们按照这一思路
改进工作，效果不错。同时必须认识到，革除国民性弊端，离不开法治
建设。当法治不完备，有些事无法可依，或法律本身存在不合理因素，
或有法不依，或选择性执法，或人治大于法治，甚至个人凌驾于法律之
上的时候，恶现象就很难铲除。即便被铲除，也很容易死灰复燃。革除
国民性弊端，必须改革社会制度。

　　其次，出现"为民众战斗，却往往反为这'所为'而灭亡"的现
象，与历史上统治阶级换汤不换药的"革命"往往打着"为民众战斗"

168　的旗号有关。先生 1931 年在《上海文艺之一瞥》(《二心集》) 中指出：
"至今为止的统治阶级的革命，不过是争夺一把旧椅子。去推的时候，
好像这椅子很可恨，一夺到手，就又觉得是宝贝了，而同时也自觉了自
己正和这'旧的'一气。"改革总会涉及既得利益格局调整，当调整有
利于大多数人利益时，就能得到人民理解和拥护，反之就一定会遭到反
对和抵制。历史上，人民群众经历了太多打着改革旗号的社会动荡，这
些动荡严重损害他们的切身利益。在这种情况下，他们怎会轻易地理解
和支持改革呢？

　　那么，真正"为民众战斗"的改革者应该怎么做？毛泽东给出了正
确答案："马克思列宁主义的基本原则，就是要使群众认识自己的利益，
并且团结起来，为自己的利益而奋斗。"[1]这段话揭示了马克思主义的本
质特征，从认识角度来说，教育不是向群众灌输一大堆空洞的教条式的
口号，而是启发群众"认识自己的利益"；从行动角度而言，通过组织
的力量使一盘散沙似的群众团结起来，不为其他，只是使群众"为自己
的利益而奋斗"。毛泽东的论述，就是我们必须把握好的改革的正确方
向。历史证明，践行上述思想十分不易，打着"为民"旗号做违背群众
利益的事时有发生。近四十多年来的改革开放，最大成果是总结推广底
层群众冲破阻力实行改革的经验，改变了群众吃不饱穿不暖的状况，所
以得到群众发自内心的拥护。而现实中存在的种种突出问题，根子都在
于对群众的切身利益关心不够，难免使群众对改革产生疑虑。习近平总
书记反复强调"不忘初心、牢记使命"，"以人民为中心"[2]，绝非无的
放矢。

---

① 《毛泽东选集》第四卷，人民出版社 1991 年版，第 1318 页。
② 《党的十九大报告辅导读本》，人民出版社 2017 年版，第 1、20 页。

当然，"为民众战斗"决不是否定和放弃对国民性弊端的批判，更不是"迎合"或"媚悦"群众。对此，鲁迅作过许多重要论述。先生在《门外文谈》（《且介亭杂文》）中，提醒读书人不要"迎合群众"，而成为所谓的"新国粹派"："主张什么都要配大众的胃口，甚至于说要'迎合大众'故意多骂几句，以博大众的欢心。""新国粹派的主张，虽然好像为大众设想，实际上倒尽了拖住的任务。""由历史所指示，凡有改革，最初，总是觉悟的智识者的任务。但这些智识者，却必须有研究，能思索，有决断，而且有毅力。他也用权，却不是骗人，他利导，却并非迎合。""迎合大众"，似乎是为大众着想，其实并不符合大众利益，或者照顾了大众眼前利益却损害了他们的长远利益——"拖住"了他们前进的步伐。

先生在《文艺的大众化》（《集外集拾遗》）中，一方面肯定多数人的文艺鉴赏力："文艺本应该并非只有少数的优秀者才能够鉴赏，而是只有少数的先天的低能者所不能鉴赏的东西。"另一方面他又指出文艺鉴赏须具备一定条件："但读者也应该有相当的程度。首先是识字，其次是有普通的大体的知识，而思想和情感，也须大抵达到相当的水平线。否则，和文艺即不能发生关系。若文艺设法俯就，就很容易流为迎合大众，媚悦大众。迎合和媚悦，是不会于大众有益的。"先生聚焦大众利益，明确反对"俯就""迎合"和"媚悦"大众，因为这样做"是不会于大众有益的"。可惜，用先生的观点来审视现实，"俯就""迎合"和"媚悦"大众，何其多！

综上所述，紧紧抓住改良社会和"教育群众认识自己的利益"两个关键环节，是避免"为民众战斗，却往往反为这'所为'而灭亡"，让人民理解改革和改革者的唯一正确和有效的方法。

三、"打哈哈"现象,"打开""窗洞"被赶走

鲁迅《野草》中的《立论》,批判了说谎者得势、说真话者挨打,尤其是回避是非曲直的"打哈哈"现象,其核心思想跟他尖锐批判"瞒和骗"文化,反复强调守诚和讲真话一脉相承。《野草》中的《聪明人和傻子和奴才》,批判了主奴文化和所谓"正人君子"对主奴文化的维护,赞赏敢于以实际行动为奴隶解放而斗争的"傻子"身上的实干精神。

(一)对新生儿评论不一折射不同的处世态度

1925 年 7 月 8 日,鲁迅创作了《立论》。荆有麟在回忆录中谈了先生自述《立论》的创作由来:1924 年暑假,陕西督军刘振华邀请北平各大学校教授及各报记者,前往西北大学讲演,鲁迅是被请者之一,同行的有京报记者王小隐。先生返京后形容王"一见人面,总是先拱手,然后便是'哈哈哈'。无论你讲的是好是坏,美或丑,是或非,王君是绝不表示赞成或否定的,总是哈哈大笑混过去。""先生当时说:'我想不到,世界上竟有以哈哈论过生活的人。他的哈哈是赞成,又是否定。似不赞成,也似不否定。让同他讲话的人,如在无人之境'。"①

《立论》属短篇,但寓意深长。它是《野草》"话梦"作品的第六篇,起头为:

我梦见自己正在小学校的讲堂上预备作文,向老师请教立论的方法。

---

① 参阅荆有麟著:《鲁迅回忆》,中国文史出版社 2020 年版,第 94 页。

"难！"老师从眼镜圈外斜射出眼光来，看着我，说。"我告诉你一
件事——"

"老师从眼镜圈外斜射出眼光来"，像是暗示他后面的论调不那么靠
谱。什么情况呢？

"一家人家生了一个男孩，合家高兴透顶了。满月的时候，抱出来
给客人看，——大概自然是想得一点好兆头。

以下是客人们的评论，有三种：

"一个说：'这孩子将来要发财的。'他于是得到一番感谢。

"一个说：'这孩子将来要做官的。'他于是收回几句恭维。

为孩子贺生，"发财"和"做官"这两种"彩头"在中国人中司空
见惯，一般都会认为很得体。似乎谁也不会去推敲有没有依据，去追问
孩子是否真能"做官""发财"。在人们看来，这不过是一句吉利话，没
有必要深究。然而，第三种评论明显不同：

"一个说：'这孩子将来是要死的。'他于是得到一顿大家合力的
痛打。

在现实生活中，这种评论确属异类，古今中外，该不太有人会在孩
子满月时说这种话吧。但当真推敲起来，它无疑又道出了确确凿凿的真
相——每个人的人生终点都是坟，从出生时就已注定。孩子来到人间，
其他任何情况都具有不确定性，唯有"将来是要死的"确定无疑。但符
合事实的声音与没有根据的恭维话，得到的回应却相反，老师作了归纳：

"说要死的必然，说富贵的许谎。但说谎的得好报，说必然的遭打。
你……"

不等老师问，"我"就忍不住请教老师：

"我愿意既不谎人，也不遭打。那么，老师，我得怎么说呢？"

老师回答：

"那么，你得说：'啊呀！这孩子呵！您瞧！多么……。阿唷！哈哈！Hehe！he，hehehehe！'（按：象声词，即嘿嘿！嘿，嘿嘿嘿嘿！）"

这不是评论，是打哈哈。先生其他作品中，也有打哈哈的描述——用"今天天气很好"来王顾左右而言他。譬如，在《狂人日记》（《坟》）第八节，写了"我"问一个陌生人"吃人的事，对么？"，得到的回应是："这等事问他什么。你真会……说笑话。……今天天气很好。"在《说胡须》（《坟》）中，先生谈到自己过去遇到难以沟通的情况时说，"只有一个方法：就是不说话"。"然而，倘使在现在，我大约还要说：'嗡，嗡，……今天天气多么好呀？……那边的村子叫什么名字？……'因为我实在比先前似乎油滑得多了，——好了。"打哈哈就是回避敏感问题，以免给自己带来麻烦。

《立论》围绕一个男孩的出生，人们对孩子的将来作出了四种不同评论或反应：说"要发财"，说"要做官"，说"要死"，打哈哈。四种态度揭示了当时的三种社会现象，一是"说谎的得好报"，二是"说必然的遭打"，三是打哈哈，做无原则的老好人。第一、第三种现象的共性是面对事实不敢讲真话，前者是讲假话，后者是不愿意讲假话但也不敢讲真话，两者是多数人。第二种现象是坚持讲真话，这是少数人。先生青年时代在日本留学时，与许寿裳经常讨论国民性问题，他们苦苦思索后得出的结论是："我们民族最缺乏的东西是诚和爱。"①十几年后，先生在给许寿裳的一封回信中说："来论谓当灌输诚爱二字，甚当"。诚和爱，诚为本，没有诚，就没有真正的爱。诚在落后社会中很难做到，正如先生在《世故三味》（《南腔北调集》）中指出："责人的'深于世故'而避开了'世'不谈，这是更'深于世故'的玩艺。"然而，随着

---

① 许寿裳著：《鲁迅传》，东方出版社 2009 年版，第 118 页。

人类社会的进步，人必须做到诚。否则，无论一个人，一个民族，还是一个国家，都无以立足。

《立论》的深刻寓意在于引导人们求真，讲真话，摆脱先生在《论睁了眼看》（《坟》）中说的"瞒和骗的大泽"。这是从人生哲学层面而言。在现实生活中，讲真话不仅需要勇气，而且需要智慧，涉及方法和能力问题。对此，本书在第一章第一节中已作了专门阐述。

（二）"奴群"中的"差别"，"麻醉"和"战斗"的不同

鲁迅1925年12月26日创作了《聪明人和傻子和奴才》。从文字看，奴才在本篇中着墨最多，聪明人和傻子都围着奴才说话、活动，意在彻底揭露奴才的"奴"相。一开始，先生就揭露了奴才的本质：

奴才总不过是寻人诉苦。只要这样，也只能这样。有一日，他遇到一个聪明人。

奴才"总不过是寻人诉苦"，除了诉苦还是诉苦。"只要这样"，是表主观，他并没有真正想过自己为什么会成为奴才，也没有真正想过要改变自己的奴才地位；"也只能这样"，是表客观，除了诉苦，他没有别的办法和追求，或者他根本不敢有别的想法。

在先生看来，"单单的奴隶"和"万劫不复的奴才"，是有着本质区别的不同概念，他在《漫与》（《南腔北调集》）中分析道："自己明知道是奴隶，打熬着，并且不平着，挣扎着，一面'意图'挣脱以至实行挣脱的，即使暂时失败，还是套上了镣铐罢，他却不过是单单的奴隶。如果从奴隶生活中寻出'美'来，赞叹，抚摩，陶醉，那可简直是万劫不复的奴才了，他使自己和别人永远安住于这生活。"因为奴群中有"单单的奴隶"和"万劫不复的奴才"的不同，所以造成社会有"不安"和"平安"的差别，"不安"就是反抗压迫，"平安"就是安于现状，安于现状的奴才是奴隶中的不觉悟者。与此同时，社会上产生了两种不同的文学，一种为奴隶"鸣"，鼓励他们进行挣脱镣铐的"战斗"，向主奴文化宣战；一种为奴才"歌"，"从奴隶生活中寻出'美'来，赞叹，抚摩"，从而起到对奴才的"麻醉"作用，目的是维护主奴文化和专制统治。

回到《聪明人和傻子和奴才》，本文的主人公是"单单的奴隶"还是"万劫不复的奴才"呢？请看，他遇到聪明人后的表现：

"先生！"他悲哀地说，眼泪联成一线，就从眼角上直流下来。"你知道的。我所过的简直不是人的生活。吃的是一天未必有一餐，这一餐又不过是高粱皮，连猪狗都不要吃的，尚且只有一小碗……。"

奴才"所过的简直不是人的生活"。聪明人听后作何回应？

"这实在令人同情。"聪明人也惨然说。

聪明人表现出很难受的样子，似乎很同情奴才。奴才受到鼓励，就继续向聪明人诉苦：

"可不是么！"他高兴了。"可是做工是昼夜无休息的：清早担水晚烧饭，上午跑街夜磨面，晴洗衣裳雨张伞，冬烧汽炉夏打扇。半夜要煨银耳，侍候主人要钱；头钱从来没分，有时还挨皮鞭……。"

奴才的诉苦更详细了，聪明人听后似乎更难受了：

"唉唉……。"聪明人叹息着，眼圈有些发红，似乎要下泪。

听到聪明人的叹息，看到他眼圈发红，奴才有点激动起来：

"先生！我这样是敷衍不下去的。我总得另外想法子。可是什么法子呢？……"

聪明人这才露出本来面目，他并不呼应奴才"我这样是敷衍不下去的""我总得另想法子"的念头，而是说了下面这样一句话：

"我想，你总会好起来……。"

其实，奴才说"这样是敷衍不下去的"，也只是换一种诉苦的说辞，

并不真会做什么，他后面跟一句"可是什么法子呢？"已经表明了内心
的态度。聪明人再加上一句"我想，你总会好起来"，这就使奴才原有
一丁点想改变现状的念头，也就全打消了——这就是被"麻醉"：

"是么？但愿如此。可是我对先生诉了冤苦，又得你的同情和慰安，
已经舒坦得不少了。可见天理没有灭绝……。"

但是，不几日，奴才又不平起来，仍然寻人去诉苦。这回，他遇到
的是傻子。接下来几段，是奴才和傻子的对话：

"先生！"他流着泪说，"你知道的。我住的简直比猪窠还不如。主
人并不将我当人；他对他的叭儿狗还要好到几万倍……。"

听了奴才的诉苦，傻子的态度与聪明人完全不同：

"混账！"那人大叫起来，使他吃惊了。那人是一个傻子。

傻子的态度分明是"战斗"，但此时尚未表现出明确"意图"。奴才
得到了傻子的同情，继续诉苦：

"先生，我住的只是一间破小屋，又湿，又阴，满是臭虫，睡下去
就咬得真可以。秽气冲着鼻子，四面又没有一个窗……。"

傻子听了不仅非常气愤，而且教奴才改变困境的办法："你不会要
你的主人开一个窗的么？"奴才从未想过改变，再好的办法在他看来都
行不通，他立即回答道："这怎么行？……"傻子以为奴才说的"这怎
么行"是指方法不可行，便对奴才说："那么，你带我去看看！"傻子跟
奴才到他屋外，动手就砸那泥墙——他用实际行动"战斗"。这下子，
奴才出于本性，便与傻子发生了激烈冲突：

"先生！你干什么？"他大惊地说。

"我给你打开一个窗洞来。"

"这不行！主人要骂的！"

"管他呢！"他仍然砸。

176 　　傻子动真格"砸泥墙"的举动，很容易使人联想到先生在《呐喊·自序》中，那段关于毁坏"铁屋子"的著名论述，其中心思想是总要有一些人先拿出改变旧世界的实际行动："惊起了较为清醒的几个人"，"几个人既然起来，你不能说决没有毁坏这铁屋的希望"。傻子就是这样的战士，傻子的行为令奴才始料未及，他想不通，他更害怕，全然不顾傻子是真的在帮他，反诬傻子是强盗：

　　"人来呀！强盗在毁咱们的屋子了！快来呀！迟一点可要打出窟窿来了！……"他哭嚷着，在地上团团地打滚。

　　一群奴才都出来了，将傻子赶走。

　　听了奴才诉苦，立即采取行动帮助奴才改变现状的傻子，却被一群奴才赶走了。接着是主人出场，奴才报告，聪明人得利：

　　听到了喊声，慢慢地最后出来的是主人。

　　"有强盗要来毁咱们的屋子，我首先叫喊起来，大家一同把他赶走了。"他恭敬而得胜地说。

　　"你不错。"主人这样夸奖他。

　　这一天就来了许多慰问的人，聪明人也在内。

　　"先生。这回因为我有功，主人夸奖了我了。你先前说我总会好起来，实在是有先见之明……。"他大有希望似的高兴地说。

　　"可不是么……。"聪明人也代为高兴似的回答他。

　　至此，"万劫不复的奴才"面目充分暴露，披着"好人"外衣的聪明人，"麻醉"奴才的本质也昭然若揭。王瑶指出："如同'聪明人'或牧师那样的人道主义者，他有时或者可以'哀其不幸'，但绝不会'怒其不争'；而鲁迅所赞美的'傻子'精神的特点就在于'必争'。"①这是

---

①　王瑶著：《鲁迅作品论集》，人民文学出版社1984年版，第121页。

"傻子"和"聪明人"的本质区别。聪明人是主子利益的维护者，不会拿出实际行动帮助奴才改变命运，却被奴才认作好人。冯雪峰进一步分析道："'聪明人'其实也是一种奴才，不过是高等的奴才；他很聪明，知道迎合世故和社会的落后性，以局外人或'主子'的邻居的姿态替'主子'宣传奴才主义哲学，所以也是一种做得很漂亮的走狗。"①聪明人是伪善者，称他为"聪明人"，无疑带有嘲讽意味。

《聪明人和傻子和奴才》塑造了中国社会三种典型人物形象，一种是虽对自己的处境心怀不满，但不敢反抗，忍气吞声接受压迫和侮辱的奴才；一种是虚伪地同情奴才遭遇，空洞地告慰奴才"你总会好起来"，劝说奴才安于现状的聪明人；一种是路遇不平，伸张正义，勇于与黑暗势力斗争的傻子。第三种人之所以被称为"傻子"，是因为在那样的社会里，这种人不被理解，反被驱逐，往往只能以"碰壁"而告终。需要指出的是，先生对傻子的肯定，是敢于斗争的实干精神，至于采取什么样的斗争方法，做到善于斗争，是另一个重要问题。《聪明人和傻子和奴才》中的傻子，斗争精神可佳，但他用直接、简单、硬碰硬的方法进行反抗，不能获胜。关于方法，鲁迅专门作过大量论述，此处从略。

(三) 我们仍面对做"聪明人和傻子和奴才"的选择

今读鲁迅的《立论》，给我们的启示是，在真假面前抱什么态度是每个人必须严肃面对的问题。当今中国社会，"瞒和骗"现象仍然不绝，先生当年提出真诚待人，具有强烈的现实针对性。对此，本书第三章第四节作了专门阐述，这里，就《立论》中批判的"打哈哈"现象稍作分析。打哈哈，就是在是非面前看似发声，其实并没有表态。按照先生的

---

① 冯雪峰著：《论〈野草〉》，新文艺出版社1956年版，第11页。

说法，就是油滑。油滑是典型的"骑墙"，有的只为明哲保身，有的则为以后"随风倒"留下余地。现在，我们仍可遇到打哈哈者。我们提倡诚信，就要反对打哈哈，就要鼓励讲真话。当然，应该讲究方式方法。

今读鲁迅的《聪明人和傻子和奴才》，给我们的启示是，虽然历史情况发生了很大变化，但在不同意义上，做聪明人、傻子还是奴才，仍是我们每个人不时面临的选择。邓小平1980年发表的题为《党和国家领导制度的改革》讲话，被称为"中国改革宣言书"。他指出，党和国家的领导制度、干部制度中存在的问题，"主要的弊端就是官僚主义现象，权力过分集中的现象，家长制现象，干部领导职务终身制现象和形形色色的特权现象"。这种种弊端，"多少都带有封建主义色彩"，"封建主义的残余影响当然不止这些"。邓小平强调，"肃清封建主义残余影响，对广大干部和群众说来，是一种自我教育和自我改造，是为了从封建主义遗毒中摆脱出来"。①四十多年的改革开放史告诉我们，这项任务极其艰巨，反对官僚主义仍是全党的大事。官僚主义的根子是官本位，官本位与民主政治相对立，与改革开放格格不入，因为它抑制独立人格和创造精神，侵蚀公平与正义，从中可以直接发现主奴文化的遗毒。

如何对待时下成为突出问题的官僚主义？不同人自有不同选择。许多人深受其害，苦不堪言。其中有的默不作声，逆来顺受；有的私下埋怨，却没有任何改变它的实际行动。对这两种人，我们当然不能套用当年鲁迅笔下的"奴才"和"聪明人"，来分别定义他们，但从批判角度作些分析，至少有必要呼唤先生当年赞赏的像"傻子"那样的实干家。

先生一贯反对空谈，他在给萧军、萧红的信中指出："空谈之类，是谈不久，也谈不出什么来的，它终必被事实的镜子照出原形，拖出尾

---

① 《邓小平文选》第二卷，人民出版社1994年版，第327、334—335页。

巴而去。"空谈之流，有的看上去口若悬河，头头是道，但不解决实际问题，只会贻误"战机"。有的空谈可能在短时内迷惑一些人，但不会长久，在事实面前它终将现出原形，落荒而逃。显而易见的道理，为什么就是有人热衷空谈呢？因为在某些情况下，比如形式主义、官僚主义盛行之际，空谈既能表明自己"正确"，避免风险，又无需付出实干的辛劳，岂不乐哉。先生主张实干，他在《门外文谈》（《且介亭杂文》）中指出："单是话不行，要紧的是做。要许多人做：大众和先驱；要各式的人做：教育家，文学家，言语学家……。这已经迫于必要了，即使目下还有点逆水行舟，也只好拉纤；顺水固然好得很，然而还是少不得把舵的。""这拉纤或把舵的好方法，虽然也可以口谈，但大抵得益于实验，无论怎么看风看水，目的只是一个：向前。"实干"有点逆水行舟"，可见当时空谈成风。"顺水固然好得很，然而还是少不得把舵的"，提醒我们实干要把握好方向——干什么很重要。

先生还以实际行动启示人们，反对空谈，主张实干，关键是每个人从自己做起。他在《"硬译"与"文学的阶级性"》（《二心集》）中，谈到一些批评西方学术和文学作品的日文译本译得不好，中国的翻译界再把它转译成中文，"试问这作品岂不是要变了一半相貌么？"而自己具有直接翻译能力却不做或很少做翻译工作。鲁迅是转译者之一，他说："所以暂时之间，恐怕还只好任人笑骂，仍从日文来重译，或者取一本原文，比照了日译本来直译罢。我还想这样做，并且希望更多有这样做的人，来填一填彻底的高谈中的空虚"。有些意见看似正确，但或不考虑别人有没有能力做，或自己有能力做却只谈不做，那没有任何意义。先生在给萧军的信中说："出刊物而终于不出的事情，我是看惯的了，并不为奇。所以我的决心是如果有力，自己来做一点，虽然一点，究竟是一点。这是很坏的现象，但在目前，我以为总比说空话而一点不做

180 好。"做一点是一点，看似不起大作用，却胜于空谈百倍。

如果说鲁迅在《聪明人和傻子和奴才》中，只用寥寥数语刻画了傻子这样一个实干家的典型的话，那么他在历史小说《非攻》（《故事新编》）中，则用了足够笔墨，塑造了墨子这样一个实干家。墨子，春秋战国时期鲁国人，曾为宋国大夫，我国古代思想家，墨家学派的创始者。文学评论家李静说："鲁迅先生的《非攻》是世界上动词最多的小说——我是指用于描述主人公的动词字数与全文字数的百分比。我从来没有见过这样的人物，他从一出场就一直处于匆匆忙忙的行动中，直到全文结束，一刻也没有歇息。"①

小说是这样开头的："子夏（按：春秋时卫国人，孔子的弟子）的徒弟公孙高（按：作者虚拟的人名）来找墨子，已经好几回了，总是不在家，见不着。大约是第四或者第五回罢，这才恰巧在门口遇见，因为公孙高刚一到，墨子也适值回家来。"一看，墨子就是个大忙人。公孙高和墨子就战争与和平的问题进行讨论，没说几句，墨子就站了起来，"匆匆的跑到厨下去了，一面说：'你不懂我的意思……'"他穿过厨下，到井边打水汲水，看见阿廉（按：作者虚拟的人名）进来，聊了几句，又跑进厨房，叫耕柱子（按：墨子的弟子）和自己一起准备干粮——窝窝头。"等耕柱子端进蒸熟的窝窝头来，就一起打成一个包裹。衣服却不打点，也不带洗脸的手巾，只把皮带紧了一紧，走到堂下，穿好草鞋，背上包裹，头也不回的走。从包裹里，还一阵一阵的冒着热蒸气。"耕柱子在后面叫喊着问"先生什么时候回来"，墨子边走边答"总得二十来天罢"。墨子从进家门到再出门，不过蒸熟一锅窝窝头的功夫，可见时间抓得多紧。他接下来的行程很辛苦："墨子走进宋国的国

① 参阅李静著：《大先生》，中国文史出版社2015年版，第119页。

界的时候，草鞋带已经断了三四回，觉得脚底上很发热，停下来一看，鞋底也磨成了大窟窿，脚上有些地方起茧，有些地方起泡了。"可是墨子"毫不在意，仍然走"，这很容易让我们联想到鲁迅在散文诗《过客》中塑造的那位过客。

小说《非攻》中，类似的描写很多。李静认为："鲁迅先生在晚年所认同的价值和所期待的理想人物，由《非攻》里的墨子——这时刻也不停息的'行动者'形象——完全地表现出来了。"①当今社会仍缺乏崇尚实干的氛围，讲得多做得少，甚至只讲不做的情况，还大量存在。许多工作基层跟不上中层，中层跟不上高层。从表象看，有些工作落实得比过去好了，但相当一部分落实停留于表面，并没有见到实效；有的甚至只是用会议落实会议，用讲话落实讲话，用文件落实文件，用表态代替落实。重温近百年前鲁迅的《聪明人和傻子和奴才》，发扬"傻子"的实干精神，有着重要现实意义。

四、"梦见死后"，狗"愧不如人"，错位的恋爱

鲁迅《野草》中的《死后》《狗的驳诘》和《我的失恋》，以别具一格的不同艺术手法，从几个重要角度对国民性弊端作了批判。《死后》通过一个"运动神经废灭，而知觉还在"的死人的"所见所闻"，揭露人世间的阴暗面。《狗的驳诘》通过人与狗的对话，揭露某些人的劣性还不如动物。《我的失恋》则批判了当时部分知识青年错误的恋爱观。

① 参阅李静著：《大先生》，中国文史出版社 2015 年版，第 126 页。

（一）死人偶遇众生相

1925 年 7 月 12 日，鲁迅写了《死后》，这是《野草》"话梦"作品的最后一篇，用荒诞的创作手法谈"死后"所见所思。开头是：

我梦见自己死在道路上。

这是那里，我怎么到这里来，怎么死的，这些事我全不明白。总之，待到我自己知道已经死掉的时候，就已经死在那里了。

"我"非正常地糊里糊涂横死街头，可见在当时的社会里，人的宝贵生命如草芥。死了的"我"：

听到几声喜鹊叫，接着是一阵乌老鸦。空气很清爽，——虽然也带些土气息，——大约正当黎明时候罢。我想睁开眼睛来，他却丝毫也不动，简直不像是我的眼睛；于是想抬手，也一样。

喜鹊与乌老鸦的先后唱和——前者不过"几声"，后者却是"一阵"，给人以极不协调的感觉。接下来的情形如何呢？

恐怖的利镞（按：箭头）忽然穿透我的心了。在我生存时，曾经玩笑地设想：假使一个人的死亡，只是运动神经的废灭，而知觉还在，那就比全死了更可怕。谁知道我的料想竟的中（按：射中靶子）了，我自己就在证实这预想。

"我"虽死了，但"知觉还在"，这才有了下面的故事。故事的第一部分，讲"我"眼中的街景和看客对"我"的议论：

听到脚步声，走路的罢。一辆独轮车从我的头边推过，大约是重载的，轧轧地叫得人心烦，还有些牙齿齼（按：牙齿酸痛）。很觉得满眼绯红，一定是太阳上来了。那么，我的脸是朝东的。但那都没有什么关系。切切嚓嚓的人声，看热闹的。他们踹起黄土来，飞进我的鼻孔，使我想打喷嚏了，但终于没有打，仅有想打的心。

天刚亮，人们就来看"我"的热闹。"我"被看得心烦、难受，想动却动不了——或隐喻"我"有心反抗，却又深感无力。

陆陆续续地又是脚步声，都到近旁就停下，还有更多的低语声：看的人多起来了。我忽然很想听听他们的议论。但同时想，我生存时说的什么批评不值一笑的话，大概是违心之论罢：才死，就露了破绽了。然而还是听；然而毕竟得不到结论，归纳起来不过是这样——

"死了？……"

"嗡。——这……"

"哼！……"

"啧。……唉！……"

人们走到"我"近旁停下，越聚越多，围着"我"低声议论，出现了先生反复批判的典型的"看客"场景。不同的议论声，体现出人们对"我"之死的不同态度。说"死了？……"的，纯粹是看热闹。发出"嗡。——这……"声音的，也没有明显的褒贬。发出"哼！……"声的，似乎是对"我"不满的人，"我"死了，他们还要发泄一下。发出"啧。……唉！……"声的，应是对"我"的死表示惋惜，富有同情心的善良的人们。听了这些议论，"我"的心情如何呢？

我十分高兴，因为始终没有听到一个熟识的声音。否则，或者害得他们伤心；或则要使他们快意；或则要使他们加添些饭后闲谈的材料，多破费宝贵的工夫；这都会使我很抱歉。现在谁也看不见，就是谁也不受影响。好了，总算对得起人了！

这里，可以对照先生在《杂感》（《华盖集》）中的相关内容来理解："无泪的人无论何时，都不愿意爱人下泪，并且连血也不要：他拒绝一切为他的哭泣和灭亡。""爱人不觉他被杀之惨，仇人也终于得不到杀他之乐：这是他的报恩和复仇。"看客中没有"我"的亲人，所以不会使他们伤心；也没有"我"的仇人，所以不会令他们快意。这是

"我"愿意看到的。

　　但是，接着遇到的事却让"我"颇感不快。故事进入第二部分，讲蚂蚁和青蝇在"我"身上的丑陋表演，先看蚂蚁：

　　但是，大约是一个马蚁，在我的脊梁上爬着，痒痒的。我一点也不能动，已经没有除去他的能力了；倘在平时，只将身子一扭，就能使他退避。而且，大腿上又爬着一个哩！你们是做什么的？虫豸！？

　　"我"死了，连蚂蚁都来欺负！且不止一个，隐喻那些攻击去世伟人的小人。此篇写于孙中山逝世后不久，当时孙中山受到一些"奴才们"的"讥笑糟蹋"，为此，鲁迅专门写了《战士和苍蝇》（《华盖集》），鄙薄"虫豸"之流的卑鄙行为："战士战死了的时候，苍蝇们所首先发见的是他的缺点和伤痕，嘬着，营营地叫着，以为得意，以为比死了的战士更英雄。但是战士已经战死了，不再来挥去他们。""然而，有缺点的战士终竟是战士，完美的苍蝇也终竟不过是苍蝇。"苍蝇和蚂蚁都是"虫豸"。类似批判，先生晚年在《关于太炎先生二三事》（《且介亭杂文末编》）中也有过，他高度评价章太炎为"先哲的精神，后生的楷模"，同时批评："近有文侩，勾结小报，竟也作文奚落先生以自鸣得意，真可谓'小人不欲成人之美'，而且'蚍蜉（按：白蚁的别称）撼大树，可笑不自量'了！"伟人在世时，小人不敢碰他，因为伟人"只要将身子一扭，就能使他退避"。伟人去世后，小人趁机兴风作浪，先生鄙视他们不过像可怜的虫子。回到《死后》，让我们接着看青蝇：

　　事情可更坏了：嗡的一声，就有一个青蝇（按：即苍蝇）停在我的颧骨上，走了几步，又一飞，开口就舐我的鼻尖。我懊恼地想：足下，我不是什么伟人，你无须到我身上来寻做论的材料……。但是不能说出来。他却从鼻尖跑下，又用冷舌头来舐我的嘴唇了，不知道可是表示亲爱。还有几个则聚在眉毛上，跨一步，我的毛根就一摇。实在使我烦厌得不堪，——不堪之至。

忽然，一阵风，一片东西从上面盖下来，他们就一同飞开了，临走时还说——

"惜哉！……"

我愤怒得几乎昏厥过去。

青蝇想利用"我"这个死人做文章，以猎取美名，为此可能要对我"表示亲爱"。"我""不堪之至"，青蝇并未得逞。青蝇临走时一声"惜哉！"凸显它的虚伪，这让"我"尤其愤怒。

《死后》的第三部分，讲官府草草收尸，写得相当详细：

木材摔在地上的钝重的声音同着地面的震动，使我忽然清醒，前额上感着芦席的条纹。但那芦席就被掀去了，又立刻感到了日光的灼热。还听得有人说——

"怎么要死在这里？……"

这声音离我很近，他正弯着腰罢。但人应该死在那里呢？我先前以为人在地上虽没有任意生存的权利，却总有任意死掉的权利的。现在才知道并不然，也很难适合人们的公意。可惜我久没了纸笔；即有也不能写，而且即使写了也没有地方发表了。只好就这样地抛开。

"我"不仅没有生的自由，而且连死的自由也没有——不能死在街头这样的公共场所而成为官府的负担。"我"想写出自己的不满，但死人怎么能写呢？"我"正这样思考时，被打断了：

有人来抬我，也不知道是谁。听到刀鞘声，还有巡警在这里罢，在我所不应该"死在这里"的这里。我被翻了几个转身，便觉得向上一举，又往下一沉；又听得盖了盖，钉着钉。但是，奇怪，只钉了两个。难道这里的棺材钉，是只钉两个的么？

我想：这回是六面碰壁，外加钉子。真是完全失败，呜呼哀哉了！……

"向上一举，又往下一沉"，"我"被粗暴地摔进棺材，钉子"只钉了两个"，可见收尸人做事多么马虎。"六面碰壁，外加钉子"，或隐喻先生当时在女师大事件中的遭遇，进而隐喻先生在《这样的战士》中深刻揭露的战士进入"无物之阵"的遭遇。收尸还在继续：

"气闷！……"我又想。

然而我其实却比先前已经宁静得多，虽然知不清埋了没有。在手背上触到草席的条纹，觉得这尸衾倒也不恶。只不知道是谁给我化钱的，可惜！但是，可恶，收敛的小子们！我背后的小衫的一角皱起来了，他们并不给我拉平，现在抵得我很难受。你们以为死人无知，做事就这样地草率么？哈哈！

我的身体似乎比活的时候要重很多，所以压着衣皱便格外的不舒服。但我想，不久就可以习惯的；或者就要腐烂，不至于再有什么大麻烦。此刻还不如静静地静着想。

"我背后的小衫的一角皱起来了，他们并不给我拉平"，再批评做事草率。一句"你们以为死人无知，做事就这样地草率么？哈哈！"是先生插入的诙谐。这里批判"草率"，具有普遍针对性。先生曾严肃批评中国人做事马马虎虎，反复强调要在国民中养成认真做事的态度和习惯。

第四部分讲勃古斋旧书铺的小伙计送书：

"您好？您死了么？"

是一个颇为耳熟的声音。睁眼看时，却是勃古斋旧书铺的跑外的小伙计。不见约有二十多年了，倒还是那一副老样子。我又看看六面的壁，委实太毛糙，简直毫没有加过一点修刮，锯绒还是毛毧毧的。

小伙计的发问，使"我"睁眼，"看看六面的壁，委实太毛糙"，再次批评官府收尸的草率。对此，小伙计却不以为然：

"那不碍事，那不要紧。"他说，一面打开暗蓝色布的包裹来。"这
是明板《公羊传》（按：即《春秋公羊传》的明代刻本），嘉靖黑口本
（按：古籍线装本中间折叠的直缝叫作"口"，黑线的叫做"黑口"）给
您送来了。您留下他罢。这是……。"

《公羊传》是儒家经典之一。先生批判国民性弊端，在特定的历史
背景下反对青年读古书，勃古斋旧书铺的小伙计不可能不知道，可他却
在"我"死后还要上门向"我"兜售古书，当然引起"我"反感。

"你！"我诧异地看定他的眼睛，说，"你莫非真正胡涂了？你看我
这模样，还要看什么明板？……"

"那可以看，那不碍事。"

小伙计力劝"我"留下《公羊传》。

我即刻闭上眼睛，因为对他很烦厌。停了一会，没有声息，他大约
走了。但是似乎一个马蚁又在脖子上爬起来，终于爬到脸上，只绕着眼
眶转圈子。

对小伙计的厌烦，是对复古派的拒绝姿态。又有蚂蚁爬在"我"脸
上，仍隐喻人世间小人兴风作浪，让人死不安宁。《死后》的第五部分
即最后一部分，讲死者复活：

万不料人的思想，是死掉之后也还会变化的。忽而，有一种力将我
的心的平安冲破；同时，许多梦也都做在眼前了。几个朋友祝我安乐，
几个仇敌祝我灭亡。我却总是既不安乐，也不灭亡地不上不下地生活下
来，都不能副任何一面的期望。现在又影一般死掉了，连仇敌也不使知
道，不肯赠给他们一点惠而不费的欢欣。……

我觉得在快意中要哭出来。这大概是我死后第一次的哭。

然而终于也没有眼泪流下；只看见眼前仿佛有火花一闪，我于是坐
了起来。

先生用"平安"二字多指逆来顺受、不敢斗争、甘做奴隶。"知觉还在"的"我",忽而产生"一种力"冲破了"平安",隐喻"我"生前的理想之火尚未熄灭。朋友祝"我"安乐,但"我"怎能为安乐而丢了"精神界战士"之责任呢?仇敌希望"我"灭亡,但"我"怎能因为他们希望"我"销声匿迹就放下"投枪"呢?想到这里,"我"简直要高兴地哭出来了,理想的"火花一闪",继续照亮"我"前行的路。"我于是坐了起来",准备继续战斗。

(二)势利狗眼中的人

1925年4月23日,鲁迅写了《狗的驳诘》,这是《野草》"话梦"作品的第二篇,用拟人手法,记述了"我"与狗的一场对话,像是一则寓言,是《野草》中最短的一篇,请看开头:

我梦见自己在隘巷中行走,衣履破碎,像乞食者。

一条狗在背后叫起来了。

我傲慢地回顾,叱咤说:

"呔!住口!你这势利的狗!"

"嘻嘻!"他笑了,还接着说,"不敢,愧不如人呢。"

"我"穿着破旧如"乞食者",路遇一条狗。狗眼看人低,它断定"我"是穷人,就冲我叫起来。"我"站在道德制高点,不屑地骂这势利的狗。狗却反唇相讥:"不敢,愧不如人呢。"这是"我"与狗之间的第一段对话。以下是第二段:

"什么!?"我气愤了,觉得这是一个极端的侮辱。

"我惭愧:我终于还不知道分别铜和银(按:指铜币和银币);还不知道分别布和绸;还不知道分别官和民;还不知道分别主和奴;还不知道……"

狗居然说人比狗还要势利，这太侮辱人了，"我"怎能不气愤呢！但想不到，狗的理由确凿而充分。人凭借智商，区分铜和银、布和绸、官和民、主和奴等一切可以划分等级的人和物，待人接物的态度因此而不同。还有一点，狗同人比，它的忠诚是不少人远远比不上的。

我逃走了。

"且慢！我们再谈谈……"他在后面大声挽留。

我一径逃走，尽力地走，直到逃出梦境，躺在自己的床上。

对话才两个回合，"我"就败下阵来，狗却不依不饶，还想继续与"我"对话。对于狗的驳诘"我"实在无言以对，只能逃之夭夭。

《狗的驳诘》批判人的劣行禽兽不如，类似批评，先生的其他作品里也出现过。早在《狂人日记》（《呐喊》）中，他就说过："这吃人的人比不吃人的人，何等惭愧。怕比虫子的惭愧猴子，还差得很远很远。"先生在《狗·猫·鼠》（《朝花夕拾》）中，拿动物和人作了比较："在动物界，虽然并不如古人所幻想的那样舒适自由，可是嚕苏做作的事总比人间少。它们适性任情，对就对，错就错，不说一句分辩话。虫蛆也许是不干净的，但它们并没有自鸣清高；鸷禽猛兽以较弱的动物为饵，不妨说是凶残的罢，但它们从来就没有竖过'公理''正义'的旗子，使牺牲者直到被吃的时候为止，还是一味佩服赞叹它们。"以上是讲动物，"人呢，能直立了，自然是一大进步；……然而也就堕落，因为那时也开始了说空话。说空话尚无不可，甚至于连自己也不知道说着违心之论，则对于只能嗥叫的动物，实在免不得'颜厚有忸怩'"。

一些文人学士在"'公理''正义'的旗子"下，"嚕苏做作""颜厚有忸怩""说空话"，甚至做麻痹和毒害民众思想的事，还"自鸣清高"，这是动物不为的。这并非人类的进步，而是堕落。先生在《夏三虫》（《华盖集》）中，用跳蚤、蚊子和苍蝇作比喻，批评了人世间的丑恶现象，在谈及苍蝇时，说它并非一无是处，"它在好的，美的，干净的东西上拉了蝇矢之后，似乎还不至于欣欣然反过来嘲笑这东西的不洁：总要算还有一点道德的"，他由此指出："古今君子，每以禽兽斥人，殊不知便是昆虫，值得师法的地方也多着哪。"在先生看来，动物"适性任情，对就对，错就错"，"值得师法"。

先生批判人如果丧失人性，就会倒退到只剩兽性。他在 1913 年 2 月 8 日的日记中载："上午赴部，车夫误蹴地上所置橡皮水管，有似巡警者及常服者三数人突来乱击之，季世人性都如野狗，可叹！"在《〈解放了的堂·吉诃德〉后记》（《集外集拾遗》）中，先生直指反革命分子灭绝人性："反革命者的野兽性，革命者倒是会很难推想的。"最突出的表现，是用尽各种刑具残酷迫害革命者，其残暴远甚野兽。先生作《电的利弊》（《伪自由书》），在揭露了日本幕府时代用"热汤浇身""慢慢烤炙"等酷刑残杀基督教徒后，指出："中国还有更残酷的。唐人说部中曾有记载，一县官拷问犯人，四周用火遥焙，口渴，就给他喝酱醋，这是比日本更进一步的办法。""但现在之所谓文明人所造的刑具，残酷又超出于此种方法万万。"先生在《答国际文学社问》（《且介亭杂文》）中不无讽刺地说："我在中国，看不见资本主义各国之所谓'文化'；我单知道他们和他们的奴才们，在中国正在用力学和化学的方法，还有电气机械，以拷问革命者"。

今读鲁迅《狗的驳诘》，给我们的启示是，人超越动物的思维能力，要用于为人类，为地球造福，而非祸害。远古以来，类人猿不断进化，"直立了"，从动物界脱离，成为自然界唯一能思想的生物，这"自然是一大进步"。人可能做动物做不到的好事，也可能做动物不会做的坏事，后者就产生了"人不像人"的怪象。翻开一部人类文明史，不正是这样吗？正视现实社会，不也正是这样吗？思维务必用对路子。

（三）"讽刺当时盛行的失恋诗"

鲁迅于 1924 年 10 月 3 日写了《我的失恋》，这是先生模仿东汉文学家、天文学家张衡《四愁诗》形式作的"拟古的新打油诗"。全诗由四段组成，每一段都用"我的所爱"起头。第一段：

我的所爱在山腰；想去寻她山太高，低头无法泪沾袍。爱人赠我百蝶巾（按：绣有很多蝴蝶的手帕）；回她什么：猫头鹰。从此翻脸不理我，不知何故兮使我心惊。

我所爱的她身在高山山腰真难找，可望不可及，我只能低头哭泣。爱人赠我象征长寿的百蝶巾，我回赠她我喜爱的猫头鹰，她却跟我翻脸，我颇感吃惊。第二段：

我的所爱在闹市；想去寻她人拥挤，仰头无法泪沾耳。爱人赠我双燕图；回她什么：冰糖壶卢（按：现在写作"冰糖葫芦"）。从此翻脸不理我，不知何故兮使我胡涂。

我所爱的她身在闹市真难找，在拥挤的人群中找来找去没找到，我难受得泪流满面。爱人赠我表达愿与我携手生活的双燕图，我回赠她我爱吃的冰糖葫芦，她却跟我翻脸，真让我纳闷。第三段：

我的所爱在河滨；想去寻她河水深，歪头无法泪沾襟。爱人赠我金表索；回她什么：发汗药（按：即退烧药）。从此翻脸不理我，不知何故兮使我神经衰弱。

我所爱的她身在河对岸真难找，深深的河水把我和她阻隔开来，我相思成泪沾湿衣襟。爱人赠我贵重的金表索，我回赠她我常用有效的发汗药，她却跟我翻脸，我的神经受到不小刺激。第四段：

我的所爱在豪家；想去寻她兮没有汽车，摇头无法泪如麻。爱人赠我玫瑰花；回她什么：赤练蛇。从此翻脸不理我，不知何故兮——由她去罢。

我所爱的她身在富豪家，想去找她可我哪来钱去买汽车，我泪流满面又有何用？爱人赠我美丽的玫瑰花，我回赠她我的生肖蛇，她却跟我翻脸，不知怎么得罪了她，那就"由她去罢"——像这样的爱情纠葛，于己于人都没有任何意义。

对上面这首诗，先生在《〈野草〉英文译本序》（《二心集》）中说明道："因为讽刺当时盛行的失恋诗，作《我的失恋》。"在《我和〈语丝〉的始终》（《三闲集》）中补充道："看见当时'阿呀阿唷，我要死了'之类的失恋诗盛行，故意做一首用'由她去罢'收场的东西，开开玩笑的。"他在《两地书三四》中又说："先前是虚伪的'花呀''爱呀'的诗，现在是虚伪的'死呀''血呀'的诗。呜呼，头痛极了！"当时的文学作品中，充斥鸳鸯蝴蝶、卿卿我我、盲目滥爱甚至人欲横流的内容。恋爱至上风刮过，失恋的浪潮接踵而至，文坛一时又风行失恋诗。先生对此不屑，痛感那些诗人浅薄无聊，就作讽刺诗以矫正时弊。先生写《我的失恋》，说是"开开玩笑"，反映的主题其实非常严肃，思想很深刻，且颇有现实针对性。四段诗，每一段的前半段讲男女双方客观条件的落差，后半段讲男女双方主观意识大相径庭。主客观都合不来的青年男女，怎能走到一起呢？先生告诫青年们，恋爱固然浪漫，却不可脱离实际；恋爱的基础是男女双方相互理解，不应在双方差异很大的情况下，盲目追求所谓的爱情。

先生并非一概否定恋爱诗，1922 年，诗人汪静之的新诗集《蕙的风》出版后，东南大学学生胡梦华发表文章批评其中一些爱情诗是"堕落轻薄"的作品，"有不道德的嫌疑"。作家章鸿熙撰文加以批驳，胡写公开信进行答辩，内有"我对于悲哀的青年底不可思议的泪已盈眶了"等语。对此，先生写了《反对"含泪"的批评家》（《热风》），作了评论："现在对于文艺的批评日见其多了，是好现象；然而批评日见其怪了，是坏现象，愈多反而愈坏。"在先生看来，胡梦华的批评就属"日见其怪的坏现象"，他说："我看了很觉得不以为然的是胡梦华君对于汪静之君《蕙的风》的批评，尤其觉得非常不以为然的是胡君答复章鸿熙君的信。"先生举例："胡君因为《蕙的风》里有一句'一步一回头瞟我意中人'，便科以和《金瓶梅》一样的罪：这是锻炼周纳（按：罗织罪名，陷人于法的意思）的。"先生分析道："我以为中国之所谓道德家的神经，自古以来，未免过敏而又过敏了，看见一句'意中人'，便即想到《金瓶梅》，看见一个'瞟'字，便即穿凿到别的事情上去。然而一切青年的心，却未必都如此不净。"1925年，针对"道学先生"对尚处于萌芽状态的新诗尤其是恋爱诗的攻击，先生写了《诗歌之敌》（《集外集拾遗》）进行批评。可见，先生反对的，只是那些无病呻吟、格调低下的恋爱诗。

早在1918年，先生就写了散文诗《爱之神》（《集外集》），诗中设计了人神对话，青年问神：你没有目标胡乱放箭，总得告诉我该爱谁？神答：我只管放箭，你该爱谁我怎知道；"你要是爱谁，便没命的去爱他"；要是找不到可爱之人，就绝不勉强。这首诗告诉我们两层意思，一是爱情珍贵，一旦爱上就大胆去追求；二是把爱的主动权掌握在自己手中，其他人无权干涉。丘比特之箭射中我，只是让我有了爱意，该爱谁？如何爱？终究是我自己的事情，爱神也爱莫能助。由此可见，先生《我的失恋》中的基本思想，早就有了。

今读鲁迅《我的失恋》，给我们的启示是，爱情是最美好的情感，却也须赋予一定的理性。每个人都有冲破世俗偏见，自由恋爱的权利，但男女双方在性格、兴趣方面不应有太大差异，否则，婚后难免产生难以化解的矛盾。对于人生，爱情是重要的，重要到裴多菲诗说"生命诚

194 可贵，爱情价更高"，但它毕竟附丽于生活，再重要也只是人生的一部分，人生还有其他要义。先生的小说《伤逝》（《彷徨》），男主人公涓生有一段相当重要的反思："待到孤身枯坐，回忆从前，这才觉得大半年来，只为了爱，——盲目的爱，——而将别的人生的要义全盘疏忽了。第一，便是生活。人必生活着，爱才有所附丽。""生活"的内涵比"爱情"深广得多。如果把爱情孤立起来，用它覆盖一切，就走向极端了，往往会乐极生悲。

(四)"认真"入"纲"，反对把伟人当"敲门砖"

鲁迅的《死后》《狗的驳诘》和《我的失恋》，从几个重要角度对国民性弊端作了批判，其中，对看客现象、人的有些劣性禽兽不如现象和错误的爱情观，在本章第一、二、三节中分别谈了今读的启示。本节主要谈今读鲁迅的《死后》，批判草率处事和利用去世的伟人做自己的文章等现象，给我们的启示。

先生严肃批判草率处事，给我们的启示是，认真的态度是做好任何事情的基本前提。他在《今春的两种感想》（《集外集拾遗》）中，专门批判中国人做事不认真。与提出待人原则罕见地用了"以爱为纲"一样，先生对如何处事罕见地用了"记一个总纲"："如'认真点'，'眼光不可不放大但不可放的太大'，就是。这本是两句平常话，但我的确知道了这两句话，是在死了许多性命之后。许多历史的教训，都是用极大的牺牲换来的。"处事的总纲有两个要点，首要的是直接针对不认真的"认真点"。"用极大的牺牲换来的""历史的教训"，先生举了两例。一是："东北事起，上海有许多抗日团体，有一种团体就有一种徽章。这种徽章，如被日军发现死是很难免的。然而中国青年的记性确是不好，如抗日十人团，一团十人，每人有一个徽章，可是并不一定抗日，不过把它放在袋里。但被捉去后这就是死的证据。"二是："学生军们，以前是天天练操，不久就无形中不练了，只有军装的照片存在，并且把操衣放在家中，自己也忘却了。然而一被日军查出时是又必定要送命的。"先生由此得出结论："日人太认真，而中国人却太不认真。中国的事情往往是招牌一挂就算成功了。日本则不然。他们不像中国这样只是作戏似的。""这样不认真的同认真的碰在一起，倒霉是必然的。""中国实在是太不认真，什么全是一样。"用鲜血和生命换来的教训，让先生有切肤之痛，今天读来，我们依然能体会先生当时的沉重心情。

关于认真，先生还有很多一针见血的深刻论述。他在《〈如此广州〉读后感》（《花边文学》）中指出："中国有许多事情都只剩下一个空名和假样，就为了不认真的缘故。"1936 年先生逝世后，内山完造回忆起先生生前，对中日两国民众的比较："中国四万万的民众，害着一种病，病原就是那个马马虎虎，就是那随它怎么都行的不认真的态度。""日本人的长处，是不拘何事，对付一件事，真是照字面直解的'拼命'来干的那一种认真的态度。""我把两国的人民比较了一下。中国把日本全部排斥都行，可是只有那认真却断乎排斥不得。无论有什么事，那一点是非学习不可。"①

五四新文化运动的先驱者，几乎都批评过中国人的不认真，胡适专门写过一篇以此为主题的小小说《差不多先生传》。现代以来，一批又一批先进的中国人，都想改变不认真的文化。毛泽东 1957 年在莫斯科大学会见中国留学生时的讲话中，留下了一段名言："世界上怕就怕'认真'二字，共产党就最讲'认真'。"②一种文化现象的形成和长期维

---

① 转引自李新宇、周海婴主编：《鲁迅大全集》第十卷，长江文艺出版社 2011 年版，第 576 页。

② 《建国以来毛泽东文稿》第六册，中央文献出版社 1992 年版，第 651 页。

196　持，自有复杂的社会历史原因。有些人怎么会不认真的？这与封建专制统治导致"瞒"和"骗"的文化有关，与大量"认真者吃亏、不认真者得利"的现实有关；与中国传统文化缺少科学精神、科学方法有关，与工业化滞后和法治不完备有关。真要认真起来，就须双管齐下，一方面解决思想观念问题，一方面解决制度和方法问题。当然，前提是必须以认真的态度解决这两方面的问题。如果在解决"不认真"这样的问题上也不认真，那就不知道再有什么办法了。

　　我在宝钢讲企业文化，受鲁迅"立人"思想启发，一开始就从先生关于"认真"的论述讲起，而且也与日本有关。因为工作关系，我和日本的一些企业家有所接触。我读管理学著作，以美国的为主，也读日本的。日本人的认真，让人不得不刮目相看。日本产品之所以有强大的国际竞争力，离不开认真。丰田汽车的追问五次"为什么"的分析问题方法，颇具代表性。假如机器发生故障无法转动了，一问为什么机器停止了？因为机器超负荷运转导致保险丝烧毁。二问为什么会超负荷？因为轴承的润滑度不够。三问为什么轴承不够润滑？因为润滑泵没能充分吸入进去。四问为什么没能充分吸进去？因为润滑泵的轴承损耗太多。五问为什么会发生损耗？因为没有装过滤器，切割碎屑掉了进去。至此，机器发生故障的深层次原因清楚了，就可以采取"调换过滤器"这一根本对策。①中国企业很少有做到追问五次"为什么"的，导致很多问题没法真正得到解决。2013年12月9日，习近平总书记在河北的讲话中指出："对我们共产党人来说，讲'认真'不仅是态度问题，而且是关系世界观和方法论的大问题，是关系党的性质和宗旨的大问题，是关

---

①　参阅［日］若松义人著，史春花、陈言译：《为什么是丰田》，京华出版社2008年版，第83—84页。

系党和人民事业发展全局的大问题。"①把认真提到这样的高度，提到位
了！中国人从上到下真正认真起来，实现中华民族伟大复兴的中国梦就
有希望了。

　　先生批判利用去世的伟人做自己的文章现象，给我们的启示是，要
警惕有人为了私利而篡改先哲先贤的思想和历史。不惜歪曲伟人作品的
原意和历史事实的真相，来证明自己正确，这种现象由来已久。先生在
《无花的蔷薇》（《华盖集续编》）中，谈及人们对先觉者生前和死后的
不同态度："豫言者，即先觉，每为故国所不容，也每受同时人的迫害，
大人物也时常这样。他要得人们的恭维赞叹时，必须死掉，或者沉默，
或者不在面前。总而言之，第一要难于质证。"之所以要"难于质证"，
是因为经不起质证。"如果孔丘，释迦，耶稣基督还活着，那些教徒难
免要恐慌。对于他们的行为，真不知道教主先生要怎样慨叹。"那些教
徒恐慌，是因为他们造假。"待到伟大的人物成为化石，人们都称他伟
人时，他已经变了傀儡了。有一流人之所谓伟大与渺小，是指他可给自
己利用的效果的大小而言。"这些人让伟人成为傀儡，唯一目的是利用
伟人，抬高自己。先生在《忆韦素园君》（《且介亭杂文》）中说："文
人的遭殃，不在生前的被攻击和被冷落，一瞑之后，言行两亡，于是无
聊之徒，谬托知己，是非蜂起，既以自衒，又以卖钱，连死尸也成了他
们的沽名获利之具，这倒是值得悲哀的。"谎称自己是有影响的文人的
知心朋友，一为沽名——炫耀自己，二为获利——卖钱。
　　先生作《在现代中国的孔夫子》（《且介亭杂文二集》），对孔子生
前和去世后的遭遇作了比较："孔夫子到死了以后，我以为可以说是运

---

① 《人民日报》2013 年 12 月 10 日。

198　气比较的好一点。因为他不会噜苏了，种种的权势者便用种种的白粉给他来化妆，一直抬到吓人的高度"，"孔夫子之在中国，是权势者们捧起来的"。捧是因为"怀着别样的目的"，目的一达到这器具就不要了。过去人们把那些为做官而做"八股文"的人，所读的"四书五经"称为"敲门砖"，"门一开，这砖头也就被抛掉了"。"孔子这人，其实是自从死了以后，也总是当着'敲门砖'的差使的。"用伟人的影响作为实现私利的"敲门砖"，是一种形象化的比喻。

　　伟人承载着人类历史所积累的文化，其精华是宝贵的精神财富，是值得后人代代相传不断开发的思想宝库。但前提是尊重前人本原的思想和历史事实，而不是为了私利而任意解说，尤其不能歪曲和篡改。可悲的是，这种现象在历史上反复出现。以先生本人为例。先生逝世后，鉴于他在新文化运动中的崇高地位和巨大影响，许多人以真诚和客观的态度，继承他的遗志，弘扬他的精神。同时，也很快出现了以不同方式对他作任意解读的情况。虽然其中不乏热爱鲁迅的人，出于迎合某种意识形态的需要，所说的违心之言。到了二十世纪六十年代，不像前述那些人还或多或少注意把握分寸，有些人连基本的历史事实也不顾了。

　　李静在她的著作《大先生》中，有一节标题为"鲁迅，戏剧创作的'百慕大三角'"，披露了拍摄电影《鲁迅传》有始无终的情况。周恩来1960年拍板决定拍摄传记故事片《鲁迅传》上下集，当时以赵丹为首的全国一流演员和剧作家陈白尘、导演陈鲤庭等，全身心投入做了大量工作。结果，这部本来计划1961年献给建党四十周年的电影，并没有拍成。只有经层层审核、屡次修改的《鲁迅传》（上部）文学剧本，在《人民文学》发表。后又经多次修改后，1963年由上海文艺出版社出了单行本。剧本中，鲁迅面目全非。为了突出"党的领导"和鲁迅的"高大形象"，虚构历史，遮蔽细节。譬如第一次约鲁迅给《新青年》写稿的，不是钱玄同，而成了李大钊；陈独秀不能出现在影片中，他的儿子、后成为革命烈士的陈延年被安排到广州引导鲁迅投身革命，如此等等，不一而足。①

"文革"中，中国文化遭到空前大浩劫，许多文化人受到打击迫害，鲁迅则被推上"神坛"，成为"文革"倡导者们恣意利用的政治工具。有些人在凸显鲁迅的阶级斗争观念之外，竭力把他打扮成绝对忠诚的"遵命"者。当然，那个年代被篡改的不仅是鲁迅，中国近代史和现代史也被篡改。篡改历史是虚弱的表现，历史终究会复原。历史的教训，我们永远不要忘却。先生在《漫谈"漫画"》（《且介亭杂文二集》）中，提出过一个重要观点："因为真实，所以也有力。"时至今日，这个观点并不过时，它提醒人们，惟有学习历史、尊重历史，方能鉴得失、知兴替。

---

① 参阅李静著：《大先生》，中国文史出版社 2015 年版，第 84—85 页。

鲁迅人生哲学的批判精神（下）："解剖自己并不比解剖别人留情面"——《影的告别》《墓碣文》《风筝》《腊叶》和《雪》今读

鲁迅人生哲学具有鲜明的批判特质，先生以"立人"为神圣使命，在批判国民性弊端的同时解剖自己的灵魂，挑战自我。在此过程中，他进行形而上的深入思考，提炼人生哲理。这在《野草》大多数篇章中都有反映，有些篇章主要就是解剖自己。《影的告别》和《墓碣文》是综合性的自我解剖，201《风筝》具有忏悔性质，《腊叶》是带有感情色彩的对生命节奏的反思，《雪》则对人的不同生命形态作了深层次思考。先生的自我解剖，既立足当下，立足中国大地，追随人类进步思潮；又尊重历史，传承中国传统文化精华，深刻反思人生。他的人生哲学因此达到常人难以企及的境界。《论语》中，子路问孔子何谓君子。子曰："修己以敬。"曰："如斯而已乎?"曰："修己以安人。"曰："如斯而已乎?"曰："修己以安百姓。修己以安百姓，尧舜其犹病诸?"①鲁迅的自我解剖，与孔子之谓修己，内涵虽不同，但我们还是可以看到两者之间的血脉相承关系。先生"修己"，不仅为拯救灵魂，超越自我，还为拯救同胞，救国救民。先生不遗余力，用"立人"思想启迪每一个中国人快快觉醒，赶紧站起来，团结起来，为建立"人国"而努力，他在《文化偏至论》（《坟》）中展望中国未来："人国既建，乃始雄厉无前，屹然独见于天下"。

一、"我不愿彷徨于明暗之间"

鲁迅 1924 年 9 月 24 日创作了《影的告别》，他很看重这篇作品，收入《鲁迅自选集》时，列于《野草》七篇之首。李林何认为："在《野草》二十四篇（《题辞》也算在内）中，我觉得这一篇最难懂，《墓碣文》还在其次。"②我在反复研读后感到，《影的告别》确实难懂，但是，如果了解先生当时的写作背景，了解他如何在彷徨的苦痛中挣扎着

---

① 杨伯峻译注：《论语译注》，中华书局 2006 年版，第 179 页。
② 李何林著：《鲁迅〈野草〉注解》，陕西人民出版社 1975 年版，第 41—42 页。

202 拷问自己的灵魂，深入地追寻"我应该成为什么样的人"这一人生哲学的根本问题，琢磨着细细地读，就基本可解，即使各人解说角度不同，但凡能自圆其说者，都给人以启迪。

(一) 在"独自远行"中探索生命之路

《影的告别》特别明显地运用了隐喻手法，开首是这样一段：

人睡到不知道时候的时候，就会有影来告别，说出那些话——

"影"，顾名思义是指人的影子。一般说"形影不离""形影相依""如影随形"，鲁迅在这里却说"影"要向人告别，这里的"人"就是"形"。他在隐喻什么？把这个隐喻搞清楚，对理解全篇至关重要。我对各种解读作了反复比较，最后取钱理群的解说："鲁迅笔下的'形'有两个特点：一是群体的存在，二是按照社会的常规、常态去生活的。这是我们大多数人的'形'的存在状态。而'影'相反，也有两个特点：一是个体的存在，二是现行社会规范的反叛者，是异端。这样一个个体的、现行规范的反叛者必然要向按照常规常理生活的群体的'形'告别。"①值得注意的是，先生说"形"时，把自己摆进去。当时先生年过不惑，作为新文化运动的旗手，他的"存在状态"已与大多数人迥然有别。但他并不认为自己已成为理想的人性"全"的人，如上述，他仍直面自己的灵魂，思考着深邃的人生问题。在这个意义上，"形"隐喻现实中的"我"，"影"则隐喻自己想突破现实中的"我"，进入一个更高境界的新"我"——理想的"我"。

"人睡到不知道时候的时候"，是什么时候？孙歌认为："这个说法在这篇作品里重复出现了两次，可见这个时间设定十分重要。""不知道

① 钱理群著：《鲁迅作品细读》，北京出版社2017年版，第194—195页。

时候的时候是一种非自然的时间。""是常识世界里不存在的时间。"①　　203
一个人的意识觉醒难以事先设计，在日积月累中不知什么时候就醍醐灌
顶。这与他的经历有关，更与他向内求索的深度有关。诗文第一句既是
引子，也是背景。出现在《影的告别》中所有的"我"都是指"影"，
除了第一段，全篇都是"影"说的话。

有我所不乐意的在天堂里，我不愿去；有我所不乐意的在地狱里，
我不愿去；有我所不乐意的在你们将来的黄金世界里，我不愿去。

然而你就是我所不乐意的。

朋友，我不想跟随你了，我不愿住。

我不愿意！

呜乎呜乎，我不愿意，我不如彷徨于无地。

"影"向"形"告别，想去何处？"天堂""地狱"和"你们将来的
黄金世界"都不愿意去，因为这三处都有"我所不乐意的"在。天堂虽
好，却枯燥乏味。地狱太苦，非人所居。正如先生在《厦门通信
（二）》（《华盖集续编》）中所说："我本来不大喜欢下地狱，因为不但
是满眼只有刀山剑树（按：佛教宣扬的地狱酷刑），看得太单调，苦痛
也怕很难当。现在可又有些怕上天堂了。四季皆春，一年到头请你看桃
花，你想够多么乏味？即使那桃花有车轮般大，也只能在初上去的时
候，暂时吃惊，决不会每天做一首'桃之夭夭'（按：见《诗经·周
南·桃夭》）的。""你们将来的黄金世界"，是习惯于讲空话的所谓
"理想家"描绘的那种虚无缥缈的幻想世界。正如先生在《两地书四》
中所说："我看一切理想家，不是怀念'过去'，就是希望'将来'，而

---

① 孙歌著：《绝望与希望之外：鲁迅〈野草〉细读》，生活·读书·新知三联书店
2020年版，第71—72页。

204　　对于'现在'这一个题目，都缴了白卷，因为谁也开不出药方。所有最好的药方，即所谓'希望将来'的就是。"

"你就是我所不乐意的"，这个"你"是谁？是"影"要告别的对象，即"形"。"影"不仅对"天堂""地狱"和"你们将来的黄金世界"不满意，而且对"你"即"形"也不满意，不想跟随他。"我不愿住"，这里的"住"何意？可解"止住"，"我不愿住"即"我"不愿意止步于"你"目前的状态，"我"要改变"你"超越"你"。连用几个"不乐意""不愿意"后，又是一句"我不愿意！"感叹号表强调，表明上述"不愿意""我"已想清楚，态度坚决。这也不愿意，那也不愿意，"我"发出了"呜乎呜乎"的慨叹。钱理群指出，五个小节中，连续用了十一个"我不"，展现了非常强大的个人意志和主体精神，是一种无条件、无讨论余地的拒绝。①无路可走，无地能容，怎么办？既然还没有找到方向，那"我不如彷徨于无地"——在彷徨中继续求索。"影"接着对"形"说的，就是他继续思考的内容：

我不过一个影，要别你而沉没在黑暗里了。然而黑暗又会吞并我，然而光明又会使我消失。

然而我不愿彷徨于明暗之间，我不如在黑暗里沉没。

"影"离开"形"，就会"沉没在黑暗里"。因为无论在黑暗里还是光明中，"影"都无法生存。"影"只能在明暗之间彷徨，但这恰恰又是"影"不愿意的，因为一个人如果总是彷徨，游移不定，就找不到前行的方向。既然如此，那就只能选择"在黑暗里沉没"——"我"只能生活在黑暗的社会里，这让"我"绝望，但"我"要反抗绝望，反抗可能

---

① 钱理群著：《与鲁迅相遇：北大演讲录之二》，生活·读书·新知三联书店2003年版，第273页。

牺牲，与其在明暗间彷徨，不如在与黑暗的斗争中牺牲！以牺牲来体现　　205
人生价值，向死而生。广西师范大学出版社编辑龙子仲认为，"影在明
暗间徘徊沉吟之后，最终选择黑暗，这里面更本质的东西是：它是以毁
灭而拥有。"①但随着思考的深入，"影"的想法出现了反复：

　　然而我终于彷徨于明暗之间，我不知道是黄昏还是黎明。我姑且举
灰黑的手装作喝干一杯酒，我将在不知道时候的时候独自远行。

　　呜乎呜乎，倘如黄昏，黑夜自然会来沉没我，否则我要被白天消
失，如果现是黎明。

　　"影"还没有选择"在黑暗里沉没"，仍然"彷徨于明暗之间"，等待
"影"的，不知是走向黑暗的黄昏，还是迎来光明的黎明。但这是瞬间的
再犹豫，"影"象征性地喝干一杯酒，准备"独自远行"，虽然还没有列出
时间表。这让我们想起先生在《过客》中一再强调的，"我只得走""我还
是走的好"，即使在黑夜沉没，或是在白天消失，总比不明不白地"彷徨
于明暗之间"好，因为"我"毕竟还在探索，即使失败，也能成为教训，
给后继者以前车之鉴。"影"深知前路漫漫，危险丛生——"黑夜自然会
来沉没我，否则我要被白天消失"，但他下决心独自远行，体现了对现实
的清醒认识和毅然决然反抗现实的姿态，为下文作了铺垫——

　　朋友，时候近了。

　　我将向黑暗里彷徨于无地。

　　你还想我的赠品。我能献你甚么呢？无已，则仍是黑暗和虚空而
已。但是，我愿意只是黑暗，或者会消失于你的白天；我愿意只是虚
空，决不占你的心地。

---

①　龙子仲著：《怀揣毒药　冲入人群——读〈野草〉札记》，广西师范大学出版社
　　2007年版，第57页。

独自远行的时间终于确定，宁可走向无地可以彷徨的黑暗，在黑暗中沉没，或者消失于白天，"影"也不再犹豫。看到"影"下决心离开，"形"问"影"要赠品，但此时的"影"尚未摆脱黑暗和虚空，而黑暗和虚空都不能给"形"。值得我们深入思考的是"影"的两个"愿意"。上面说了十多个"我不愿意"，那么"影"究竟"愿意"什么呢？"我愿意只是黑暗"，"我愿意只是虚空"。第一个"愿意"比较好理解，"我"不回避现实，"我愿意"继续在黑暗中探索，既然是探索，就可能失败——"在黑暗中沉没"，就再也不能与"你"即"形"共度"白天"了。

理解第二个"愿意"，首先要理解"虚空"。哲学意义上的"虚空"，更多地用"无"来表示。"无"指存在之始。《老子》曰："无，名天地之始；有，名万物之母。"哲学家陈鼓应解释说："无，是形成天地的本始；有，是创生万物的根源。"《老子》又曰："天下万物生于有，有生于无。"冯友兰解释说："'有'之前必须是'无'，由'无'生'有'。"①"我愿意只是虚空"，似可理解为"我愿意重新开始"——创造新的生活。脱离旧生活，创造新生活，将经历破茧化蝶般的痛苦。所以，虚空（或者说空虚）其实是一种负累，先生在小说《伤逝》（《彷徨》）中说："负着虚空的重担，在严威和冷眼中走着所谓人生的路，这是怎么可怕的事呵！"如此重负，由"我"独自承担，决不让"你"背负。再次彰显"影"为改变和超越"形"，将独自远行的决绝，以及绝不连累他人的情怀。正如先生在《写在〈坟〉后面》说："在寻求中，我就怕我未熟的果实偏偏毒死了偏爱我的果实的人"，"心里想：对于偏爱我的读者的赠献，或者最好倒不如是一个'无所有'。"

---

① 陈鼓应注译：《老子今注今译》，商务印书馆 2003 年版，第 73、77、226—227 页。

请读《影的告别》之结尾：

我愿意这样，朋友——

我独自远行，不但没有你，并且再没有别的影在黑暗里。只有我被黑暗沉没，那世界全属于我自己。

"我愿意这样"，呼应上一段的两个"愿意"，再次强调"影"最终的选择：在独自远行的实践中作出新的探索，探索的结果一定不是停滞不前的原有的"我"，并与其他探索者无关。这不由得让我们想起先生在《我们现在怎样做父亲》（《坟》）中，两次重复的那段话："自己背着因袭的重担，肩住了黑暗的闸门，放他们到宽阔光明的地方去；此后幸福的度日，合理的做人。"如果"我"在黑暗中沉没，也只是"我"自己的事，"我"的选择"我"承担，"我"的世界"我"作主。反观先生的人生，当他 1926 年 4 月 10 日写下《野草》的最后一篇《一觉》时，"影"已经从"彷徨于明暗之间"走出来了，它既没有在黑暗中沉没，也没有消失在"形"的白天。当先生 1927 年 4 月 26 日写出《野草·题辞》时，他的人生境界显然达到了新的高度。

理解《影的告别》，可借助先生的其他相关作品。特别有助益的，当是先生 1925 年 3 月 11 日写给许广平的第一封信，即《两地书二》，比写《影的告别》晚不到半年。此信在写了千余字后，转入一个事关人生哲学的重要话题，开头虽是自我调侃的语气："我再说我自己如何在世上混过去的方法，以供参考罢——"，内容却十分严肃：

走"人生"的长途，最易遇到的有两大难关。其一是"歧路"，倘是墨翟先生，相传是恸哭而返的。但我不哭也不返，先在歧路头坐下，歇一会，或者睡一觉，于是选一条似乎可走的路再走，倘遇见老实人，也许夺他食物来充饥，但是不问路，因为我料定他并不知道的。如果遇见老虎，我就爬上树去，等它饿得走去了再下来，倘它竟不走，我就自己饿死在树上，而且先用带子缚住，连死尸也决不给它吃。但倘若没有树呢？那么，没有法子，只好请它吃了，但也不妨也咬它一口。其二便是"穷途"了，听说阮籍先生也大哭而回，我却也像在歧路上的办法一样，还是跨进去，在刺丛里姑且走走。但我也并未遇到全是荆棘毫无可走的地方过，不知道是否世上本无所谓穷途，还是我幸而没有遇着。

一个人遇到"歧路"或"穷途"，就难免陷入彷徨。《现代汉语词典》对彷徨的解释是："走来走去，犹豫不决，不知往哪个方向去。"历史上，彷徨中的墨子和阮籍都是恸哭而返，先生明确反对他们这种知难而退的态度。先生的选择是，静下心来，休整一下，"选一条似乎可走的路"探索着向前走。前行的路像"刺丛"那样艰难，会有优胜劣汰的竞争，"我"不能被淘汰（"也许夺老实人的食物来充饥"似比喻在报刊上发表作品的竞争）；会遇到黑暗势力（用"老虎"作比喻）的打压，"我"勇敢地抗争，已作好牺牲（"被黑暗沉默"）准备，即使牺牲也要还敌手以颜色——"咬它一口"。但就先生自己的经验看，"我也并未遇到全是荆棘毫无可走的地方过"，世上真有所谓"穷途"吗？至少"我"没有这种感觉。由此可见，先生无论身处何种困境，心里始终揣着希望，甚至"反抗绝望"——保持这样一种积极乐观的人生态度。

(二) 不断挑战并超越自我

今读鲁迅《影的告别》，给我们的启示是，当一个人陷入彷徨时，万不可一味消沉，而要积极反思。通过立足自我的往往是痛苦的反思，走出彷徨，开启新的人生。"影"向"形"告别，就是向彷徨告别，走出彷徨。当然，彷徨与走出彷徨都具有相对性，在某种社会背景下感到彷徨，一段时期后主客观条件发生变化，尤其是经过当事人的积极反思，走出了彷徨；之后，社会条件变了，或者当事人想法变了，很可能再次陷入彷徨，那就再反思，直至走出彷徨。如此反复，一个人会愈来愈成熟。先生本人就是这样，他在 1907 年至 1908 年写了五篇文言论文后，几乎"沉寂"了十年，这十年在很大程度上也是彷徨的十年。怎么看待他的彷徨？吴中杰说："鲁迅的彷徨，不是停滞，更不是后退，而是上下求索着，寻找前进的道路。"①至 1918 年，先生开始在《新青年》杂志上发表《狂人日记》和其他重要作品，可以说他走出了彷徨。但几年后，新文化运动从蓬勃兴起到先驱者队伍分化后退潮，军阀混战造成民不聊生，加上兄弟失和，对先生打击很大，这在 1923 年反映得特别明显，他再次陷入彷徨，进入"沉寂"。先生 1924 年至 1925 年写的十一篇小说，结集出版时定书名为《彷徨》，显然不是无的放矢，而是本人思想状态的客观反映。先生再次在彷徨中反复思考，以创作《野草》为标志，终于从彷徨中走了出来，而且比第一次走出彷徨用时短得多。

不是所有人都能从彷徨中走出，许多人曾激情满怀，遇到挫折后陷入彷徨，就再没有走上积极的人生征途，他们从此消沉了。先生 1924 年写了小说《在酒楼上》（《彷徨》），主人公吕纬甫就是这样一个人。小说用第一人称叙述。"我"和吕纬甫分别十年后，在家乡 S 城的一家很熟识的小酒楼——一石居的二楼偶然相见："那上来的分明是我的旧同窗，也是做教员时代的旧同事，面貌虽然颇有些改变，但一见也就认识，独有行动却变得格外迂缓，很不像当年敏捷精悍的吕纬甫了。"落座后，"我""细看他的相貌"，外形没多少变化，精气神却不如当年了。"精神很沉静，或者却是颓唐；又浓又黑的眉毛底下的眼睛也失了精采，但当他缓缓的四顾的时候，却对废园忽地闪出我在学校时代常常看见的

---

① 吴中杰编著：《吴中杰点评鲁迅诗歌散文》，复旦大学出版社 2006 年版，第155 页。

210　射人的光来。"十年前，是民国初，先生在《随感录三十九》（《热风》）中评价当时的社会："民国元年前后，理论上的事情，著著实现，于是理想派——深浅真伪现在姑且弗论——也格外举起头来。"那时的"我"和吕纬甫在同一所学校任教，"敏捷精悍"和眼睛放出"射人的光来"，足以说明当时的吕是一个积极向上的青年。

　　"我"注视着默默地听他说话，引起了他的回忆："你怪我何以和先前太不相同了么？是的，我也还记得我们同到城隍庙里去拔掉神像的胡子的时候，连日议论些改革中国的方法以至于打起来的时候。但我现在就是这样子，敷敷衍衍，模模胡胡。"这里，我们具体看到了当年勇于反抗封建专制的青年形象。而现在的吕，"行动却变得格外迂缓"，"精神很沉静，或者却是颓唐"。"我"问起他这些年做了些什么，听到的回答是："无非做了些无聊的事情，等于什么也没有做。"吕感慨道："我在少年时，看见蜂子或蝇子停在一个地方，给什么来一吓，即刻飞去了，但是飞了一个小圈子，便又回来停在原地点，便以为这实在很可笑，也可怜。可不料现在我自己也飞回来了，不过绕了一点小圈子。""飞了一个小圈子，便又回来停在原地点"，这一形象比喻是吕陷入彷徨的基本原因。

　　先生那个时代的人陷入彷徨，显然与当时社会的倒退直接相关，他在1925年写的《忽然想到三》（《华盖集》）中说："我觉得民国的来源，实在已经失传了，虽然还只有十四年！""我觉得什么都要从新做过。"在历史转折关头，旧秩序被打破，新秩序尚未建立，那些自觉将个人命运与时代潮流紧紧相连的人们，难免感到彷徨。随着新秩序逐步建立，大多数人能从彷徨中走出来。如果新秩序未能适时建立，甚至出现反复或倒退，许多人则会无所适从，在彷徨中越陷越深，难以自拔，退回原地。吕纬甫就是一个没有从彷徨中走出来的典型。他变了，在太原一个同乡的家里教书，教"子曰诗云"。当年反封建的吕纬甫，现在怎么去传播儒家说教呢？他的辩白是："自然。你还以为教的是 ABCD 么？我先是两个学生，一个读《诗经》，一个读《孟子》。新近又添了一个，女的，读《女儿经》。连算学也不教，不是我不教，他们不要教。""他们的老子要他们读这些"。"我"问他靠教书能否支持生活，他回答"不大能够敷衍"。问他以后怎么办，"以后？——我不知道。你看我们那时豫想的事可有一件如意？我现在什么也不知道，连明天怎样也不知道，连后一分……"吕纬甫缺少彷徨中的反思，只剩下反抗失败后的哀叹：十年前我们那么热切地为改变这个社会而斗争，但都失败了，现在该怎么办呢？他茫然无措。这可能反映了当时大多数受到五四新文化运动影响、曾经参与反帝反封建斗争的知识分子的实际状况。鲁迅的非凡，在于他超越了大多数，经过一次次痛苦的自我解剖，提升了精神境界，走出了彷徨。

先生陷入彷徨，是他所处的特定历史环境造成的，那样的时代已经一去不复返。然而每个人在不同的社会环境中，都可能陷入彷徨；即使在相同的外部条件下，有的人会彷徨，有的人却不会。这取决于一个人内心的强弱，但似乎极少有人内心强大到在任何时候任何情况下都不会彷徨。因此，几乎每个人都可能面临如何走出彷徨这一具有永恒价值的人生课题。存在决定意识，而意识一旦形成，对存在又会产生反作用。人们陷入彷徨，从客观分析，是因为社会环境复杂；从主观分析，是因为难以理解和适应社会——在他们看来，社会不应该这样，而对于改变现状他们又无能为力。人们陷入彷徨，往往在他们经历了社会变革带来社会进步，但过了不久又发生倒退之时——尤其是参与了这种社会变革的人，想不通。

这时候，可能有两种选择。一是对现实感到失望，从此消沉，得过且过，随波逐流，至多私底下发发牢骚而已。这种选择，容易导致身陷

212 彷徨而不能自拔。多数人出于趋利避害的本能，往往会作这种选择。一是进行反思，使自己的内心变得强大，在既定的社会环境中，理想不灭，以适当方式与假恶丑作斗争，发挥可能发挥的作用。我们这代人，年轻时大都太单纯，把社会想得过于简单。经历了那么多风雨才认识到，中国社会、人类社会，是波浪式发展、螺旋形上升的。社会发展靠每个人努力，一个人在任何时候都不应悲观，不能把一切问题都归咎于社会，而认为自己没有一点责任；在任何时候都不能自满，要勇于挑战自我，不断超越自我。先生在《随感录六十一　不满》（《热风》）中指出："不满是向上的车轮，能够载着不自满的人类，向人道前进。"这是讲整个人类。"多有不自满的人的种族，永远前进，永远有希望。"这是讲每个人。"多有只知责人不知反省的人的种族，祸哉祸哉！"这是讲每个种族。

二、"抉心自食，欲知本味"

鲁迅 1925 年 6 月 7 日创作了《墓碣文》，墓碣即碑头为圆形的墓碑（碑头方者则称碑），顾名思义，墓碣文就是刻在墓碑上的与墓主密切相关的文字。《墓碣文》和《影的告别》一样，被公认为《野草》中最难懂的诗篇之一。我读《墓碣文》，对其中的一些内容也颇感难解，反复研读后，觉得其基本内涵，还是能够把握的。

（一）"于无所希望中得救"

《墓碣文》和《野草》的不少篇章一样，也是用第一人称，以"梦"开头：

我梦见自己正和墓碣对立，读着上面的刻辞。那墓碣似是沙石所制，剥落很多，又有苔藓丛生，仅存有限的文句——

梦中的"我"，来到一片墓地。"正和墓碣对立"，隐喻"我"将思考生与死这一人生哲学最重要的课题。"我"被墓碣上的刻辞吸引。"墓碣似是沙石所制，剥落很多"，可见墓主家境不富。加上"苔藓丛生"，侵蚀墓碣，可想死后连扫墓的人都鲜有。这两方面的原因，使得墓碣上面的刻辞已不完整，"我"看到的，只是残存的墓碣文。先看墓碣阳面（正面）刻辞：

……于浩歌狂热之际中寒；于天上看见深渊。于一切眼中看见无所有；于无所希望中得救。……

墓碣文评价墓主，或是先生本人的内心写照。四句刻辞四层含义，无不体现先生不时自省、始终清醒的超常规思维方式。第一，当有人处在"浩歌狂热"中的时候，他却感到人世间的凛冽——冷得彻骨。正如先生在《热风·题记》中所言："周围的感受和反应，又大概是所谓'如鱼饮水冷暖自知'的；我却觉得周围的空气太寒冽了，我自说我的话，所以反而称之曰《热风》。"第二，当有人把现实社会当作人间天堂时，他见到的却是地狱似的深渊。第三，眼睛是心灵的窗户，他从周围人的目光中看到的是空虚和无聊。第四，他认为事情坏到极点，就会走向反面。人到了绝望的地步，唯有克服绝望，反抗绝望，才能得救。从这个意义上说，越没有希望，得救的胜算越大。以上是说墓主对社会环境的看法，以下则说墓主怎么对待自己：

……有一游魂，化为长蛇，口有毒牙。不以啮人，自啮其身，终以殒颠。……

……离开……

称墓主为"游魂"，似可隐喻先生本人，如他在小说《故乡》（《呐喊》）中所说的像自己那样的"辛苦展转而生活"的人，一个四处漂泊、过着不安定生活的人。先生十八岁离开家乡绍兴，先去南京求学，后作为官费生东渡日本，先后在东京和仙台求学。二十九岁回国后，先后在杭州和绍兴教书。三十二岁赴南京任教育部部员，不久随部迁往北京。"化为长蛇，口有毒牙"，不是为了攻击别人，而是为了对自己下"毒手"，进行严格而深刻的自我解剖，以铲除灵魂中的"毒气和鬼气"。先生在给交往甚密的青年学生李秉中的信中坦言："我自己总觉得我的灵魂里有毒气和鬼气，我极憎恶他，想除去他，而不能。我虽然竭力遮蔽着，总还恐怕传染给别人，我之所以对于和我往来较多的人有时不免觉到悲哀者以此。"所谓"毒气和鬼气"，主要指中国传统文化糟粕。"自啮其身"，指靠自己的勇气和智慧，毫不留情地进行自我批判，目的是超越自我；"终以殒颠"，是说最终毁灭和颠覆了"旧我"——"离开"后面用了感叹号，表明果敢与决绝。毁灭和颠覆了"旧我"，但还没有找到"新我"，这是自我解剖要进一步解决的问题。

看完墓碣阳面的文句，紧接着：

我绕到碣后，才见孤坟，上无草木，且已颓坏。即从大阙口（按：即缺口）中，窥见死尸，胸腹俱破，中无心肝。而脸上却绝不显哀乐之状，但蒙蒙如烟然。

碣后面是一座孤坟，"上无草木，且已颓坏"，似可说明墓主生前孤苦伶仃，或他原本就喜欢独往独来。因为坟已颓坏，所以有大缺口，"我"从缺口中看见死尸，开膛破肚，不见心肝——似隐喻"毒气和鬼气"已被铲除。"脸上却绝不显哀乐之状"，似说他已超越了哀乐，但由于尚未解决人生遇到的巨大矛盾，陷入迷雾之中。

我在疑惧中不及回身，然而已看见墓碣阴面的残存的文句——

抉心自食，欲知本味。创痛酷烈，本味何能知？……

……痛定之后，徐徐食之。然其心已陈旧，本味又何由知？……

……答我。否则，离开！……

"我"在疑惑和恐惧中想回身，但尚未转身时，就已见到了墓碣文阴面残存的刻辞。这些刻辞表面上是墓主的独白，实则表达的是先生的心声。从墓碣文中可知，心肝是墓主自己挖走的，比喻灵魂的自我解剖——"抉心自食"四字，足见自我解剖的勇气和决心。剜心之痛，可想而知——比喻自我解剖极其痛苦，极为不易。把自己的心掏出来，"欲知其本味"，然而痛苦的酷烈程度掩盖了其他感觉。痛定之后，仍"徐徐食之"，这是一种怎样的勇气啊！然而，"心已陈旧"，不知道什么是本味了，或指长期受旧文化的影响，认识不到什么是"真的人"了。正如先生在《狂人日记》（《呐喊》）中所指："有了四千年吃人履历的我，当初虽然不知道，现在明白，难见真的人！"然而，先生的过人之处就在于他执着于自省。他借墓碣文表达自己的心声，酷烈的创痛，时时提醒"我"：要超越"旧我"。如何超越？你必须"答我"，不然，你有什么必要来看这个墓碣文呢？——"否则，离开！"

此时的"我"似乎还回答不了如何成为"真的人"，这个人生哲学的重大命题，那就离开吧！

我就要离开。而死尸已在坟中坐起，口唇不动，然而说——

"待我成尘时，你将见我的微笑！"

我疾走，不敢反顾，生怕看见他的追随。

出人意料的是，当"我"就要离开时，死尸突然复活，坐起来，并且"口唇不动"地说话了，似乎告诉"我"，不急着回答"如何成为'真的人'"这个问题，把答案留给时间吧，也许等多年后"我成尘时"，"你"能回答这个问题了，那"我"就高兴了！但人生苦短，"我"怎能长久等待呢？"我"快步向前走，不回头，在自己的实践中继续探索人生之路。

（二）"认识自己，方能认识人生"

今读鲁迅《墓碣文》，给我们的启示是，一个人必须十分严肃地面对人生哲学的根本问题——认识自己！"认识你自己！"这是刻在古希腊圣城德尔斐神殿上的传世箴言。古希腊哲学家苏格拉底说："认识自己，方能认识人生。"怎样才能认识自己呢？他的回答是：反省。"没有经过反省的人生，是不值得活的。"反省得出的结论是什么？结论为"我是无知的。"他说："现在我才知道，神为什么认为没有人比我更聪明，没有人比我更有智慧，因为我至少知道一件事情，那就是我知道自己无知，别人连无知也不知道。"①反省需要反思，深刻的反思才可能有真正的反省。认识到自己的无知，才会有谦虚好学的自觉，才可能真正实现内心强大。可惜，很多人认识不到这一点，他们往往看不惯社会的黑暗现象，却看不到自己的不足——这是"庸众"的"不幸"和"不争"的表现及其根源之一。

鲁迅期冀用文艺来改良中国人的人生，这与他受西方文艺的影响分不开，先生在《文艺与政治的歧途》（《集外集》）中，对西方文艺的沿革作了分析："十九世纪以后的文艺，和十八世纪以前的文艺大不相同。十八世纪的英国小说，它的目的就在供给太太小姐们的消遣，所讲的都是愉快风趣的话。十九世纪的后半世纪，完全变成和人生问题发生密切关系。"因为"和人生问题发生密切关系"，人生多悲苦，"我们看了，总觉得十二分的不舒服，可是我们还得气也不透地看下去"。为什么"觉得十二分的不舒服"，还能强烈地吸引人们看下去？"因为以前的文艺，好像写别一个社会，我们只要鉴赏；现在的文艺，就在写我们自己

---

① 转引自傅佩荣著：《西方哲学与人生》第一卷，东方出版社2013年版，第7、17页。

的社会，连我们自己也写进去；在小说里可以发现社会，也可以发现我们自己，以前的文艺，如隔岸观火，没有什么切身关系；现在的文艺，连自己也烧在这里面，自己一定深深感觉到；一到自己感觉到，一定要参加到社会去！""连我们自己也写进去""连自己也烧在这里面"，不正是先生作品的鲜明特征吗？

事实上，要做到"连自己也烧在这里面"并不容易。先生在《随感录六十二　恨恨而死》（《坟》）中说："中国现在的人心中，不平和愤恨的分子太多了。不平还是改造的引线，但必须先改造了自己，再改造社会，改造世界；万不可单是不平。至于愤恨，却几乎全无用处。"这里提出了两个概念，即"不平"和"愤恨"。在先生看来，对现实存在的假恶丑现象"不平"，自有积极意义——它是"改造的引线"，有"不平"才可能产生"改造"意识，进而投身于"改造"。但仅有"不平"不够，还要解决"改造"从何入手，即"改造"的顺序问题。对此，先生提出了一个十分重要的观点："必须先改造了自己，再改造社会，改造世界"。至于"愤恨"，在先生看来"几乎全无用处"。他以史为鉴分析道："愤恨只是恨恨而死的根苗，古人有过许多，我们不要蹈他们的覆辙。""愤恨"是一种情绪，从道德角度分析有其积极意义，面对假恶丑，如果连"愤恨"也没有，那就完了。但是，从效果分析，如果停留于"愤恨"，除了"愤恨"者自身积郁成疾，乃至"恨恨而死"，并不会对社会进步产生实质性影响，所以，先生提出"我们不要蹈他们的覆辙"。他深入分析道："我们更不要借了'天下无公理，无人道'这些话，遮盖自暴自弃的行为，自称'恨人'，一副恨恨而死的脸孔，其实并不恨恨而死。"这里，又提出了一个十分重要的观点，那就是不要"自暴自弃"，不要以"社会黑暗"为名来掩盖自己内心的脆弱，来放弃对真善美的追求；不要向黑暗势力低头，要做人生的强者。

　　先生上面说的"自己"是"我们自己",包括"我",但许多人(尤其是那些自以为是的所谓"文人学士")则往往把"我"从"我们"中择出来,把"连自己也烧在这里面",当作只是对大众、对别人的要求。先生不是,他首先把"我自己""烧在里面"。先生是真正的智者,在这一点上,堪比苏格拉底,他的"抉心自食,欲知本味",与"认识你自己"异曲同工,是将"自我反思"和"自省"做到可能做到的极致。这是《墓碣文》乃至整部《野草》的不朽价值,《野草》,几乎每一篇都充满或渗透着先生的自我批判精神。中国现代文学史上,有过第二部达到如此境界的作品吗?

　　基于真正的"自我革命"的《野草》,决非偶得,先生曾多次专论自我改造,本书第一章第一节中,引用过他的两段传世名言:"我的确时时解剖别人,然而更多的是更无情面地解剖我自己"。"我知道我自己,我解剖自己并不比解剖别人留情面"。这与他的"中间物""一木一石"的自我定位,直接相关。在中国现代文学史上,极少有人做到像先生那样,如此清醒地认识自己。正因为做到了这一点,才成就了先生的超群卓越。中国传统文化精华中,有"修齐治平"说,《大学》曰:"古之欲明明德于天下者,先治其国;欲治其国者,先齐其家;欲齐其家者,先修其身。""身修而后家齐,家齐而后国治,国治而后天下平。"①修身、齐家、治国、平天下的关系是互相促进的,以修身为基础。如果从方法论角度作诠释,一个人要对社会进步有所贡献,首要的是修身——改造自己。从中可以找到鲁迅自我改造论的文化渊源。

　　人们往往以为自我解剖是与自己过不去,人生匆匆,活在如此复杂的社会实属不易,还是不要苛求自己吧。殊不知,解剖自己、改造自

---

① 王国轩译注:《大学·中庸》,中华书局 2006 年版,第 4—5 页。

己，才是真正善待自己，是最重要的自我关怀、自我爱护。我觉得，这里还需要提高对正视自己内心阴暗面意义的认识。人们往往认为，认识自己的优点，用它创造价值，能够为社会作贡献。反之，暴露自己的阴暗面，于己于人都无益，只会产生负面影响。也许对弱者而言确实如此，但对强者而言，勇于直面自己的阴暗面，才能变得更加强大。鲁迅不讲情面地解剖别人，更无情面地解剖自己，在很长时期内（也许直到现在），许多人认为他过于灰暗和消极悲观，把它作为缺点来批评。对《影的告别》和《墓碣文》尤其如此。其实错了。

李泽厚说得好："鲁迅虽悲观却仍愤激，虽无所希冀却仍奋力前行。但正因为有这种深刻的形而上人生感受，使鲁迅的爱爱憎憎，使鲁迅的现实战斗便具有格外的深沉力量。鲁迅的悲观主义比陈独秀、胡适的乐观主义更有韧性的生命强力。"①竹内好认为："他的文章是灰暗的，如灰暗本身一般灰暗。他本身也承认自己思想的灰暗，并害怕这种灰暗毒害了年轻人，但是没有什么比他的灰暗的文章更能给读者勇气和希望。"②如此精辟的论断，非真懂先生的行家而不能。我们可以从中进一步感受到经典阅读的意义。

三、"对于精神的虐杀的这一幕，忽地在眼前展开"

鲁迅 1925 年 1 月 24 日写了《风筝》，讲的是哥哥早年对弟弟的不理解以及多年后的忏悔，是体现先生儿童观的代表作之一。由于它涉及

---

① 李泽厚著：《中国现代思想史论》，安徽文艺出版社 1994 年版，第 118 页。
② ［日］竹内好著，靳丛林编译：《从"绝望"开始》，生活·读书·新知三联书店 2013 年版，第 153 页。

220　忏悔这一人生哲学的重要内容，其内涵就远远超出了儿童观。《风筝》有比较具体的故事情节，和《野草》中的大多数诗篇风格不同，但仍不失散文诗的特点——特别是思辨部分。《风筝》表现的主题，先生早有酝酿，他1919年发表的《自言自语》（《集外集拾遗补编》）第七节《我的兄弟》，是它的雏形，发表时就注明"未完"。

（一）想补过而不成是"无可把握的悲哀"

《风筝》从写景开始，和先生许多作品一样，不是就景谈景，而是触景生情、寓情于景，也用第一人称来写：

北京的冬季，地上还有积雪，灰黑色的秃树枝丫叉于晴朗的天空中，而远处一二风筝浮动，在我是一种惊异和悲哀。

为什么看见风筝，会让"我"惊异和悲哀？"惊异"在于，冬季的北京天空怎么会有风筝呢？"悲哀"是为下文埋下的伏笔——就因为看见风筝，勾起了"我"对一段往事的回忆：

故乡的风筝时节，是春二月，倘听到沙沙的风轮声，仰头便能看见一个淡墨色的蟹风筝或嫩蓝色的蜈蚣风筝。

诗情画意的故乡风筝描绘，有声有色有静有动，一幅淡彩的早春二月图跃然纸上，游子浓浓的故乡情溢于言表。回到现实：

我现在在那里呢？四面都还是严冬的肃杀，而久经诀别的故乡的久经逝去的春天，却就在这天空中荡漾了。

此时的北京"四面都还是严冬的肃杀"，风筝却让"我"想到了久别的故乡的春天，仿佛就在眼前。"我"的心飞回故乡，想起了故乡的人和事——与风筝有关的那一幕幕：

但我是向来不爱放风筝的，不但不爱，并且嫌恶他，因为我以为这是没有出息孩子所做的玩艺。和我相反的是我的小兄弟，他那时大概十岁内外罢，多病，瘦得不堪，然而最喜欢风筝，自己买不起，我又不许放，他只得张着小嘴，呆看着空中出神，有时至于小半日。远处的蟹风筝突然落下来了，他惊呼；两个瓦片风筝的缠绕解开了，他高兴得跳跃。他的这些，在我看来都是笑柄，可鄙的。

这里表现的，是成人"我"与儿童"弟弟"不同的两个世界。同样对风筝，"我"与弟弟的认识却很不一样——这是为下文的冲突预警。

有一天，我忽然想起，似乎多日不很看见他了，但记得曾见他在后园拾枯竹。我恍然大悟似的，便跑向少有人去的一间堆积杂物的小屋去，推开门，果然就在尘封的什物堆中发现了他。他向着大方凳，坐在小凳上；便很惊惶地站了起来，失了色瑟缩着。

在长幼有序、长者为本的社会背景下，弟弟看见"我""便很惊惶地站了起来"，他知道"我"反对他玩风筝，所以很怕被"我"发现：

大方凳旁靠着一个胡蝶风筝的竹骨，还没有糊上纸，凳上是一对做眼睛用的小风轮，正用红纸条装饰着，将要完工了。我在破获秘密的满足中，又很愤怒他的瞒了我的眼睛，这样苦心孤诣地来偷做没出息孩子的玩艺。我即刻伸手折断了胡蝶的一枝翅骨，又将风轮掷在地下，踏扁了。

弟弟出于童年的本真，瞒着对风筝存有偏见的哥哥，自己动手精心制作风筝，即将完工，却被"我"发现。"破获秘密的满足""很愤怒他的瞒了我的眼睛"，是"我"的不满情绪；"这样苦心孤诣地来偷做没出息孩子的玩艺"，是"我"的价值判断；"即刻伸手折断了胡蝶的一枝翅骨，又将风轮掷在地下，踏扁了"，是"我"的粗暴行为。结果可想而知：

论长幼，论力气，他是都敌不过我的，我当然得到完全的胜利，于是傲然走出，留他绝望地站在小屋里。后来他怎样，我不知道，也没有留心。

"论长幼"，兄为长，弟弟得听"我"的；"论力气"，"我"已成人，弟弟年少，无力反抗。"我"自以为纠正弟弟的"不当"行为，是承担兄长的责任；让弟弟"绝望地站在小屋里"，是他应得的惩罚。至于他会怎么样，"我"并不放心上。但多年后，"我"的认识发生了很大变化：

然而我的惩罚终于轮到了，在我们离别得很久之后，我已经是中年。我不幸偶而看了一本外国的讲论儿童的书，才知道游戏是儿童最正当的行为，玩具是儿童的天使。于是二十年来毫不忆及的幼小时候对于精神的虐杀的这一幕，忽地在眼前展开，而我的心也仿佛同时变了铅块，很重很重的堕下去了。

但心又不竟堕下去而至于断绝，他只是很重很重地堕着，堕着。

这是体现"我"忏悔很重要的一段。在西方现代儿童观的影响下，"我"认识到"游戏是儿童最正当的行为，玩具是儿童的天使"。这让"我"意识到，二十年前粗暴对待弟弟玩风筝是"精神的虐杀"。幡然醒悟后，"我"的心情极其沉重，难以承受——"仿佛同时变了铅块"，"很重很重的堕下去了"，"很重很重地始终堕着，堕着。"接着，写"我"想补过：

我也知道补过的方法的：送他风筝，赞成他放，劝他放，我和他一同放。我们嚷着，跑着，笑着。——然而他其时已经和我一样，早已有了胡子了。

我也知道还有一个补过的方法的：去讨他的宽恕，等他说，"我可是毫不怪你呵。"那么，我的心一定就轻松了，这确是一个可行的方法。有一回，我们会面的时候，是脸上都已添刻了许多"生"的辛苦的条纹，而我的心很沉重。我们渐渐谈起儿时的旧事来，我便叙述到这一节，自说少年时代的胡涂。"我可是毫不怪你呵。"我想，他要说了，我即刻便受了宽恕，我的心从此也宽松了罢。

"有过这样的事么？"他惊异地笑着说，就像旁听着别人的故事一　　223
样。他什么也不记得了。

全然忘却，毫无怨恨，又有什么宽恕可言呢？无怨的恕，说谎罢了。

我还能希求什么呢？我的心只得沉重着。

"我"想到两种补过方法，一种是用风筝本身来补过，成全他儿时
没有得到的欢乐。然而，此时弟弟早已成人，哪里还能找寻少年时的心
境呢！一种是用当面承认自己的错来补过，"去讨他的宽恕"，"我"认
为这种方法可行。但是，当"我"向他表示歉意，"自说少年时代的胡
涂"时，他却什么也不记得了。先生生活的社会，大多数人或许只有在
孩提时代才有过一点欢乐——游戏带来的欢乐，而"我"对弟弟，却连
这点欢乐都剥夺了，且再也无从"讨他的宽恕"，"我"的心只能继续沉
重着。文章的结尾，"我"的心情是悲哀的：

现在，故乡的春天又在这异地的空中了，既给我久经逝去的儿时的
回忆，而一并也带着无可把握的悲哀。我倒不如躲到肃杀的严冬中去
罢，——但是，四面又明明是严冬，正给我非常的寒威和冷气。

因为风筝，让"我"产生过往的故乡的春天就在眼前的幻觉，然
而，对于发生在那个春天的往事，虽深深忏悔，却永远无法弥补，使我
感到"无可把握的悲哀"。这里，春天或隐喻美好的理想和曾经有过的
美好光景，"给我非常的寒威和冷气"的"肃杀的严冬"，隐喻当时社会
的黑暗。胡风对先生的"冷"分析道："鲁迅先生曾说他觉得周围太寒
冷了。他之所以感到冷，正说明他身上是热的。""先生底心是爱人的，
先生底心是期待着人底温暖的呀！"①《风筝》结尾的基调格外冷峻，却

———————

① 参阅孙郁、黄乔生主编：《如果现在他还活着——后期弟子忆鲁迅》，河北教育
出版社 2001 年版，第 2、128 页。

224　不灰暗。忏悔，尤其是忏悔后想补过而没有机会，因痛苦而导致心情沉重，能给人留下刻骨铭心的记忆，而不再重复犯错。"我"为什么要"躲到肃杀的严冬中去"呢？或许是因为严冬使人头脑清醒，能让人得到锻炼和考验。其实不须躲，"我"不正处于"给我非常的寒威和冷气"的严冬吗？

　　先生集中体现忏悔思想的文章，除了《风筝》外，比较典型的还有1920年写的小说《一件小事》（《呐喊》）。它虽是小说，却不乏诗的语言。《一件小事》讲"我"和一个人力车夫与一个老女人的故事。小说开始讲："我从乡下跑到京城里，一转眼已经六年了。其间耳闻目睹的所谓国家大事，算起来也很不少；但在我心里，都不留什么痕迹，倘要我寻出这些事的影响来说，便只是增长了我的坏脾气，——老实说，便是教我一天比一天的看不起人。"这是为下文作铺垫，请看："但有一件小事，却于我有意义，将我从坏脾气里拖开，使我至今忘记不得。"

　　故事情节并不复杂。"我因为生计关系"，一早雇了一辆人力车，"教他拉到 S 门去"——去教育部上班。快到时，"忽而车把上带着一个人，慢慢地跌倒了"。跌倒的是一个穷苦的老女人，"伊伏在地上；车夫便也立住脚。""我料定这老女人并没有伤，又没有别人看见，便很怪他多事，要自己惹出是非，也误了我的路。""我"立马对车夫说："没有什么的。走你的罢！"没想到，车夫的态度和"我"完全不同：

　　车夫毫不理会，——或许并没有听到，——却放下车子，扶那老女人慢慢起来，搀着臂膊立定，问伊说：

　　"你怎么啦？"

　　"我摔坏了。"

　　"我"却认为这老女人装腔作势，"真可憎恶"，并认为车夫因多事而自讨苦吃。车夫的态度却仍和"我"不同：　　　　　　　　　　

车夫听了这老女人的话，却毫不踌躇，仍然挽着伊的臂膊，便一步一步的向前走。我有些诧异，忙看前面，是一所巡警分驻所，大风之后，外面也不见人。这车夫扶着那老女人，便正是向那大门走去。

"我"注视着眼前发生的这出乎意料的一幕，受到极大震动：

我这时突然感到一种异样的感觉，觉得他满身灰尘的后影，刹时高大了，而且愈走愈大，须仰视才见。而且他对于我，渐渐的又几乎变成一种威压，甚而至于要榨出皮袍下面藏着的"小"来。

我的活力这时大约有些凝滞了，坐着没有动，也没有想，直到看见分驻所里走出一个巡警，才下了车。

这是对"我"忏悔心理的生动描写。满身灰尘的车夫扶着老女人走进巡警分驻所自觉投案的行为，在"我"面前树起一个"须仰视才见"的愈来愈高大的形象。与之相对应的，是"我"皮袍下面藏着的"小"。感受到"威压"和被"榨出"，是忏悔过程中的痛苦体验。"活力有些凝滞"，是"我"正常思绪的中断，需要调整。

此时，巡警叫"我"另外雇车，"我"没有思索地抓出一大把铜元给巡警，请他转交给车夫。故事到此结束了。但小说并没有结束："风全住了，路上还很静。我走着，一面想，几乎怕敢想到自己。以前的事姑且搁起，这一大把铜元又是什么意思？奖他么？我还能裁判车夫么？我不能回答自己。""我"没有另外雇车，行走在寂静的路上，有些凝滞的思绪恢复了活力，想到车夫的高大，自己的渺小。"我"送车夫一大把铜元，能说明什么？车夫的高尚行为，岂是铜元可以衡量！"我"为自己"一天比一天看不起人"的"坏脾气"忏悔。最后一段具有总结性，体现忏悔使人思想升华。

这事到了现在，还是时时记起。我因此也时时熬了苦痛，努力的要想到我自己。几年来的文治武力，在我早如幼小时候所读过的"子曰诗云"一般，背不上半句了。独有这一件小事，却总是浮在我眼前，有时反更分明，教我惭愧，催我自新，并且增长我的勇气和希望。

这样一件小事，时过境迁，但"我"却始终难以忘怀，并且"因此也时时煞了苦痛"。这是忏悔才有的苦痛。那位敢于承担责任的车夫的高大形象"总是浮在我眼前"，像一面镜子，"教我惭愧，催我自新"。忏悔使我增长了勇气，看到了希望。五四时期，新文化运动的发起者或参与者，不少人都创作过与人力车夫有关的作品，学者、中国共产党的主要创始人之一李大钊作有《可怜之人力车夫》一文，胡适、沈尹默和作家、教育家叶圣陶都以《人力车夫》为题作过诗。之后，作家、诗人闻一多和诗人臧克家分别写了题为《飞毛腿》和《洋车夫》的诗，小说家、剧作家老舍创作了以人力车夫为主人公的小说《骆驼祥子》。他们虽然都关注到了如人力车夫这类社会底层人物的生存状态，但很少看到有人像鲁迅那样，对劳苦大众有着更深层次的认知，根本原因就在于，少有人做到先生那样严格地进行忏悔性的自我解剖。

(二) 忏悔是发自内心的改过

今读《风筝》，给我们的启示是，忏悔催人自新，使人成为更好的自己。忏悔，是指认识到过去的错误或罪过而感到痛心、悔恨，是自我解剖、自我改造的重要方法。通过忏悔，使自我解剖和改造达到用其他方法难以达到的深度。早在留日期间，鲁迅就注意到忏悔与"立人"的密切关系。他在《摩罗诗力说》（《坟》）的结尾，呼唤中国出现"精神界之战士"，联系"维新"："众皆曰维新，此即自白其历来罪恶之声也，犹云改悔焉尔。顾既维新矣，而希望亦与偕始"。大家都说维新，这等于自己承认我们的社会向来罪孽深重，仿佛说"让我们改悔吧！"有了

这样的维新，中国就有希望了。这是从民族的群体角度谈忏悔。先生在 227
《破恶声论》（《集外集拾遗补编》）中，又从个体角度肯定忏悔："奥古
斯丁（按：基督教主教）也，托尔斯泰也，约翰卢骚（按：通译让·雅
克·卢梭，法国启蒙思想家）也，伟哉其自忏之书，心声之洋溢者也。"
奥古斯丁，托尔斯泰，卢梭，他们写的《忏悔录》多么伟大呀！这些书
洋溢着他们发自内心的呼声。忏悔是羞耻感的体现，马克思十分看重羞
耻感，认为："羞耻已经是一种革命"，"羞耻是一种内省的愤怒。如果
整个民族真正感到了羞耻，它就会像一头蜷身缩爪、准备向前扑去的
狮子。"①

鲁迅是中国人中少见的有忏悔勇气的人。他在《狂人日记》（《呐
喊》）即将结尾的第十二节，相当典型地体现了忏悔之心：

不能想了。

四千年来时时吃人的地方，今天才明白，我也在其中混了多年；大
哥正管着家务，妹子恰恰死了，他未必不和在饭菜里，暗暗给我们吃。

我未必无意之中，不吃了我妹子的几片肉，现在也轮到我自
己，……

有了四千年吃人履历的我，当初虽然不知道，现在明白，难见真
的人！

先生这里所说的"吃人"，是指封建专制文化吞噬人的灵魂，乃至
夺去人的生命。由于这种文化覆盖全民、根深蒂固，所以"时时吃人"，
并且，一般地说，谁也不能完全摆脱它的影响，只是程度不同而已。
"大哥"隐喻为封建专制涂脂抹粉的文人学士，"妹子"隐喻受迫害的弱
者——特别是妇女儿童。"和在饭菜里，暗暗给我们吃"，隐喻那些文人

---

① 《马克思恩格斯文集》第十卷，人民出版社 2009 年版，第 5 页。

学士传播腐朽文化，用了障眼法。在这种情况下，"我"难免在无意中也受到腐朽文化影响，并且影响到"我妹子"。据此推理，"我"自己一面在批判"吃人"的文化，一面却也在"吃人"。"四千年吃人履历"，隐喻根深蒂固的旧文化弊端。人们普遍地还被蒙骗着，"我"终于觉醒了——"现在明白"了！"我"不但认识了中国社会，而且认识了自己。"难见真的人！""我"可以先成为真的人，再为中国人都成为真的人而贡献自己的力量。《狂人日记》的不朽价值，不仅在于一个伟大的启蒙者发现了中国历史"吃人"的一面，而且在于一个伟大的忏悔者发现了"我"自己无意间也在"吃人"。

和《狂人日记》一样，先生在《答有恒先生》（《而已集》）中，也把灵魂的解剖刀锋刃向内，他说："我发现了我自己是一个……。是什么呢？我一时定不出名目来。我曾经说过：中国历来是排着吃人的筵宴，有吃的，有被吃的。被吃的也曾吃人，正吃的也会被吃。但我现在发现了，我自己也帮助着排筵宴。""我"受中国传统文化影响，其精华滋养"我"，其糟粕侵蚀"我"。我认识到了这一点，"我"要忏悔，通过深刻反思、反省，获得"重生"。

人怎么才能有忏悔之心？我们从先生的《风筝》中看到，"我"能够认识到当年粗暴地阻止弟弟玩风筝，属于"精神虐杀"，是因为"我不幸偶而看了一本外国的讲论儿童的书"。从先生的《一件小事》中看到，"我"为自己以冷漠态度对待跌倒在地的老妇人感到惭愧，是因为车夫勇于承担责任的高尚行为的反衬。给我们的启示是，忏悔之心来自先进理论，也来自学习平民百姓身上的真善美。前者，就是先生提出的著名的"拿来主义"，"拿来主义"是作比较，尤其是文化比较，先生这方面的论述相当充分。后者，先生也有论说，虽然不如前者那么多，但其重要性并不亚于前者。

先生在 1907 年写的《摩罗诗力说》（《坟》）中，就蕴含着"拿来主义"思想，他指出："欲扬宗邦之真大，首在审己，亦必知人，比较既周，爱生自觉。自觉之声发，每响必中于人心，清晰昭明，不同凡响。""故曰国民精神之发扬，与世界识见之广博有所属。"要发扬民族的伟大精神，首先要认识自己，同时须认识别人，所谓知己知彼，有了周密的比较，才能产生自觉。自觉之声一旦发出，每响必能打动人心；它清晰明白，不同凡响。所以，发扬民族精神和扩大国民的世界见识紧密相连。先生在同年写的《文化偏至论》（《坟》）中，分析了国运衰败的原因："中国既以自尊大昭闻天下"，"屹然出中央而无校雠，则其益自尊大，宝自有而傲睨万物"，"无校雠故，则宴安日久，苓落以胎"。中国以妄自尊大闻名天下，屹立在世界中央，自以为没有可以较量的对手，自己的文化优于别人，傲视一切。正因为没有比较，安逸的日子过得太久了，也就种下了走向没落的祸胎。

1934 年，先生写了《拿来主义》（《且介亭杂文》），对"拿来主义"作了系统阐述，中心思想是："我们要运用脑髓，放出眼光，自己来拿！"他以一个穷青年，"因为祖上的阴功"得了一所大宅子，该怎么办为例，提出"首先是不管三七二十一，'拿来'！""拿来"后，"我们要或使用，或存放，或毁灭"。先生认为，"没有拿来的，人不能自成为新人"。"人不能自成为新人"，是一个非常重要的观点。先进文化是人类的共同财富。文化的先进与落后，不以民族和地域来划分，都须接受人类发展实践的检验。当近代和现代西方创造了有利于人类生存发展的先进文化时，我们不"拿来"，就无法克服国民性弊端。先生是"拿来主义"的先驱者，他花了极大心血翻译外国文学作品（包括少量学术作品），他的译作文字量与原创作品相当，逾三百万字。

先生的"拿来"，首先是为改造自己，他在《"硬译"与"文学的阶级性"》（《二心集》）中写道，"我从别国里窃得火来，本意却在煮自己的肉的，以为倘能味道较好，庶几在咬嚼者那一面也得到较多的好处，我也不枉费了身躯"。"煮自己的肉"，是自我解剖的形象比喻，并具有忏悔性质。正是在"煮自己的肉"的过程中，先生实现了自我提升，创作了一系列"味道较好，庶几在咬嚼者那一面也得到较多的好处"的作品，"为自己"的"拿来"，同时产生了为大众的价值。其实，先生"拿来"的初衷，也不仅是"煮自己的肉"，正如他在《我怎么做起小说来》（《南腔北调集》）中所作的说明："我的取材，多采自病态社会的不幸的人们中，意思是在揭出病苦，引起疗救的注意。"

关于学习平民百姓身上的真善美。先生分析问题，不走极端，他一方面批判"庸众"身上的种种弊端，另一方面在《学界的三魂》（《华盖集续编》）中明确提出："惟有民魂是值得宝贵的，惟有他发扬起来，中国才有真进步。"对于如何发扬民魂，先生提出了"发国人之内曜"的观点，他在《破恶声论》（《集外集拾遗》）中指出："内曜者，破黮暗者也；心声者，离伪诈者也。人群有是，乃如雷霆发于孟春，而百卉为之萌动，曙色东作，深夜逝矣。""烛幽暗以天光，发国人之内曜，人各有己，不随风波，而中国亦以立。"在先生看来，心灵的光辉，可以打破黑暗沉寂；内心的呼声，能够排除虚伪奸诈。人群中有了这种声音和光辉，就像春雷一响，百草萌动，东方透出曙光，黑暗的长夜就消逝了。以光明照亮黑暗，焕发国民内心的光辉，人各自把握住自己，不随波逐流，中国就可以真正站起来了。因为有了上述思想，才会有先生在《一件小事》中那样的忏悔。

没有人不犯错，只是性质和程度不同。犯了错能否吸取教训，与有没有忏悔勇气关系极大。忏悔不同于一般意义上的自我批评，它有不一般的深度。如何判断对做错的事有没有过忏悔？我的体会是，看会不会忘却。一个人经历过的大多数事情，包括犯过的大多数错误，若干年后就淡忘了，但有的事一辈子忘不了。其中，有对自己来说是突出的业绩，再有的就是经过忏悔的错事了。就我本人而言，较长一段时期内对钢铁企业工亡事故的认识不到位，直到进入二十一世纪后，才有刻骨铭心之痛。我四十多年的职业生涯，大半在钢铁企业工作，其中又有大半时间担任大大小小的领导职务。那个年代，由于技术和管理不够完善，钢铁企业几乎每年都会发生若干起工亡事故。为了防止和减少事故，上级主管部门每年向每个企业下达一个"工亡人数"考核指标，由于管理失职造成的工亡事故，超过一定量的（譬如万分之一），要追究领导责任。随着技术和管理的进步，考核指标越来越严，并与管理者的绩效直接挂钩。在这种导向下，企业领导干部很关注考核指标，但只要未超标，处理办法往往停留在按照制度严肃处理事故，善待亡者家属等。我也不例外。

2003 年，我到宝钢工作后，有了更多机会与世界一流钢铁企业接触。在深入考察这些企业的经营管理后，对标找差，他们的安全生产管理达到了很高水平，多少年不发生一起工亡事故。这，深深刺激了我。原来，钢铁企业的工亡事故，在很大程度上并非不可避免。避免工亡事故，靠提升管理和技术水平，这是领导者无可推卸的责任。长期积累的数据分析表明，绝大多数工亡事故由违章造成，而违章现象屡禁不绝，则与管理中存在的形式主义、官僚主义密切相关。这突出表现在管理力量往往浮在中上层，对基层基础管理、现场管理重视不够。更深层次的，是缺乏对员工的关爱——对生命的敬畏。我们站在每一位工亡者及其家属的立场上，设身处地想一想，每一个逝去的生命背后往往都是配偶、父母、子女的悲痛欲绝，都是一个家庭的轰然倒塌。原本只要进一步把管理工作做扎实，就可以最大限度地避免工亡事故，我们没有任何理由让形式主义、官僚主义继续危害下去！我们该对每一位员工的生命负责，而不仅是对考核指标负责。这不是最明白的道理吗！只有痛定思痛，自己才可能真正提高，否则就很容易犯类似的甚至更大的错误。之后，我自以为对形式主义、官僚主义比较敏感，在实际工作中尽可能做到求真务实，与上述忏悔后的认识提高有关。

四、"愿使这将坠的被蚀而斑斓的颜色，暂得保存"

1925 年 12 月 26 日，鲁迅创作了《腊叶》。先生在《〈野草〉英文译本序》（《二心集》）中说："《腊叶》，是为爱我者的想要保存我而作的。"这是一个重要提示，据此，诗文中的"病叶"喻指作者本人，"我"喻指"爱我者"。先生作《腊叶》，无疑含有对"爱我者"的感激之情，但又远不止于此。孙伏园写过一篇解释《腊叶》的文章，回忆他曾问过鲁迅这篇文章何以取名"腊叶"，先生答："许公（广平）很鼓励我，希望我努力工作，不要松懈，不要怠忽；但又很爱护我，希望我多加保养，不要过劳，不要发狠。这是不能两全的，这里面有着矛盾。《腊叶》的感兴就从这儿得来，《雁门集》（按：诗词集，作者萨都剌，有"元代词人之冠"誉）等等都是无关宏旨的。"[1]这里谈到的"不能两全"，是每个人都会遇到的人生基本问题之一。

---

① 转引自孙伏园、孙福熙著：《孙氏兄弟谈鲁迅》，新星出版社 2006 年版，第255 页。

（一）进退于"不能两全"的两难之间

《腊叶》分成三段。第一段很简单，讲"我"在一个夜晚看书，似乎偶然间翻到了一片枫叶。前文已交代，和《野草》中其他篇章不同，这个"我"是指"爱我者"，主要指许广平，似也泛指其他关心、爱护先生的人们。诗文写道：

灯下看《雁门集》，忽然翻出一片压干的枫叶来。

《雁门集》无关宏旨，也可以是别的一本什么书，但书中一片"压干的枫叶"却已点出了《腊叶》中"爱我者""想要保存我（按：这里的'我'指先生本人）"的主题。再看第二段：

这使我记起去年的深秋。繁霜夜降，木叶多半凋零，庭前的一株小小的枫树也变成红色了。我曾绕树徘徊，细看叶片的颜色，当他青葱的时候是从没有这么注意的。他也并非全树通红，最多的是浅绛，有几片则在绯红地上，还带着几团浓绿。一片独有一点蛀孔，镶着乌黑的花边，在红，黄和绿的斑驳中，明眸似的向人凝视。我自念：这是病叶呵！便将他摘了下来，夹在刚才买的《雁门集》里。大概是愿使这将坠的被蚀而斑斓的颜色，暂得保存，不即与群叶一同飘散罢。

此段交代"压干的枫叶"之来历。时间是"去年的深秋"，落叶时节。"我曾绕树徘徊，细看叶片的颜色"，当指"爱我者"对先生的关切。"当他青葱的时候是从没有这么注意的"，这是自然的，那时她还不认识先生呢。经过细心观察，她发现了独特的一片"有一点蛀孔"的"病叶"。虽是被蚀的"病叶"，却依然色彩斑斓，"明眸似的向人凝视"，拟人手法的移情描写，表明"病叶"仍充满生命活力。为使这将坠的病叶"暂得保存"而不至于随风飘散，"爱我者"便将它摘了下来，夹在才买的《雁门集》里。接着一段写道：

但今夜他却黄蜡似的躺在我的眼前，那眸子也不复似去年一般灼

234　　灼。假使再过几年，旧时的颜色在我记忆中消去，怕连我也不知道他何以夹在书里面的原因了。将坠的病叶的斑斓，似乎也只能在极短时中相对，更何况是葱郁的呢。看看窗外，很能耐寒的树木也早经秃尽了；枫树更何消说得。当深秋时，想来也许有和这去年的模样相似的病叶的罢，但可惜我今年竟没有赏玩秋树的余闲。

　　时过境迁，夹在《雁门集》里"压干的枫叶"，已不是去年那般模样，斑斓的色彩不再，"向人凝视"的灼灼目光也有些失色。"爱我者"思忖：如果再过几年，病叶会怎样呢？色彩将更暗淡，当时把它夹在书里的缘由会不会不复记忆？思忖说明不想忘记。后面的内容似乎不是写"爱我者"的了，最后出现的"我"字，似又回到先生在《野草》中的一般用法，指先生自己了。"爱我者"想保存"我"，但"我"的劳作停不下，这是矛盾。然而，"我"带病保持生命的活力可能不会很久，更谈不上恢复到青春年华那种状态了。从思考中回到现实，秋天已到，看见窗外很耐寒的树木叶也已落尽，何况枫树呢！由此想到，当今年深秋时，也许和去年一样，会有色彩斑斓、像以灼灼目光凝视人的病叶吧，但是"我""竟没有赏玩秋树的余闲"，"我"得抓紧做"我"的工作了。张洁宇认为：《腊叶》体现了鲁迅特有的生命哲学，"体现了他对于青春、迟暮，衰老、生死等问题的一贯的哲思"，"在鲁迅的生命哲学里，青春、生命，当然也包括爱情，归根结底都是'只能在极短时中相对'的，这是鲁迅对于生命的一种彻悟，同时也是推动他'赶紧做'、不断前行的最大动力。"①

　　写《腊叶》不久后，1926 年 6 月，先生在给李秉中的信中，劝他不要多喝酒，因为"多喝酒究竟不好"。他还以身说理："去年夏间，我

---

① 张洁宇著：《独醒者与他的灯——鲁迅〈野草〉细读与研究》，北京大学出版社2013 年版，第 298 页。

因为各处碰钉子，也很大喝了一通酒，结果是生病了，现在已愈，也不再喝酒，这是医生禁止的。他又禁止我吸烟，但这一节我却没有听。""酒也想喝的，可是不能。因为我近来忽然还想活下去了。为什么呢？说起来或者有些可笑，一，是世上还有几个人希望我活下去，二，是自己还要发点议论，印点关于文学的书。"许广平曾多次谈到与《腊叶》写作相关的情况。1938 年，她在《欣慰的纪念》中，谈了当年在与黑暗势力的斗争中，先生心力交瘁，"不眠不食之外，长时期在纵酒。经医生诊看之后，也开不出好药方，要他先禁烟、禁酒。但细察先生，似乎禁酒还可，禁烟则万万做不到。那时有一位住在他家里的同乡，和我商量一同去劝他，用了整一夜反复申辩的功夫，总算意思转过来了，答应照医生的话，好好的把病医好。"①

许广平等人的劝说，先生在一定程度上听进去了。尤其是过后不久，他就和许确定了恋爱关系，再过不多久两人同居，结成夫妇，先生得到许的直接关爱，包括督促。这就有了先生之后超过十年从总体上看充满生机和活力的岁月。如果借用《腊叶》中的说法，他这片"病叶"，"被蚀而斑斓的颜色"保存的时间，似乎比预计的长，并始终保持着"灼灼的眼神"。换句话说，先生在可能的情况下，注意把握工作和休息的分寸。当然，他还没有达到自己希望的那种程度，所以，"病叶"斑斓色彩的消褪还是快些，随落叶一起飘散还是早了些。

（二）把握好生命紧张和余裕的分寸

今读《腊叶》，给我们的启示是，要把握紧张和余裕的分寸，这是

---

① 参阅马蹄疾辑录：《许广平忆鲁迅》，广东人民出版社 1979 年版，第 226—227 页。

236　掌握生命节奏的大问题。在鲁迅看来，许广平鼓励他"努力工作，不要松懈，不要怠忽"，与关照他"多加保养，不要过劳，不要发狠"，是"不能两全的，这里面有着矛盾"。"全"本是一个绝对的概念，世界本无"全"的事物。但不能两全，并非不能做到在一定程度上兼顾。我们不妨重温先生关于如何把握紧张和余裕分寸的相关论述。首先，先生在一定程度上肯定紧张，他在《秋夜纪游》（《准风月谈》）中说："紧张令人觉到自己生命的力。"先生批评中国人没有时间观念，做事拖拖拉拉，认为那是浪费生命。本书第一章第二节专门论述了"生命质量与时间管理"的关系，此处不再赘述。这里，重点谈谈"余裕"，这也是《腊叶》提出的重要问题。对此，先生在和《腊叶》同一年（1925 年）写的《忽然想到二》（《华盖集》）中，作了专门论述。先生的杂文，往往从日常工作或生活中的具体小事切入，由小及大，由浅入深，《忽然想到二》开头说："校着《苦闷的象征》的排印样本时，想到一些琐事——"

我于书的形式上有一种偏见，就是在书的开头和每个题目前后，总喜欢留些空白，所以付印的时候，一定明白地注明。但待排出寄来，却大抵一篇一篇挤得很紧，并不依所注的办。查看别的书，也一样，多是行行挤得极紧的。

对此，也许大多数人并不会把它当作什么了不起的事，最多皱一下眉头就过去了。但先生不是，他似乎非得"小题大做"不可：

较好的中国书和西洋书，每本前后总有一两张空白的副页，上下的天地头也很宽。而近来中国的排印的新书则大抵没有副页，天地头又都很短，想要写上一点意见或别的什么，也无地可容，翻开书来，满本是密密层层的黑字；加以油臭扑鼻，使人发生一种压迫和窘促之感，不特很少"读书之乐"，且觉得仿佛人生已没有"余裕"，"不留余地"了。

对比书的排印格式，批评"没有副页，天地头又都很短"的排印，使人"发生一种压迫和窘促之感"，语气够重了，但还是就事论事。接着说"不特很少'读书之乐'，且觉得仿佛人生已没有'余裕'，'不留余地'了"，就事论理，上升到人生哲理高度了。先生进一步分析道：

或者也许以这样的为质朴罢。但质朴是开始的"陋"，精力弥满，不惜物力的。现在的却是复归于陋，而质朴的精神已失，所以只能算瘟败，算堕落，也就是常谈之所谓"因陋就简"。在这样"不留余地"空气的围绕里，人们的精神大抵要被挤小的。

对于"没有副页，天地头又都很短"的排印，有的人可能认为是"质朴"。先生指出辨别是否质朴，要看是开始的"陋"，还是复归于"陋"。开始的"陋"，是"精力弥满，不惜物力"，留有余地的"陋"，就像毛坯，经过打磨加工，去掉多余部分，从粗陋的半成品变为精品。复归于"陋"，则是结果的"陋"，已经制成粗陋的上市商品，没有提升品质的余地了。这就丧失了"质朴的精神"，而"只能算瘟败，算堕落"。先生又从人生哲理高度分析了"不留余地"的危害性，提出了一个十分重要的观点——"在这样'不留余地'空气的围绕里，人们的精神大抵要被挤小的"。人处于不留余地的过分紧张状态，没有时间对事物作深入思考，物极必反，精神不仅得不到扩展，反而会被"挤小"。

上述分析已很深入，但先生并未就此打住，他接着发表了更重要的长篇大论：

外国的平易地讲述学术文艺的书，往往夹杂些闲话或笑谈，使文章增添活气，读者感到格外的兴趣，不易于疲倦。但中国的有些译本，却将这些删去，单留下艰难的讲学语，使他复近于教科书。这正如折花者，除尽枝叶，单留花朵，折花固然是折花，然而花枝的活气却灭尽了。

先生的"大论"，又是从具体的小事谈起。他把中国的有些译本与原著作比较，原著"留有余地"，往往在论述中"夹杂些闲话或笑谈"，其效果是"使文章增添活气"，引起读者的阅读兴趣，还不易疲倦。而中国的有些译本却自作聪明地把这些都删掉，好比折花者，"除尽枝叶，单留花朵"，这种不留余地的做法，灭尽了"花枝的活气"。"留有余地"使文章生动活泼，不留余地则显呆板沉闷，先生在似乎不经意间讲述了十分深刻的人生哲理。他进一步论述道：

> 人们到了失去余裕心，或不自觉地满抱了不留余地心时，这民族的将来恐怕就可虑。上述的那两样，固然是比牛毛还细小的事，但毕竟是时代精神表现之一端，所以也可以类推到别样。例如现在器具之轻薄草率（世间误以为灵便），建筑之偷工减料，办事之敷衍一时，不要"好看"，不想"持久"，就都是出于同一病源的。即再用这来类推更大的事，我以为也行。

从"人们"讲到"民族"，先生得出的论断是："人们到了失去余裕心，或不自觉地满抱了不留余地心时，这民族的将来恐怕就可虑。"多么精辟、多么重要的论断！书的排印格式，翻译的详略取舍，似乎是"比牛毛还细小的事"，但在先生看来，这"毕竟是时代精神表现之一端"。怎么理解？先生从反面举了由于"不留余地"而导致不良后果的三个例子，一是"器具之轻薄草率"，二是"建筑之偷工减料"，三是"办事之敷衍一时"。先生还断言："即再用这来类推更大的事，我以为也行。"我们很难确切知道，先生的上述思想在当时产生了多大影响，起了多大作用。但联系今天的现实，对照先生当年列举的三种现象在当下泛滥到什么程度，就不得不叹服先生的社会洞察力与时代前瞻性。

每个人都面临如何把握人生节奏的问题，说起来容易做起来难，先生本人也在这个问题上遇到困惑。他很想留有余地，也在一定程度上作了努力并取得成效，但似乎始终没有达到自己理想的状态。1926年，

他在《两地书八五》中，对许广平坦言："我想此后只要能以工作赚得
生活费，不受意外的气，又有一点自己玩玩的余暇，就可以算是万分幸
福了。"先生谈"玩"有其特指内涵，除了指看电影（这在他日记里多
有记载），可能主要是指兴趣阅读。他的日记，记购书账，却几乎没有
留下阅读痕迹。我想，于先生而言，阅读是一种深入骨髓的习惯，是他
日常生活的重要组成部分，日记中时有出现的"无事"，可能主要是在
阅读吧。1927 年，先生在《朝花夕拾·小引》中，感叹道："我常想在
纷扰中寻出一点闲静来，然而委实不容易。目前是这么离奇，心里是这
么芜杂。"1933 年，他在给《申报》副刊《自由谈》主编黎烈文的信
中，对自己苦于没有余裕的现状，描述得更具体："我的生活，一面是
不能动弹，好像软禁在狱室里，一面又琐事却多得很，每月总想打叠一
下，空出一段时间来，而每月总还是没有整段的余暇。做杂感不要紧，
有便写，没有便罢，但连续的小说可就难了，至少非常常连载不可，倘
不能寄稿时，是非常焦急的。"可见先生为"努力工作，不要松懈，不
要急忽"，是如何自我加压，紧张忙碌。

"余裕"，是对"度"的把握，是时间的合理分配，本质上是把握生
命节奏、追求生命质量。人类社会是这样进入现代的：工业化的推进、
市场经济的竞争、资本主义的发展，提高了劳动生产率，极大地丰富了
人们的物质生活；同时把人们与机器、资本、无止境的物欲捆绑在一
起。且不说能源浪费、环境污染等问题，对人类的生存造成威胁，同样
可怕的是，人们生活在高度紧张中，精神生活受到严重挤压，带来极大
的焦虑和难以摆脱的浮躁。这种现象在中国，鲁迅所处的那个年代才露
端倪，因为工业化刚刚起步，许多矛盾尚属萌芽，而现在，则已经越来
越普遍，越来越突出了。

我是一个爱静的人，很少交际，更少主动安排应酬活动，除了公

务，大部分时间都在阅读或写作。在常人眼中这已是一个明显缺点，也确实给我带来一些负面影响。即便如此，我仍少有余裕，并且深感缺乏余裕的生活生命质量值得质疑。大概从我职业生涯的最后几年开始，有意识地放慢一点节奏，提出工作的"从容性"问题，作了些许努力，稍见成效。正是在那些相对"从容"的岁月里，我组织完成了宝钢领导力开发和国有企业党建课题研究，开设了"鲁迅'立人'思想与宝钢人发展"培训课程。当然，追求余裕，绝非越闲越好，生命需要一定的紧张度，只是"弦"不可绷得太紧，张弛有度为好。留有余裕，最重要的是给锻炼身体和精神生活留下足够的时间，尽可能保持身心健康。这是每个人一辈子都应做的功课，本人自然也须继续努力。

五、"暖国的雨""江南的雪"和"朔方的雪花"寄托不同的人生

1925年1月18日，鲁迅创作了《雪》。这是在风雨如磐的年月里写就的一篇美轮美奂的散文诗，成为流传最广的鲁迅作品之一。诗中虽然难免流露出些许孤独的黯淡情绪，但主基调昂扬向上。《雪》从"暖国的雨"写起，寥寥几笔；写到"江南的雪"，详尽展开；再写"朔方（按：即北方）的雪花"，达到高峰。借景寄情，文字的美和情感的美给人以感同身受的享受，蕴含的人生哲理更给人以深刻启迪。

（一）在"凛冽"和"孤独"中"蓬勃地奋飞"

《雪》并没有从雪写起，而是从雨——"暖国的雨"切入。尽管没几句，却不乏深意，请看：

暖国的雨，向来没有变过冰冷的坚硬的灿烂的雪花。博识的人们觉

得他单调，他自己也以为不幸否耶？　　　　　　　　　　　　　　241

先生写"暖国的雨"为何如此简洁？或与他在南方生活时间不长，不写自认为不够熟悉的自然现象的细节有关？不详写却在一开头就单刀直入，说明不是可写可不写，我们不要因为它着墨少而忽视。"暖国"指中国南方，属热带或亚热带，气候温和湿润，只有春夏，难觅秋冬，雨水丰沛，鲜见冰雪。"暖国的雨"滋养植物和动物生长，给那里的人们带来易于生存的福祉。"暖国的雨"始终是雨，从不变成雪花，也不会有别的形态，在"博识的人们"看来是否过于单调？它自身是否也会认为是一种不幸呢？这里，用拟人手法提出了人生哲理问题。"暖国的雨"象征人生，自有它的美妙，但似乎也有缺憾，缺了变成雪花的过程，寓意它少了人生必不可少的历练；没有变成雪花，使它少了雪花的刚健品格——虽然"冰冷坚硬"却"灿烂"。

与以极简笔法写"暖国的雨"形成强烈对比，紧接着，先生花了本篇的多半笔墨写"江南的雪"——那定然和他出生在江南，并在那里长大，特别熟悉、特别有感情相关。先写雪景：

江南的雪，可是滋润美艳之至了；那是还在隐约着的青春的消息，是极壮健的处子的皮肤。雪野中有血红的宝珠山茶，白中隐青的单瓣梅花，深黄的磬口的蜡梅花；雪下面还有冷绿的杂草。胡蝶确乎没有；蜜蜂是否来采山茶花和梅花的蜜，我可记不真切了。但我的眼前仿佛看见冬花开在雪野中，有许多蜜蜂们忙碌地飞着，也听得他们嗡嗡地闹着。

"滋润美艳之至"，是对"江南的雪"之由衷赞叹，寄托了"我"对故乡的一片深情。"是还在隐约着的青春的消息"，体现"我"对青春的向往，让人自然想起英国诗人雪莱《西风颂》里的名句："冬天来了，春天还会远吗？""是极壮健的处子的皮肤"，盛赞青春的活力与美好。雪野里，大多数花早已凋谢，但"血红的宝珠山茶，白中隐青的单瓣梅

242　花，深黄的磬口的蜡梅花"，还开着；雪下面，"冷绿的杂草"，还长着。白雪覆盖下的这些花草，依然色彩斑斓，生命顽强，隐喻反动势力再强大，也阻挡不了进步青年前进的步伐。蝴蝶、蜜蜂、冬花等虚虚实实的描写，则隐喻"我"对未来的憧憬，寄托着先生对中国社会走向光明的殷切期望。"冬花开在雪野中""有许多蜜蜂们忙碌地飞着，也听得他们嗡嗡地闹着"，比喻新生力量逐步壮大，"我"坚信希望不会落空，可见先生的乐观精神。

　　接下来一段，由景及人，孩子们天真快乐的童年生活，为"江南的雪"增添了生机与活力。

　　孩子们呵着冻得通红，像紫芽姜一般的小手，七八个一齐来塑雪罗汉。因为不成功，谁的父亲也来帮忙了。罗汉就塑得比孩子们高得多，虽然不过是上小下大的一堆，终于分不清是壶卢（按：即葫芦）还是罗汉；然而很洁白，很明艳，以自身的滋润相粘结，整个地闪闪地生光。孩子们用龙眼核给他做眼珠，又从谁的母亲的脂粉奁中偷得胭脂来涂在嘴唇上。这回确是一个大阿罗汉了。他也就目光灼灼地嘴唇通红地坐在雪地里。

　　整段内容，实写孩子们堆雪罗汉的过程、创造"大阿罗汉"的智慧，大人们保护童真童趣的用心，意在赞美"江南的雪"不仅形态"滋润""洁白""明艳"，被拟人化后，还有着"目光灼灼""嘴唇通红"的精气神。让读者分明感受到人们对美好事物、美好生活的追求。接下来，专门写雪罗汉：

　　第二天还有几个孩子来访问他；对了他拍手，点头，嬉笑。但他终于独自坐着了。晴天又来消释他的皮肤，寒夜又使他结一层冰，化作不透明的水晶模样，连续的晴天又使他成为不知道算什么，而嘴上的胭脂也褪尽了。

孩子们欣赏雪罗汉的意趣不如堆雪罗汉的兴趣，天性使然，他们的注意力转移很快。那样神气的雪罗汉，没过几天就被冷落了，在阳光照耀下逐渐走样，"成为不知道算什么"的东西了。这依然写实，但无疑也透露出先生对生命和一切美好事物迅即消逝的惋惜，隐喻有的新生事物昙花一现和部分改革成果付之东流。

写了"暖国的雨"和"江南的雪"，先生笔下出现了令人耳目一新的"朔方的雪花"，虽然篇幅不比"江南的雪"，力度和气势却更在它之上：

朔方的雪花在纷飞之后，却永远如粉，如沙，他们决不粘连，撒在屋上，地上，枯草上，就是这样。屋上的雪是早已就有消化了的，因为屋里居人的火的温热。别的，在晴天之下，旋风忽来，便蓬勃地奋飞，在日光中灿灿地生光，如包藏火焰的大雾，旋转而且升腾，弥漫太空，使太空旋转而且升腾地闪烁。

在无边的旷野上，在凛冽的天宇下，闪闪地旋转升腾着的是雨的精魂……

是的，那是孤独的雪，是死掉的雨，是雨的精魂。

都是雪，但"朔方的雪花"显然大不同于"江南的雪"，先生的写法也大不同。对于"江南的雪"，着墨雪本身并不多，多的是雪野上的花草和孩子们在雪地上玩耍的情景，典型的衬托手法。对于"朔方的雪花"，则重点"描"雪，写出了只有北方才能见到的雪的宏大气象，也就是具体描绘先生 1924 年 12 月 31 日（创作《雪》之前十八天）日记所载当天北京出现的"大风吹雪盈空际"的壮美图景。其实，北方的雪也是多姿的，先生 1913 年 1 月 15 日日记载："晨微雪如絮缀寒柯上，视之极美。"但先生更欣赏南方见不到的北国雪景，他在给作家章廷谦的信中，由衷地表示："北方风景，是伟大的，倘不至于日见其荒凉，实较适于居住。""朔方的雪花"纷飞之后，"永远如粉，如沙，决不粘连"，隐喻先生十分强调的人的独立个性。除了那些撒在屋上的，"因为屋里居人的火的温热"，有的融化外，仍在自然界的雪花，都在"凛冽"和"孤独"中"蓬勃地奋飞"，"旋转而且升腾"。托物言志，展现了先生作为"精神界战士"不屈斗争的生命姿态，或者说是先生心目中"精神界战士"雄浑悲壮的伟岸形象。"凛冽"，指严寒季节冷风刺骨，比喻社会环境恶劣。"孤独"，既有先驱者具有独立人格的自豪，也包含不被庸众理解的哀伤。"蓬勃地奋飞"，比喻需要通过艰苦的工作，引导群众自我觉醒，如同"在晴天之下，旋风忽来"。写如此庄严、美丽和高贵的"朔方的雪花"，呼应诗文一开始出现的"雨"，先生把"朔方的雪花"称为"雨的精魂"，他认为"朔方的雪花"是对"雨"的超越——是"死掉的雨"，是生命的另一种姿态，昂扬、奋发、蓬勃，又怎会"单调"和"不幸"！

对于"江南的雪"，先生在作于《雪》前后的三篇小说《祝福》《在酒楼上》和《孤独者》（《彷徨》）中，也都写到，以《在酒楼上》最为详尽，请看"我"在酒楼的二楼俯视积雪的"废园"：

这园大概是不属于酒家的，我先前也曾眺望过许多回，有时也在雪天里。但现在从惯于北方的眼睛看来，却很值得惊异了：几株老梅竟斗雪开着满树的繁花，仿佛毫不以深冬为意；倒塌的亭子边还有一株山茶树，从暗绿的密叶里显出十几朵红花来，赫赫的在雪中明得如火，愤怒而且傲慢，如蔑视游人的甘心于远行。我这时又忽地想到这里积雪的滋润，著物不去，晶莹有光，不比朔雪的粉一般干，大风一吹，便飞得满空如烟雾。……

这里对"江南的雪"和"朔方的雪花"作了比较，并且为"斗雪的老梅"和"愤怒而且傲慢的山茶花"感到"惊异"，隐喻先生赞赏"精神界战士"的独特风姿。赏雪中，"我"不禁吐露游子的感伤："觉得北方固不是我的旧乡，但南来又只能算一个客子，无论那边的干雪怎样纷飞，这里的柔雪又怎样的依恋，于我都没有什么关系了。"都没有什么关系，却又都关联紧密，寓意"精神界战士"既有奋斗的豪情，也不失对同胞、对人类的柔情，后者正是奋斗的要义。王富仁认为："'朔方的雪'是鲁迅自我精神的写照，是自我生命的象征。这是一个壮丽的生命，一个崇高的灵魂，一个在自己的空间中倔强地站立着的战士。它并不蔑视'暖国的雨'和'江南的雪'，它用温暖的心纪念着它们，但它也不羡慕或嫉妒它们，并不因此而自卑自贱、自惭自秽。它自有自己的美，为别种空间的生命所不具备的美的形态。"①

（二）在多彩的人生中锻造刚健品格

今读鲁迅的《雪》，给我们的启示是，人生而不同，但都应追求丰富多彩的人生，锻造刚健品格。《雪》中所写"暖国的雨""江南的雪"和"朔方的雪花"，象征三种不同的生命形态。对这三种形态先生都没有否定，但他对"暖国的雨"是否完美心存疑问，对"江南的雪"，深情赞美之下留了遗憾。唯有对"朔方的雪花"之评价，超越了一般，唱出了一曲高昂的人生赞歌。如此评价三种生命形态，当然与先生所处的社会环境密不可分，且它蕴含的人生哲理，至今没有失去宝贵价值。

"暖国的雨"象征相对单调的人生，没有雪花似的冰冷和坚硬，相对来说比较适合人的生存，但也没有雪花那样的灿烂——少了生命的丰富多彩。我去广东珠海，去海南三亚，问从东北移居当地的人，为何"南漂者"如此之多。他们告诉我，除了南方的就业机会比较多，政治

---

① 王富仁、赵卓著：《突破盲点——世纪末社会思潮与鲁迅》，中国文联出版社2001年版，第77页。

246　　生态相对简单（大多数人对意识形态层面的政治似乎不太"关心"），还有重要的一点是衣食问题比较容易解决，生活成本相对较低，有些北方的常见病，特别是呼吸系统疾病，到了南方自然而然就好了。人们会不会感到先生说的那种单调呢？那要因人因社会而异。在社会主义初级阶段，许多人忙于生计，尚没有多少闲暇考虑这样的问题。不少人被物所役，即使有时间，往往也不会思考人生丰富多彩的意义。但是，我去新加坡，看到的情况就不完全一样了。新加坡的气候类似我国南方，气温的变化比我国南方还小，那里的雨当然也属"南国的雨"。已经进入发达国家行列的新加坡人的单调感普遍比较强烈，政府为此花很大精力推动文化建设，即便如此，还是有些年轻人因受不了生活的单调而移民海外——虽然不算太多。给人的启示是，社会越发展，人们就越追求丰富多彩的精神生活。先生当年提出"南国的雨"可能存在单调，自有其可贵的前瞻性。

　　"滋润美艳之至"的"江南的雪"，象征充满希望的人生；人生的道路并非一帆风顺，就像"江南的雪"可以塑造成"目光灼灼地嘴唇通红地坐在雪地里"的雪罗汉，但在给孩子们带来短暂的欢乐后，不久就变形，很快消融。象征青春易逝，再深入一点，象征一切物质带来的满足感不能久长。青春美好，然而，在生理学意义上青春易逝，任何人都无法挽留。可能在一定程度上常驻的，是心理学意义上的青春，这要靠每个人自己的意识和努力。方法是不断学习，不停顿地强化人文经典阅读；不要脱离社会，争取交上二三知心朋友；保持积极平和的心态，养成勤于锻炼和良好的生活习惯。追求物质生活幸福，是人之本能，在许多人的物质生活水平还相当低的情况下，每个人和整个社会理所当然都要为之不懈奋斗。关键在于度的把握。对每个个体而言，物质需求终究有限，当达到富裕程度后，物质生活水平再提高给人带来的幸福感提升，变得非常短暂，越富裕越短暂。多年前在报纸上看到过一则报道，一位全球顶级富豪，给他的情人买一枚极昂贵的钻石戒指，只能让她高兴一个星期。人不能为物所役，要不断提升精神境界。高贵的精神享受，才可能持久。

"朔方的雪花""蓬勃地奋飞"，象征昂扬向上的生命形态。人生不仅存在青春易逝的遗憾，而且往往会遭遇被误解、受压制的无奈。这在玩雪、堆雪人的童年一般很少遇到，而一旦踏上社会后，就很难完全避免，只是程度不同而已。鲁迅创作《雪》的 1925 年初，正是他的人生低谷，无爱的婚姻尚未结束，许广平还没有走进他的生活；突然间兄弟失和，给他带来巨大的精神创伤；北洋军阀统治导致辛亥革命后的历史倒退，使他陷入彷徨；目睹女师大事件并参与其中，尤其让他愤慨不已。作为"精神界战士"，先生在这种情况下对人的生命形态的思考，达到了前所未有的深度、高度和广度。"蓬勃地奋飞"的"朔方的雪花"，生动形象而有力地体现了这种深度、高度和广度。"朔方的雪花""在日光中灿灿地生光"，"旋转而且升腾，弥漫太空，使太空旋转而且升腾地闪烁"。这是多么宽广的胸怀和多么崇高的美丽人生！当下，多么值得我们每个人学习啊！

先生的这种思考，并非偶然。早在 1919 年，他的散文诗《随感录六十六》（《热风》），就有一首生命赞歌，请看：

生命的路是进步的，总是沿着无限的精神三角形的斜面向上走，什么都阻止他不得。

自然赋与人们的不调和还很多，人们自己萎缩堕落退步的也还很多，然而生命决不因此回头。无论什么黑暗来防范思潮，什么悲惨来袭击社会，什么罪恶来亵渎人道，人类的渴仰完全的潜力，总是踏了这些铁蒺藜向前进。

生命不怕死，在死的面前笑着跳着，跨过了灭亡的人们向前进。

什么是路？就是从没路的地方践踏出来的，从只有荆棘的地方开辟出来的。

以前早有路了，以后也该永远有路。

人类总不会寂寞，因为生命是进步的，是乐天的。

旧中国旧文化压得人透不过气来，先生在《野草》中反复陈述自己寂寞、彷徨、失望的心情，但在本质上他并非悲观主义者。在先生看来，生命是什么？是路。生命之路不是一条直线形的平坦大道，是在生存、温饱基础上，无止境地追求精神发展的曲折的路。生命之路难免天灾——"自然赋予人们的不调和"，也难免人祸——"人们自己萎缩堕落退步"。黑暗的旧中国抵制和排斥现代世界先进的思潮，人民大众陷入在生死线上苦苦挣扎的悲惨境地，落后的专制统治造成的罪恶阻碍生命发展，但人类渴望并仰慕先生提出的"致人性于全，不使之偏倚"，生命总是披荆斩棘一往无前。生命明白大自然的规律，坦然面对死亡，为逝去的充实人生感到自豪，继续汲取前辈的智慧不断前进。生命之路是人类自己开辟的，当下的人们走在先人开辟的路上，同时开辟新的生命之路——为自己，为他人，也为后人。人类决不会让死寂般的状态长存，因为生命的本质"是进步的，是乐天的"。世界上固然存在许多黑暗的事物，但更有光明在。越来越多的人追求光明，虽不免反复，但光明战胜黑暗，总是大趋势。

鲁迅人生哲学的"固有血脉"：中国文化源头的优良基因——《好的故事》今读

　　鲁迅1925年1月28日创作了《好的故事》，许杰认为这是《野草》中"比较容易领会的一篇"，与《野草》中大部分文章用隐晦深奥的词句不一样，此篇散文诗完全用白描手法，不用典故，不作成语或形容词堆砌，甚至也不用比兴，只是凭着生活的实感，具体的印象，一笔一笔

250　　如实写来，却达到了生动、明快，为许多有意要描写、刻画自然风景的作家，所不能达到的境界。"这文章的造意，是在岁暮的暗夜中，也就是象征意义的黑暗社会中，怀想着美的人和美的事的理想，希望着理想社会的到来。"①《好的故事》不为写景而写景，深情美文中，蕴含着鲁迅对理想与现实的思考，对美好理想的不懈追求。在我读到的解读本中，这几乎是对《好的故事》主题一致的解读。对此，我也深以为然，但又觉得《好的故事》的主题不仅于此，它还蕴含着对源远流长的中国文化传承与创新的深层次思考。先生在《文化偏至论》（《坟》）中提出，中国的文化建设应该："外之既不后于世界之思潮，内之仍弗失固有之血脉"。如何做到"弗失固有之血脉"？《好的故事》给我们以深刻启迪。

一、"无数美的人和美的事，我一一看见，一一知道"

《好的故事》一开始，从"我"秉烛夜读的感受写到做梦：

灯火渐渐地缩小了，在预告石油的已经不多；石油又不是老牌，早熏得灯罩很昏暗。鞭爆的繁响在四近，烟草的烟雾在身边：是昏沉的夜。

这是一幅灰暗的画面。二十世纪二十年代，虽然西方社会和东方的日本已进入现代，但在中国社会，即使像"我"这样生活在大城市北京的知识分子也尚未用上电，只能点劣质煤油灯照明。在除旧迎新的鞭炮声中，"我"没有新年到来的喜悦，只感到夜的"昏沉"——隐喻社会

---

① 参阅许杰著：《〈野草〉诠释》，百花文艺出版社1981年版，第164、167页。

仍然充斥黑暗，"我"的心情依然沉重。

251

我闭了眼睛，向后一仰，靠在椅背上；捏着《初学记》（按：类书名，唐代徐坚等辑，共三十卷）的手搁在膝髁上。

读《初学记》累了，"我"打起瞌睡，做起梦来：

我在蒙胧中，看见一个好的故事。

这故事很美丽，幽雅，有趣。许多美的人和美的事，错综起来像一天云锦，而且万颗奔星似的飞动着，同时又展开去，以至于无穷。

梦中的景象和眼前的现实大为不同，那是"展开去，以至于无穷"的美丽景象，而且并非虚无缥缈，似乎是"我"亲临其境，在故乡所见：

我仿佛记得曾坐小船经过山阴道（按：指绍兴县城西南一带风景优美的地方），两岸边的乌桕，新禾，野花，鸡，狗，丛树和枯树，茅屋，塔，伽蓝（按：泛指寺庙），农夫和村妇，村女，晒着的衣裳，和尚，蓑笠，天，云，竹，……都倒影在澄碧的小河中，随着每一打桨，各各夹带了闪烁的日光，并水里的萍藻游鱼，一同荡漾。诸影诸物，无不解散，而且摇动，扩大，互相融和；刚一融和，却又退缩，复近于原形。边缘都参差如夏云头，镶着日光，发出水银色焰。凡是我所经过的河，都是如此。

这是梦中的"我"坐在小船上，经过山阴道时看到的沿途风光。《世说新语·言语》曰："王子敬云：从山阴道上行，山川自相映发，使人应接不暇。"[1]如此美景，令人陶醉和惊叹。人入画中，有"农夫""村妇""村女""和尚"。接下来是梦中梦：

现在我所见的故事也如此。水中的青天的底子，一切事物统在上面交错，织成一篇，永是生动，永是展开，我看不见这一篇的结束。

---

[1]　参阅《鲁迅全集》第二卷，人民文学出版社 2005 年版，第 192 页。

"现在我所见的故事"就不仅是故乡的故事了，而是故乡故事的无限延伸——使我们联想到先生在《"这也是生活"……》（《且介亭杂文末编》）中，那段充满深情、寓意深邃的文字："无穷的远方，无数的人们，都和我有关。"这故事和故乡的故事一样美，"都倒影在澄碧的小河中"。水的清澈，水的灵动，水的柔美，成就了故事别样的美，且"永是生动，永是展开，我看不见这一篇的结束"——寄托了"我"对故乡、对华夏大地、对中华民族的深情。接着请看那更令人神往的情景：

河边枯柳树下的几株瘦削的一丈红（按：即蜀葵），该是村女种的罢。大红花和斑红花，都在水里面浮动，忽而碎散，拉长了，如缕缕的胭脂水，然而没有晕。茅屋，狗，塔，村女，云，……也都浮动着。大红花一朵朵全被拉长了，这时是泼剌奔迸的红锦带。带织入狗中，狗织入白云中，白云织入村女中……。在一瞬间，他们又将退缩了。但斑红花影也已碎散，伸长，就要织进塔，村女，狗，茅屋，云里去。

先生突出地描绘了村女种的"一丈红"。一丈红的生命力极强，只要种子落地，便可生根发芽开花。它盛开的花朵璀璨多姿，光彩夺目，大红花和斑红花映照水面，水的浮动让水变成了"胭脂水"，让花变成了"红锦带"，多美的画面！还有茅屋、狗、塔、村女、云，通通都因了水的特性而变幻着，交织着，大自然的美与村女劳动的美融为一体，多生动真切的意境！故事发展到极致：

现在我所见的故事清楚起来了，美丽，幽雅，有趣，而且分明。青天上面，有无数美的人和美的事，我一一看见，一一知道。

与前面相比，这故事多了"清楚"和"分明"，同时，美的人和美的事从"许多"发展到"无数"。明明在梦中，却强调这是"我一一看见，一一知道"。或许可以理解为，一则表达"我"希望美梦成真的强烈愿望，二则表明"我"相信中国确有"好的故事"。"我"禁不住想再看仔细：

我就要凝视他们……。

凝视，是对理想中的美好事物的向往和追求。然而，峰回路转，风云突变：

我正要凝视他们时，骤然一惊，睁开眼，云锦也已皱蹙，凌乱，仿佛有谁掷一块大石下河水中，水波陡然起立，将整篇的影子撕成片片了。我无意识地赶忙捏住几乎坠地的《初学记》，眼前还剩着几点虹霓色的碎影。

平静似画的水面被"一块大石"击破，至美的风景画被"撕成片片了"。"我"被惊醒，才明白这"好的故事"只是好梦一场，但"我"的心久久不能平静：

我真爱这一篇好的故事，趁碎影还在，我要追回他，完成他，留下他。我抛了书，欠身伸手去取笔，——何尝有一丝碎影，只见昏暗的灯光，我不在小船里了。

"好的故事"或许可说是先生心中的中国梦，虽然遭受"大石"打击，但梦想并未破灭——"几点虹霓色的碎影还在"。"我要追回他，完成他，留下他"，体现了先生在长长黑夜里反抗绝望和敢于担当的精神。梦醒后回到现实，黑暗程度比梦中更甚，昏暗得似乎连"虹霓色的碎影"也不见了。故事的结尾是这样一句话：

但我总记得见过这一篇好的故事，在昏沉的夜……。

"但"字是转折，不管现实的"夜"多么"昏沉"，"我总记得这一篇好的故事"。凸显先生心灵深处理想之火仍在燃烧——当然不是为了沉浸在想象的美好中，而是为了追回昔日的辉煌，完成先驱和逝者的遗愿，把理想变为现实。

如前所述，从现实与理想矛盾的角度来分析《好的故事》的内涵当然对，但我总觉得还不够。先生笔下"无数美的人和美的事"，固然可以理解为将来式，但同时也是过去式——先生说得很清楚，这是"我总记得见过"的"一篇好的故事"。"见过"的当然是历史的。这"一篇好的故事"，我觉得还该是先生欣赏的古代中国人的纯朴可爱和中国人原本具有的优良文化基因吧。"将整篇的影子撕成片片了"的"一块大石"，隐喻几千年封建专制统治对优良文化的摧残，使它变形。然而，先生对中国文化并没有失去信心，在他的潜意识里，中国文化的精华"碎影还在"——基因尚存，他要做恢复、完善和弘扬的工作——"追回他，完成他，留下他"。因为"我真爱这一篇好的故事"。

"追回，完成，留下"，首先是"追回"，把失去的追回来。先生在《从孩子的照相说起》（《且介亭杂文》）中，谈"拿来主义"时有一个重要观点："其实，由我看来，所谓'洋气'之中，有不少是优点，也是中国人性质中所本有的，但因了历朝的压抑，已经萎缩了下去，现在就连自己也莫名其妙，统统送给洋人了。这是必须拿它回来——恢复过来的——自然还得加一番慎重的选择。"其次是"完成"，"完成"不是去实现一个文化的终极目标，而是指无止境的创造和发展。创造和发展，本也是中华文化优良基因之精髓——先生在神话小说《补天》（《故事新编》）中，突出地写了女娲的创造精神（下面将详述）。再次是"留下"，"留下"不是把中国传统文化不分青红皂白全部继承，而是取其精华，去其糟粕，进行转换性创造，以适应中国人实现现代化的需要。

二、"追回""完成"和"留下"女娲的原创和再创造精神

今读鲁迅《好的故事》，给我们的启示是，为了实现美好的理想，

必须传承——"追回、完成和留下"中国传统文化精华的优良基因。那么，这种基因究竟指什么呢？我认为先生早在 1922 年写的神话小说《补天》（《故事新编》）中，就回答了这个问题。《补天》的主人公是我国古代神话中的人类始祖女娲。小说主要取材于神话"女娲抟黄土造人"和"炼石补天"的故事，又融合了"共工怒触不周山"的故事。这些神话传说原文都极简单且互不相关，先生把它们巧妙地糅合在一起，构成丰富多彩、有血有肉、有着内在联系的完整故事，并且富有创造性地穿越时空，连接今古，实现古为今用。

《补天》先写"女娲抟黄土造人"的故事，一开始说：

女娲忽然醒来了。

伊似乎是从梦中惊醒的，然而已经记不清做了什么梦；只是很懊恼，觉得有什么不足，又觉得有什么太多了。煽动的和风，暖曛的（按：温暖的刚出的太阳）将伊的气力吹得弥漫在宇宙里。

她揉揉自己的眼睛，看见"粉红的天空""石绿色的浮云""血红的云彩""流动的金球"和"生铁一般的冷而且白的月亮"；看见"地上都嫩绿了"，分明的花朵，"到远处可就成为斑斓的烟霭了"。面对如此神异瑰丽的茫茫宇宙，女娲禁不住遐想：

"唉唉，我从来没有这样的无聊过！"伊想着，猛然间站立起来了，擎上那非常圆满而精力洋溢的臂膊，向天打一个欠伸，天空便突然失了色，化为神异的肉红，暂时再也辨不出伊所在的处所。

她摆脱潜意识的无聊，变得生机勃勃，焕发出美丽丰满的女神光彩，开始创造人类——这一最伟大的事业：

伊在这肉红色的天地间走到海边，全身的曲线都消融在淡玫瑰似的光海里，直到身中央才浓成一段纯白。波涛都惊异，起伏得很有秩序了，然而浪花溅在伊身上。这纯白的影子在海水里动摇，仿佛全体都正

256 在四面八方的逆散。但伊自己并没有见，只是不由的跪下一足，伸手掬
起带水的软泥来，同时又揉捏几回，便有一个和自己差不多的小东西在
两手里。

伴随着女娲展示生命热力的活动，大自然呈现一幅色彩斑斓的壮美
图景，那个由她用软泥揉捏的小东西从她手上获得了生命，地球上第一
个人被她创造出来了，人类的起源开始了！女娲"以未曾有的勇往和愉
快继续着伊的事业"，当她第一次听到人的讲话声和笑声时，"自己也第
一回笑得合不上嘴唇来"。她为自己伟大的创造成果而自豪！

《补天》接着写了"女娲炼石补天"的故事。故事缘起传说中远古
时期炎帝的后代共工和皇帝之孙颛顼争夺帝位的激烈争斗——"共工怒
触不周山"。故事一开始写道："轰！！！""在这天崩地塌价的声音中，女
娲猛然醒来"。经过一番周折，她看到"仰面是歪斜开裂的天，低头是
龌龊破烂的地"。她"向四面察看一番，又想了一会"，"打定了'修补
起来再说'的主意"。天地巨变，炼石补天何其难！女娲夜以继日辛苦
劳作，丰腴的体态日渐消瘦，"累得眼花耳响，支持不住了"，但她不屈
不挠，持续奋战，终于点燃了芦柴，熔化了石头，补上了裂缝。然而，
女娲自己却因消耗过度，体力与精力渐渐不济："风和火势卷得伊的头
发都四散而且旋转，汗水如瀑布一般奔流，大光焰烘托了伊的身躯，使
宇宙间现出最后的肉红色。""伊的以自己用尽了自己一切的躯壳，便在
这中间躺倒，而且不再呼吸了。"女娲为人类补天，献出一切，最终牺
牲了自己。

王富仁对《补天》给予高度评价："我们完全可以说，《补天》就是
中国现代人的《创世记》（按：《圣经》第一卷书，开篇之作，介绍了宇
宙的起源和人类的起源），是中国现代哲学的总纲领，是关于时间、空
间、人的关系的隐喻性描写，是人的生命及其存在意义的最高象征。生

命不是完美的，但却是伟大的；不是永久的，但却是辉煌的。生命的终结就是死亡，但死亡终结的却是辉煌的生命。"①女娲精神是创造精神，先生在《补天》中塑造的女娲，创造精神的内涵主要体现在两方面，"女娲抟黄土造人"体现的是原创精神，"女娲炼石补天"体现的是再创造精神。我们现在讲原创精神比较多，也很好理解。对再创造精神怎么理解呢？这里，不妨引用一段历史学家许倬云对女娲的解读，他说："女娲这个角色，不仅是人类的创造者，也是宇宙的整顿者。在水神共工发怒，撞倒了天柱不周山后，女娲烧炼地上的彩石，补上天的缺口。"②创造人类体现原创精神，整顿宇宙则体现再创造精神。整顿，是变紊乱为整齐，使不健全的健全起来，是一种再创造。当下中国人最缺的恰恰就是创造精神、原创精神和再创造精神。

从原创精神看。当今世界，全球性的新一轮科技革命浪潮正扑面而来，以物质结构、意识本质、宇宙演化、生命起源等重大领域的群体性突破为引领，科技发展的基础性、本源式创新日益涌现，颠覆式技术创新日新月异，正在极大地改变几乎所有人的生产和生活，能否跟上新科技革命的步伐，将决定未来中国的命运。中华人民共和国成立七十多年来，特别是改革开放四十多年来，我国科技进步取得前所未有的巨大成就，但真要跟上新科技革命的步伐仍面临严峻挑战。"我国基础科学研究短板依然突出"，"重大原创性成果缺乏"，"关键核心技术受制于人的局面没有得到根本性改变"。"我们现在的创新发展，相当程度上还是引进了国外的原创技术"，"尽管发展很快，但原创技术并不是我们的"。缺乏原创性技术的重要原因，是对基础研究重视不够，我国的基础研究

① 王富仁、赵卓著：《突破盲点——世纪末社会思潮与鲁迅》，中国文联出版社2001年版，第91—92页。
② 许倬云著：《中国文化的精神》，九州出版社2018年版，第36页。

258　投入，只是美国的七分之一、日本的二分之一；基础研究投入占研发经费比例为百分之五左右，而发达国家都在百分之二十至二十五左右。①

从再创造精神看。当今世界正经历百年未有之大变局，新冠肺炎疫情严重冲击经济和社会，中美关系跌入两国建交以来最低谷，国际环境日趋复杂，不稳定不确定性明显增加。中共中央政治局 2020 年 7 月 30 日会议指出："我们遇到的很多问题是中长期的，必须从持久战的角度加以认识。"②应对严峻挑战，唯一正确的选择是把中国自己的事情做得更好，"善于在危机中育新机，于变局中开新局"。而要真正做到这一点，就要深化改革，切实解决影响高质量发展的深层次问题。深化改革，固然需要发扬原创精神，做人类历史上没有人做过的事；但是，更需要发扬再创造精神，针对时弊，以宽广的胸怀，创造性地传承本国经验中的精华，创造性地借鉴别国经验中的精华，在解决阻碍中国社会进步的突出问题方面取得重大突破。

发扬原创精神和再创造精神，说到底是文化问题。中国传统文化源头的创造、创新基因，在历朝历代封建专制统治的演化下，日渐式微。鲁迅在《摩罗诗力说》（《坟》）中指出："中国之治，理想在不撄（按：不撄，不去触动）"，"宁蜷伏堕落而恶进取"，"为无希望，为无上征，为无努力，较以西方思理，犹水火然"。两千多年来的专制文化导向要求人们都成为听话的"顺民"，不鼓励独立思考。如果这种导向不改变，就很难在创新方面打开新局面。为了中华民族伟大复兴，为了实现中国梦，"追回、完成和留下"以"女娲精神"为代表的中国文化源头的优良基因——原创精神和再创造精神，多么重要而紧迫！创造精神是鲁迅

---

① 中共中央党史和文献研究院编：《十九大以来重要文献选编（上）》，中央文献出版社 2019 年版，第 462、711、714 页。
② 新华社北京 2020 年 7 月 30 日电。

"立人"思想的内核，是对中国传统文化精华的真正传承。《野草》的创 259
作，也充分证明了这一点。坊间时有人说鲁迅全盘否定传统文化，凡是
认真读过先生作品的人，必定清楚这是多深的误解。先生在《〈引玉集〉
后记》（《集外集拾遗》）中自信而深情地昭告天下："我已经确切的相
信：将来的光明，必将证明我们不但是文艺上的遗产的保存者，而且也
是开拓者和建设者。"历史已经证明，还将继续证明。我们理应沿着先
生开辟的正途前进，决不可后退——后退是没有出路的。

《野草》体现的鲁迅人生哲学，是文学家通过文学作品——散文诗
呈现的人生哲学。鲁迅一贯强调文学对于"立人"的重要性，1922 年，
他在《呐喊·自序》中，说到自己当年弃医从文的原因："凡是愚弱的
国民，即使体格如何健全，如何茁壮，也只能做毫无意义的示众的材料
和看客，病死多少是不必以为不幸的。所以我们的第一要著，是在改变
他们的精神，而善于改变精神的是，我那时以为当然要推文艺，于是想
提倡文艺运动了。"1925 年，他在《论睁了眼看》（《坟》）中，评价文
艺的作用说："文艺是国民精神所发的火光，同时也是引导国民精神的
前途的灯火。"直到 1936 年，他在《〈呐喊〉捷克译本序言》（《且介亭
杂文末编》）中还明确指出："自然，人类最好是彼此不隔膜，相关心。
然而最平正的道路，却只有用文艺来沟通，可惜走这条道路的人又少得
很。"文艺不仅指文学，但文学无疑是文艺最重要最基本的形式。

诗歌是文学的表现形式之一，与小说、散文和剧本等体裁相比，自
有其不可替代的作用。先生在创作《野草》过程中写的《诗歌之敌》
（《集外集拾遗》）中指出："诗歌是本以发抒自己的热情的"，"但也愿
意有共鸣的心弦"。怎么才能引起读者共鸣？先生在《不是信》（《华盖
集续编》）中提出，诗歌"以独创为贵"。

作为文学家的思想家的鲁迅，通过《野草》这样的散文诗体现的人生哲学，与哲学家写的人生哲学著作有何不同？不同在感性与理性的深度融合，因而比哲学著作更有感染力，可能直抵每个人心灵深处。文艺理论家李希凡在论《野草》艺术创作特色时，借用清初诗论家叶燮《原诗》中的论述："抒写胸襟，发挥景物，境皆独得，意自天成"，盛赞《野草》的艺术价值："借这四句话来评价现代散文诗的创作，能够具有这样的艺术造诣，达到这样的境界的，那当是只有鲁迅和《野草》了！特别是'境皆独得，意自天成'，更是只有《野草》，才当之无愧！"《野草》的艺术特色，"不仅使它的哲理的探求，溶合着诗情，而且渗透在诗意的体现之中，给人以韵味无穷的感受。"①杨义指出："《野草》如碎金闪烁、云锦集粹，聚深邃、神秘与奇异之美于一炉而治之，乃是鲁迅奉献给中国新文学的一份厚重的礼物"；"这是中国文学中从未见过的如钻石般具有多重折光的异样文字。"②

在读《野草》之前，我读过不少哲学著作，包括人生哲学，虽受益良多，但没有一本像《野草》这样，令我产生如此大的情感波澜，引发不断加深的思考，留下难以忘怀的印记！

---

① 李希凡著：《一个伟大寻求者的心声》，上海文艺出版社 1982 年版，第 93、95 页。
② 鲁迅著，杨义选评：《鲁迅作品精华：选评本》第二卷（散文诗·散文·旧体诗·书信集），生活·读书·新知三联书店 2014 年版，第 3—4 页。

后 记 Postscript
试着"自主集成创新"

　　"自主集成创新",是多年前我对宝钢发展道路的描述,借以说明本书写作的方法。"自主"是立足点,立足于自主解读《野草》——鲁迅人生哲学。所以,在打草稿时,我以读原著为主,尽可能少读《野草》研究专著,促使自己独立思考,先按照自己的理解来写。这样形成的草稿虽粗糙,却是自己思考所得。"集成"是开放,一方面是对外开放，集别人之成果，尽可能多地阅读前人和今人的《野草》研究专著，以及相关学术著作，学习借鉴，为我所用；另一方面是对内开放，集自己之积累，尽可能静下心来，回顾自己几十年的人生经历，联系当下，思考并梳理一些重要的人生问题。"创新"是目标追求，对《野草》，对鲁迅人生哲学，作一些别人没有作过的解读，谈一些别人没有谈过的体会。如果人云亦云，写本书就没有什么必要了。

本书是鲁迅"立人"思想今读系列丛书的第六本（在原计划中，这是第五本，中间增写了一本《人立而后凡事举——鲁迅教育观今读》），2019年8月初开始酝酿，本打算用一年半左右时间完成。2020年初新冠疫情突然暴发，几个月内，各种社会活动和私人社交锐减，我基本上宅在家里。5月起，活动和交往逐渐恢复，但与正常年份比仍少得多，且相当一部分通过网络进行，省了很多出差花在路上的时间。我能为"战疫"做些什么呢？有人请我上网课，讲"疫情下领导干部的素质"，如我能讲当然义不容辞，但我不在"战疫"一线，了解的情况实在有限，只能深怀歉意推辞。我想，对我而言，"战疫"的最好表现，是在遵守非常时期特殊规定的同时，把自己正在做的事做得更好。

宅在家里，大大增加了写作时间。与鲁迅"立人"思想今读系列丛书的前五本相比，这本《我自爱我的野草——鲁迅人生哲学今读》，是写得特别用心、用时最长的一本。从草稿到初稿，从修改稿到定稿，反复修改。从在电脑上输入第一个字起，到书稿送出版社，用了一年多时间。写之前，做了不少准备，读了不少书，做了一些摘录，随手做了一些思考笔记。写的过程中仍是边学习，边创作。这个过程还可以一直持续下去，但作为一本书稿，总想早点杀青。何况作为鲁迅"立人"思想今读系列丛书，计划中还有最后一本《应该改换些态度和方法——鲁迅方法论今读》要写。

本书的写作，得到钱理群先生的鼓励。2020 年 5 月 17 日，我把本书稿目录和绪言发给钱先生，他读后回复说"赞成你定的两条原则：忠实文本原意和联系当下中国人人生实际"。为了做到"忠实文本原意"，我反复研读《野草》以及鲁迅相关作品，力求作出能够自圆其说的解读。在此过程中，对不同的解读进行比较和研判，形成自己新的思考。我的解读运用了串讲方法。关于串讲，钱谷融在解读《野草》之《秋夜》时作了如下分析："《秋夜》是篇散文诗。是诗，就应该把它当作诗来分析、欣赏。分析作品当然不一定用串讲的办法，特别像长篇小说、中篇小说等篇幅较大的作品，根本不可能，而且也实在没有必要用串讲的办法。但诗词、散文、精炼的短篇小说，如果可能的话，应该尽量利用原文。它写得那么好，思想性与艺术性密切结合在一起，文字本身又很美、很有典范性，你不充分利用它岂不可惜？而且你丢开了原文，又怎么讲呢？抽出几条筋来作为作品的思想意义，然后大加发挥，这并不是对待文学作品的好办法。"①

"联系当下中国人人生实际"，确切地说，只是联系我自己的实际与我比较熟悉的人和事的实际。我们这代人人生经历相对丰富，也许西方几代人才会遇到的剧烈变化，我们在几十年间就遇到了。这使得我们对同样是在中国社会剧烈变化中形成的鲁迅人生哲学，比较容易产生共鸣。然而，我只是我们这代人中的一个，人生实践虽与同龄人有相似性，却又存在着不可比性。总之，我所联系的实际具有很大局限性。但我还是愿意把这随感录式的关于鲁迅人生哲学的学习体会写出来，与感兴趣的读者分享。因为"中国人"不是抽象概念，每一个个案，或许能多多少少似明似暗地折射时代的光。

---

① 钱谷融著：《钱谷融文论选》，上海文艺出版社 2009 年版，第 409 页。

264　　　学林出版社副社长楼岚岚高度重视本书的写作。2020 年 6 月 26 日，还是端午节小长假期间，我把本书稿目录和绪言发给她。她对我正在进行的创作给予肯定和鼓励，建议我"试着减少原典引用的比例"，理由是"读者都很希望看到更多的您的思考和看法，来帮助大家理解鲁迅和鲁迅作品"。根据她的意见，我删去了几千字的原典引用，增加了更多联系当下实际的解读。她还提出了一些具体修改意见，我也采纳了。责任编辑胡雅君一丝不苟的敬业精神和精益求精的专业素质，再次给我留下深刻印象。感谢岚岚和雅君！

　　让读者了解鲁迅人生哲学，并从中得到启迪，是写作本书的愿望。我深知实现这个愿望很难，为尽可能离愿望近一些，我请友人 A 君从两方面进行帮助。一方面，请他作为第一读者读我的书稿，如果他看不明白，我就必须改。另一方面，请他参与书稿每一轮每一稿的修改。他倾心倾力投入，他的认真、细致和对文字的把握能力，使书稿减少了失误，增添了准确性和可读性。十分感谢他！

主要参考书目

《鲁迅全集》第一至第十八卷，人民文学出版社 2005年版。

李新宇、周海婴主编：《鲁迅大全集》，长江文艺出版社 2011 年版。

《鲁迅大辞典》，人民文学出版社 2009 年版。

冯雪峰著：《论"野草"》，新文艺出版社 1956 年版。

266

李何林著：《鲁迅〈野草〉注解》，陕西人民出版社 1975 年版。

许杰著：《〈野草〉诠释》，百花文艺出版社 1981 年版。

李希凡著：《一个伟大寻求者的心声》，上海文艺出版社 1982 年版。

李泽厚著：《中国现代思想史论》，安徽文艺出版社 1994 年版。

刘再复著：《鲁迅论——兼与李泽厚、林岗共悟鲁迅》，中信出版社 2011 年版。

钱理群著：《心灵的探寻》，河北教育出版社 2005 年版。

钱理群著：《与鲁迅相遇：北大演讲录之二》，生活·读书·新知三联书店 2003 年版。

钱理群著：《和钱理群一起读鲁迅》，中华书局 2015 年版。

钱理群著：《拒绝遗忘：钱理群文选》，汕头大学出版社 1999 年版。

刘勇、邹红主编：《中国现代文学史（第 3 版）》，北京师范大学出版社 2016 年版。

孙玉石著：《现实的与哲学的——鲁迅〈野草〉重译》，北京大学出版社 2010 年版。

王富仁著：《中国文化的守夜人——鲁迅》，人民文学出版社 2002 年版。

王富仁、赵卓著：《突破盲点——世纪末社会思潮与鲁迅》，中国文联出版社 2001 年版。

鲁迅著，杨义选评：《鲁迅作品精华：选评本》第二卷（散文诗·散文·旧体诗·书信集），生活·读书·新知三联书店 2014 年版。

张梦阳著：《中国鲁迅学通史（下卷一）》，广东教育出版社 2005 年版。

张梦阳著：《鲁迅全传：苦魂三部曲之野草梦》，华文出版社 2016 年版。

王乾坤著：《鲁迅的生命哲学》，人民文学出版社 1999 年版。

王景山著：《鲁迅五书心读》，首都师范大学出版社 2013 年版。

陈安湖著：《〈野草〉释义》，人民出版社 2013 年版。

张洁宇著：《独醒者与他的灯：鲁迅〈野草〉细读与研究》，北京大学出版社 2013 年版。

闵抗生著：《地狱边沿的小花——鲁迅散文诗初探》，陕西人民出版社 1981 年版。

吴中杰编著：《吴中杰评点鲁迅诗歌散文》，复旦大学出版社 2006 年版。

［日］丸尾常喜著，秦弓、孙丽华编译：《耻辱与恢复——〈呐喊〉与〈野草〉》，北京大学出版社 2009 年版。

汪晖著：《反抗绝望：鲁迅及其文学世界（增订版）》，生活·读书·新知三联书店 2008 年版。

汪卫东著：《探寻"诗心"：〈野草〉整体研究》，北京大学出版社 2014 年版。

钱谷融著：《钱谷融文论选》，上海文艺出版社 2009 年版。

李静著：《大先生》，中国文史出版社 2015 年版。

石尚文、邓忠强著：《〈野草〉浅析》，长江文艺出版社 1982 年版。

李国涛著：《〈野草〉艺术谈》，山西人民出版社 1982 年版。

孙歌著：《绝望与希望之外：鲁迅〈野草〉细读》，生活·读书·新知三联书店 2020 年版。

吴小美著：《鲁迅〈野草〉赏读》，北岳文艺出版社 2017 年版。

李欧梵著：《铁屋中的呐喊》，浙江大学出版社 2016 年版。

张闳著：《黑暗中的声音》，上海文艺出版社 2007 年版。

魏洪丘著：《鲁迅〈野草〉解读》，中国书籍出版社 2019 年版。

268　　　　田建民著：《启蒙先驱心态录：〈野草〉解读与研究》，人民出版社
2019 年版。

　　　　龙子仲著：《怀揣毒药　冲入人群——读〈野草〉札记》，广西师范
大学出版社 2007 年版。

　　　　许倬云著：《中国文化的精神》，九州出版社 2018 年版。

　　　　邓晓芒著：《批判与启蒙》，崇文书局 2019 年版。

　　　　中共中央党史研究室著：《中国共产党历史第一卷（1921—1949）》
上册，中共党史出版社 2011 年版。

　　　　残雪著：《沙漏与青铜——残雪评论汇集》，作家出版社 2019 年版。

　　　　傅佩荣著：《西方哲学与人生》第一、第二卷，东方出版社 2013
年版。

图书在版编目(CIP)数据

我自爱我的野草:鲁迅人生哲学今读/刘国胜著.
—上海:学林出版社,2021
ISBN 978 - 7 - 5486 - 1765 - 5

Ⅰ.①我⋯　Ⅱ.①刘⋯　Ⅲ.①鲁迅(1881 - 1936)-
人生哲学　Ⅳ.①I210.96

中国版本图书馆 CIP 数据核字(2021)第 076313 号

责任编辑　许苏宜　王　慧
封面设计　张志凯

我自爱我的野草
——鲁迅人生哲学今读
刘国胜　著

出　　版　**学林出版社**
　　　　　(200001　上海福建中路 193 号)
发　　行　上海人民出版社发行中心
　　　　　(200001　上海福建中路 193 号)
印　　刷　上海盛通时代印刷有限公司
开　　本　710×1000　1/16
印　　张　17.5
字　　数　22 万
版　　次　2021 年 7 月第 1 版
印　　次　2021 年 7 月第 1 次印刷
ISBN 978 - 7 - 5486 - 1765 - 5/G · 664
定　　价　68.00 元